삼색털 고양이

삼색털 고양이

1986년 7월 10일 초판 발행
2004년 2월 10일 중쇄 발행

지은이 아카가와 지로
옮긴이 심상곤
펴낸이 이경선
편 집 홍인영, 김선자
펴낸곳 해문출판사
주 소 서울시 마포구 합정동 392-2 써니힐 101호
전 화 325-4721
팩 스 325-4725
등 록 1978. 1. 28. 제3-82호

값 10,000원

ISBN 89-382-0363-8 04830
ISBN 89-382-0355-7 (세트)

❖ 잘못 만들어진 책은 구입하신 곳에서 교환해 드립니다.

Akagawa Jiro
삼색털 고양이

아카가와 지로 / 심상곤 옮김

해문출판사

차 례

프롤로그 · 5

제1장 하고로모 여자 대학과 살인 · 8
제2장 고양이와 형사 · 69
제3장 형사와 애인 · 150
제4장 종말과 시작 · 217

에필로그 · 270
작품 해설 · 272

프롤로그

"자, 들어오세요."

열쇠로 문을 열고 유미코는 앞장서서 현관 쪽으로 들어가 불을 켜고 나서, 밖에 서 있는 남자에게 들어오라고 재촉했다. 남자는 처음으로 달에 착륙하는 우주 비행사처럼 방 안으로 사뿐사뿐 발걸음을 옮기며 들어와서는 신기한 듯 두리번거렸다.

"침실은 안쪽이에요."

문을 닫아 걸고 유미코는 주방으로 들어가 앉았다.

"빨리 들어오세요."

남자가 구두를 벗고 있는 동안에 유미코는 안쪽 침실로 서슴없이 종종걸음을 옮겼다. 집 안 구조는 잘 알고 있는 터였다.

침대에 앉아 담배를 꺼내 들고 불을 붙인 그녀는 남자가 오기만을 기다렸다. 그녀는 어디에서나 그런 폼으로 있었다. 남자는 언뜻 봐서는 상당히 성실하게 보이는 중년의 샐러리맨이었다. 직장에서고 가정에서고 할 것 없이 정말 모범적인 사원, 그렇게 건실한 사람처럼 보인다. 돈 같은 걸 뿌려서 젊은 여자를 가슴에 품어 보지 않은, 아니 지금까지 그런 생각조차도 해보지 않은 얼굴이었다.

"들어오세요."

침대가 놓여 있는 방 입구에 엉거주춤 서 있는 남자에게 그녀는 속삭이듯 말했다.

"여긴 친구 방이라서 일찍 끝내지 않으면 친구가 돌아올지도 몰라요. 들어오세요. 문 닫고, 어서요."

칭얼거리는 듯한 음성. 남자의 모습은 3만 엔만큼의 본전을 뽑으려는 건 아닌 것 같았지만, 유미코는 조금씩 걱정이 되었다. 이 사람, 혹시 3만 엔도 없는 거 아냐? 그래도 걸치고 있는 코트는 고급품인데, 그렇게 얼렁뚱땅 넘어갈 사람은 아니겠지.

"어서 시작해요, 응? 한창 재미있을 때 친구가 돌아오면 어떻게 해. 걔는 아직 애인이 없어요. 자극을 주면 괜히 미안하잖아."

조금 남자를 긴장시키고자 농담처럼 말을 건네고 나서 유미코는 재떨이에 담배를 비벼 끄고 일어나, 남자 쪽으로 등을 돌린 채 옷을 벗기 시작했다. 오늘 밤 3만 엔이 들어오면 괌 여행의 비행기 삯을 버는 거야. 상당히 괴로운 일이긴 하지만, 그래도 평범한 아르바이트 같은 것으로는 학생 신분으론 1년이나 걸려, 그런 거는 지긋지긋해서 참을 수 없으니 별 도리 없지. 빨리 끝내고 말아야지.

상대방 남자에게 손으로 벗겨달라고 할까 생각해 보았지만, 귀찮아서 몽땅 벗어버리고 뒤돌아보았다.

"자, 당신도 벗어요."

남자는 코트 주머니에 손을 깊숙이 쑤셔 넣은 채 마네킹처럼 눈 하나 까딱하지 않고 서 있었다. 아무런 감정도 띠지 않은 표정은 흡사 인형 같았다.

"왜 그래요?"

그녀는 초조해지기 시작했다. 무얼 꾸물거리고 있는 것일까?

"빨리 시작해요. 이대로 있으면 감기 걸리는데. 기분 풀 마음이 있는 거예요, 없는 거예요?"

유미코는 문득 말을 멈췄다. 그녀는 크고 둥그렇게 눈을 뜬 채 남자가 주머니에서 꺼낸 빛나는 은색의 물체를 멍하니 바라보았다.

바깥에서 방의 창에 불빛이 흐르고 있는 것을 바라보며 히로코는 눈살을 찌푸렸다. 유미코는 아직 끝나지 않은 모양이다. 손목시계를 보니 벌써 새벽 1시였다. 12시까지 약속했는데, 정말 시간을 그렇게 맞추어 주지도 않다니!

계단을 올라가 방 앞에까지 와서 잠시 주저했다. 얼마 전에 언젠가 갑자기 들어갔다가 알몸의 남자와 얼굴이 마주쳐 버린 적이 있었던 것이다. 히로코는 살짝 문을 열어 보았다. 아이쿠! 문을 닫아 걸지도 않았군! 귀를 기울여 보았지만 아무런 소리도 들리지 않았다. 잠든 모양이지?

현관에 남자 구두가 없어서 히로코는 안심하고 마루에 올라갔다. 자동판매기에서 뽑아 온 우유가 든 종이컵을 냉장고에 넣고 그녀는 침실로 갔다.

"유미코, 일어나."

문을 열었다. 히로코는 비명도 지를 수 없었다.

그녀는 눈을 크게 뜨고 손으로 입을 막은 채 휘청휘청 뒷걸음치다가 마룻바닥이 무너질 듯 털썩 주저앉고 말았다.

필사적으로 손발로 엉금엉금 현관 쪽으로 기어갔지만, 도중에 도저히 참을 수 없어 구역질을 했다. 히로코는 몇 번이나 토하고 나서 천천히 일어나, 누군가에게 도움을 요청하고자 흐느적거리며 복도 쪽으로 나갔다.

제1장 하고로모 여자 대학과 살인

1

"아가씨, 경시님(일본 경찰 공무원 계급의 하나)께서 불러."
가타야마는 겨우 두꺼운 눈꺼풀을 치켜 세웠다. 동료인 오카다의 얼굴이 약간 어슴푸레하게 보였다.
"뭐?"
가타야마가 되물었다.
"경시님께서 불러."
"응, 그래?"
가타야마는 꾸물꾸물 자리에서 일어섰다. '아가씨'라고 하는 건 별명일 뿐, 가타야마는 스물여덟 살의 젊음이 넘치는 버젓한 남성이었다. 하긴 젊음보다 더 펄펄 넘치는 것이 잠인지도 모르지만……
늘씬한 키, 거기에 둥그스름한 동안(童顔). 길쭉한 다리로 힘겨워하는 듯이 발걸음을 옮기고 있지만, 어딘지 모르게 기린을 방불케 하는 우스꽝스러운 데가 있었다. 약간 둥그스름하게 생긴 용모에 순하게 생긴 얼굴, 그러한 생김새가 여성적인 인상을 던져 주었다. 그렇긴 해도 아가씨라고 불리는 이유는 단지 그것뿐만이 아니었다.
"부르셨습니까?"
가타야마 형사는 수사1과장 미타무라 시게루(三田村繁) 경시 앞에 서서 말했다.
"아, 앉게."
미타무라 시게루 경시는 좋은 상사라는 느낌이 드는, 어딘지 모르게 특징이 없는 듯한 중년의 남자였다. 그는 경시청에서는 쟁쟁한 인물이어서 모르는 사람이 없을 정도였다. 그는 평상시에는 온후한 상사지만, 일단 화가 나면 그 고함 소리가 경시청 건물에서 들리지 않는 곳이 없을 정도였다. 가타야마는 다리가 조금 덜컹거리는 의자에 앉아 경시의 안색을 살폈다. 그렇게 나쁜 상태 같지는 않았다. '약간 흐릿흐릿한 날씨, 그러나 우산은 필요 없는 듯한 얼굴'이라고나 할까.

"자네에게 맡기고 싶은 사건이 있네."

가까이 있던 두꺼운 서류에서 얼굴을 들며 미타무라가 말했다.

"예!"

"사흘 전날 밤에 생긴 여대생 살인사건인데……."

이 못난 놈은 할 수 없어. 가타야마는 꿀꺽 침을 삼켰다. 여대생 살인사건이라고? 날카로운 칼로 전신을 온통 찔렀다던 그……?

"어쩐지 범인을 찾아내려면 시간이 걸릴 것 같아."

미타무라는 계속 말을 이었다.

"의심이 갈 만한 녀석들의 리스트는 뽑아냈지만, 어떻게 된 건지 숫자가 너무 많거든."

현장에 갔다온 동료가 정말이지 얼굴이 시퍼렇게 질려 버렸었다. 온 방이 전부 피투성이였고, 여대생의 몸은 침대에서 바닥으로 팔과 머리가 거꾸로 축 늘어져 있고, 공포에 질려 커다랗게 뜬 눈이 마치 살아 있는 듯이 무언가를 주시하고 있어 오금이 다 떨렸다고 했다. 찢겨진 하체에서는 내장이 툭 튀어나와 있고…….

"그래서 자네에게 부탁하고 싶은 건……, 이봐, 어때? 할 수 있겠는가?"

"아, 예…… 예……."

가타야마는 새파랗게 질려서 이마에는 비지땀이 돋아나고 있었다. 기운을 내! 이 변변찮은 친구야!

"좋습니다. 하겠습니다."

미타무라는 얼굴에 만족한 미소를 띠었다.

"자넨 어쩔 수 없는 사람이로구먼. 나도 경찰 생활을 오래했지만, 형사가 피를 볼 때마다 빈혈을 일으키는 건 듣지도 보지도 못했어."

"정말, 부끄럽습니다."

"염려 말게, 단지 살인자를 찾아내는 일이지 않는가! 죽은 사람을 보지 않게 되어서 다행일세."

"그렇습니까?"

가타야마는 겨우 되살아난 듯이 생기를 띠며 말했다.

"살해된 구리하라 유미코는 하고로모(羽衣) 여자 대학 3학년이었어."

"하고로모? 선녀의 하고로모(깃털 옷)입니까?"

"글자는 같지만 선녀와는 관계가 없네. 대학 설립자가 하고로모 고키치라고 하지."

"그렇습니까?"

"그렇다네. 자네도 대충 알고 있겠지만, 피해자는 친구 아파트를 빌려 매춘 행각을 한 것 같네. 요즈음은 그런 게 손쉬운 아르바이트가 된 것 같지만……. 이 사건은 학교측의 강한 요청으로 신문 같은 데도 공표되지 않았네."

가타야마는 신문이 아주 간단히 사건을 보도했던 것을 생각해냈다.

"하고로모 여자 대학의 문학부장은 모리사키라고 하는 사람인데, 나와 대학 동기라네. 그 친구가 피해자의 매춘 사건에 대해서 꼭 얘기해 줄 게 있다고 하며 전화를 했네. 내가 가야 하겠지만, 아무래도 내가 나서는 것은 좋지 않을 것 같아. 그러니 자네가 대신 듣고 와야겠어."

"알겠습니다."

가타야마는 완전히 기운을 되찾고, "그분이 자세히 얘기해 주시겠죠?" 하고 물었다.

"잘 듣고 보고해. 될 수 있는 대로 저쪽에서 원하는 대로 따르도록 하고."

"예."

"이 사건은 그렇게 피비린내 나는 게 아니기 때문에 자네를 고른 거야."

언뜻 비꼬는 듯한 느낌도 들었지만, 가타야마는 경시의 말을 순수하게 받아들였다.
"그 밖에 뭐 또?"
"그뿐이야. 모리사키가 아마 기다리고 있을 거야. 아침 일찍 가 보게!"
"예!"
"하고로모 대학이야."
"알고 있습니다."
의자에서 일어나다가 갑자기 가타야마는 무언가가 떠올랐는지, "저, 여자 대학이라고 하면…… 학생들은 여자뿐이겠지요?" 하고 물었다.
"여자 대학에 남자가 입학한다는 얘긴 아직 들어 본 적이 없어."
가타야마는 얼굴이 또 새파랗게 질려 버렸다. 신호등마냥 얼굴색이 잘 변하는 것이다.
"경시님, 변명 같은 건 하고 싶지 않습니다만, 이 사건은 누군가 다른 사람에게……."
"왜?"
"예, 저는 여성은 딱 질색이라서……. 여성이 많이 모여 있는 곳에 가까이 가면 두통이나 현기증이 나고, 어떨 때는 구역질 같은 것도 나서요. 때로는 두드러기가 생길 정도라서……."
가타야마는 미타무라의 얼굴이 험상궂게 일그러지는 것을 보고 입을 다물었다. 천둥 번개를 몰고 오는 구름이 떠올랐다.
"그래? 그렇다면 살해된 여대생의 현장 사진을 보여 줄까?"
"아, 아뇨! 됐습니다."
"그럼, 하고로모 여자 대학에 가겠나?"
"예, 아, 예. 가겠습니다!"
가타야마는 크게 당황하면서 뛰어나가다가 우뚝 멈춰 섰다.
"저, 어떻게 가면 되나요?"
미타무라는 성난 모습으로 가타야마를 노려보다가 주머니에서 수첩

제1장 하고로모 여자 대학과 살인 11

을 꺼내어, 거기에 꽂혀 있던 작은 쪽지를 가타야마에게 건네 주었다.
"이게 주소야. 택시 타고 가면 돼."
"택시 요금은 주실 건지요?"
"아, 그러지."
됐다, 자고 내일 가야지. 가타야마는 쪽지를 보면서 두서너 발자국 걷다가 또 우뚝 멈춰 섰다.
어떻게 하지? 그런 거 모른다고는 않겠지만……. 그러나 경찰관도 공무원이기 때문에 정확히 해두는 게 좋지 않을까?
"저……." 하고 가타야마는 우물쭈물 말문을 열었다.
"뭐, 아직 할 말이 남아 있는 건가?"
미타무라는 지긋지긋하다는 듯한 표정으로 말했다.
"이 주소가 맞습니까……?"
"틀린 데라도 있는가?"
"아닙니다. 우편번호가 어떻게 되나 해서요?"
벼락!

"여기로 갑시다."
가타야마는 택시를 타고 운전사에게 쪽지를 건네 주고는 잠깐 시트에 몸을 눕혔다. 이제 조금 눈 좀 붙일까 하고 눈을 감았다. 그렇지만 택시는 전혀 움직이지 않았다.
"아니, 이 차 움직이지 않는 거요?"
얼굴을 찌푸린 운전사가 쪽지를 보고 말했다.
"고기 덮밥 350엔, 튀김 덮밥 400엔…… 이런 이름이 붙은 장소가 있는 겁니까?"
"아, 착각했소. 여기요."
가타야마는 허겁지겁 하고로모 여자 대학의 주소가 적힌 쪽지를 건네 주고는 식권을 도로 받았다. 이것이 없으면 월급 때까지 점심은 굶는 거다.

"하고로모 여자 대학입니까? 선생님, 형사입니까?"
"그렇소."
"요즈음 터진 여대생 살인사건을 조사하러 가는 건가요?"
"그래요."
가타야마는 거드름을 피우며 고개를 끄덕였다.
"상당히 먼 거리입니다."
차들이 복잡한 곳을 요리조리 비집고 들어가며 운전사가 말했다.
"전철로 가면 좋지 않습니까? 미안한 말입니다만."
가타야마는 기분이 묘해 말소리 하나 내지 않고 있었다.
운저사는 계속해서 말했다.
"우리들 세금이죠, 이 택시 요금은 말입니다."
"그래요……. 그렇게 말하면 그렇지만……."
"좀더 충실하게 쓰는 게 어떨까요?"
가타야마는 조금 의아한 듯 물었다.
"그러면 택시를 타지 않는 것이 좋다는 말입니까?"
"뭐 그런 건 아니지만, 너무 많이 냈다고 생각하는 세금을 되돌려 받고 싶을 뿐입니다."
묘한 이치라고 생각했지만, 아무리 생각해 봐도 어디가 어떻게 묘한지 몰라서 가타야마는 그냥 침묵을 지킨 채 멍하니 식권만 바라보았다. 왠지 모르지만 잠이 싹 달아나 버렸다.
낮에는 가을의 해맑은 날씨가 찾아들고, 밤이면 겨울이 이어지는 시월 초하루였다. 지금은 정오가 막 지난 무렵, 따스한 햇살은 점심 휴식 시간의 산책을 즐기는 샐러리맨이나 사무복 차림의 오피스걸들에게 상큼하게 내리쬐고 있었다.
빌어먹을, 난 도대체 무엇 때문에 저런 보통 샐러리맨이 되지 못했을까? 형사라는 직업보다 훨씬 신나고 월급도 더 많은데. 아니야, 지금이라도 늦지 않아. 마음먹으면 될 수 있을 거야…….
가타야마 요시타로. 어딘지 모르게 시대에 뒤처진 이름이지만, 자기가 지은 이름이 아닌지라 별 도리가 없다. 그의 아버지는 귀신 형사라고 불려질 정도로, 경시청에서는 유명한 인물이었다. 가타야마가 스무 살이 되던 해, 그의 아버지는 비번일 때 우연히 지나치던 집에서 갑자기 튀어나온 좀도둑을 잡으려고 하다가 어이없이 죽어 버렸다. 어머니는 훨씬 전에 세상을 떠나 버렸기 때문에 가타야마는 일곱 살 아래의 누이동생인 하루미와 둘이서 살림을 꾸려 나갔다. 가타야마는 아버지가 죽을 때, "훌륭한 경찰이 되거라." 하고 유언한 말을 충실히 지켰지만—'훌륭한'이 어떤 것인지는 잘 몰라도—가타야마는, 아버지는 속으로 늘 자신을 믿고 있지 않았던 것이 아닐까 하고 생각하곤 했다. 본시 아버지는 말하는 것과 생각하는 것이 다른 분으로, 말로는 하루미에게 남자와는 말을 해서는 안 된다고 호통치셨으면서도, 혹시 남자들에게 인기가 없는 것이 아닐까 해서 일부러 가타야마에게 하루미의 뒤를 미행시킨 적도 있었다. 하루미가 남자들에게 에워싸여 있다는 것을 듣고 아버지는 '후유' 하고 안도의 숨을 쉬었다.

그래서 그 유언도 실제로는 아마 그렇게 말한다고 해서 설마 가타야마가 꼭 경찰관이 될 거라고 믿지 않으면서 한 것이 아닐까? 그렇다고 형사가 죽을 때, "얘야, 훌륭한 유치원 선생이 되거라." 하고 말할 수도 없는 노릇일 테니까……. 아무튼 가타야마가 형사가 된 것은, 아버지의 동료로서 당시 경부였던 미타무라가 그 유언을 확실히 받아들여, "아들은 내가 책임지겠네." 하고 약속해 버린 탓에 있다. 가타야마가, "싫습니다." 하고 말하면 모든 건 끝나 버렸겠지만, 그는 흐름에 거역하지 않는 성향이었다.

이렇게 해서 몇 년인가……, 하루미도 전문대학을 나와 지금은 백화점 점원으로 일하고 있다. 스물한 살. 의젓한 어른이 되어 버렸다.

'나도 이제 궁리 좀 해봐야겠어…….'

가타야마는 조금씩 신록의 푸르름이 보이기 시작하는 창 밖으로 멍하니 눈을 돌리면서 생각했다.

'하루미도 언제까지나 이렇게 내 뒤치다꺼리만 할 수는 없을 테지.

누군가 다른 녀석에게 봉사해야겠다고 말을 꺼낼지도 모르지. 그렇게 되면 매일 식사는 어떻게 하지? 그렇게 되면 저녁밥은? 어제 스튜가 남아 있나?

하루미의 요리는 맛은 나쁘지 않지만, 한꺼번에 며칠 분이나 만들어 놓기 때문에 매일 밤 같은 것만 먹는지라 어째 입맛이 뚝 떨어지는 것 같아, 오늘도 스튜. 내일도 스튜.'

그렇게 생각하고 있는 동안에도 차는 목적지를 향해 달려가고 있었다. '이제 다 온 모양이구나' 하고 생각하고 있으려니, 택시는 속력을 떨어뜨리면서 멈춰 섰다.

"여기입니다."

"고맙소."

가타야마는 왠지 뒤가 켕기는 듯한 기분으로 택시비를 지불하고 금액을 찍은 영수증 쪽지를 받아들며 차에서 내렸다.

대학이라고 해서 들어가는 입구가 상당히 훌륭할 거라고 생각하고 있었는데, 특별히 거창한 건 없고, 길을 따라 양쪽에 우뚝 서 있는 나무들 사이로 자갈길이 대학 구내로 이어지고 있었다. 학교 이름이 쓰인 현판이 없었다면 못 보고 지나쳐 버렸을 것이다.

주위는 주택지였는데, 넓은 정원을 가진 고급 주택이 많은 것 같았다. 특히, 고층 건물이 없어 푸른 하늘을 다 볼 수 있는 것이 좋았다.

가타야마는 왠지 '붕' 뜬 기분이 되어 자갈길로 발을 옮겼다. 하지만 저쪽에서 몇몇 여대생이 재잘거리며 오는 것이 눈에 띄자 그만 그런 기분이 싹 날아가 버렸다. 얼굴을 뚝 떨어뜨린 자세로, 아니 얼굴을 너무 떨어뜨렸다가는 맞부딪칠 수도 있기 때문에 저쪽의 모습이 언뜻 보일 정도로만 숙이고서 걸어갔다. 여대생들의 웃음소리가 가까이 다가오자 가타야마의 심장이 마구 방망이질하기 시작했다. 스쳐 지나기 바로 직전, 그녀들의 웃음소리가 갑자기 뚝 그쳤다.

'나를 보고 있는 거야!'

여대생들과 가타야마는 조용히 스쳐 지나가며 점점 거리를 넓혀 갔

제1장 하고로모 여자 대학과 살인 15

다. 마치 검객의 만남처럼. 가타야마는 뒤에서 여대생들의 웃음소리를 들었다.

'나를 보고 웃은 거야…….'

검객이 살기를 느낀 것 마냥 기타야마는 여대생들의 조소를 마음속으로 느꼈다. 단지 그때 그 조소를 오해라고 생각해 버렸지만.

2

"오래 기다리셨습니다."

문학부장의 여비서가 나와 복도의 긴 의자에서 기다리고 있던 가타야마에게 인사를 건넸다.

"부장님이 돌아오셨습니다. 들어가시죠."

"죄송합니다."

비서는 가타야마에게 특별한 공포감을 주지는 않았다. 여자임에는 틀림없지만, 나이가 들어서 그런지 여자다운 매력은 조금도 없었다. 배를 둘둘 말아 감은 통나무가 안경을 쓰고 있는 듯한 여자였다.

가타야마는 비서의 책상이 놓인 좁다란 방을 거쳐 안쪽에 자리잡은 '부장실'이라고 쓰여진 문을 열려고 하다 갑자기 의아한 생각이 들었다. 문 오른쪽 밑 구석이 사방 20cm 정도 잘려 있었던 것이다. 그것도 구멍이 뚫려 있는 것이 아니라 회전문식으로, 맞물려 있는 쇳조각이 여닫히는 듯한 모습이었다. 뒤돌아보니, 복도에서 들어온 문도 같은 형식이었다.

부장실에 들어서는 순간 가타야마는 옷차림을 가다듬었다. 넓은 실내엔 두꺼운 카펫이 깔려 있고, 어딘지 모르게 왕조풍을 방불케 하는 응접세트가 중앙에 턱 자리잡고 있었다. 양쪽 벽 가득히 선반에는 두꺼운 책인 듯한 장서가 죽 늘어서 있었다. 아무리 봐도 만화나 주간지는 없는 것 같았다. 안쪽에 있는 묵직한 교목으로 된 책상 옆에는 정말이지 이 방에 어울리는 신사가 서 있었다.

"문학부장인 모리사키 도모입니다."

늘씬한 키의 그 신사는 책상을 돌아서 가타야마 쪽으로 환한 미소를 던지면 다가왔다. 연령은 사십대 중반쯤 되는 듯했다. 희끗희끗한 머리가 듬성듬성 돋아나 로맨틱한 사람처럼 보였다.

"저."

"경시청에서 온 가타야마 씨죠? 아까 미타무라에게서 전화를 받았습니다. 일부러 오시라고 해서 죄송합니다. 앉으시죠."

"예······."

가타야마는 무언가 침착하지 못한 기분으로 안락의자에 앉았다.

"담배는 피우십니까?"

모리사키는 테이블에 놓여 있는 예쁜 세공품이 부착된 담배 케이스를 열고 가타야마에게 권했다.

"아······ 아니, 됐습니다."

"담배를 피우지 않습니까? 나도 그렇습니다. 이건 내빈용 담배죠. 잠깐 기다리세요."

모리사키는 테이블에 달려 있는 인터폰을 누르고, "오시마 양, 커피 좀 끓여 와요." 하고 말하고 나서, "이것 참, 기다리게 해서 죄송합니다. 회의가 길어지는 바람에······, 누가 회의라고 하는 것은 정해진 시각에 끝나지 않는 법이라고 못박아 놓기라도 했는지 원!" 하고 혀를 찼다.

가타야마는 안절부절못하며 어색한 미소를 지었다.

'이 사람, 뭔가 오해하고 있는 것이 아닐까? 나를 상당히 중요한 인물이라고 생각하고 있나 보지? 이렇게 깍듯한 대접을 하는 걸 보면······. 그냥 말단 형사라는 걸 듣지 못한 모양이야.'

"미타무라에게서 들었을 줄 압니다만, 살해된 구리하라 유미코는 이 학교 3학년이었습니다. 아마 11월 연휴에 해외 여행을 계획하고, 그 여비를 벌고자 잠깐 매춘 행위를 한 것 같습니다. 정말 교육자로서 부끄러운 얘기입니다만······."

제1장 하고로모 여자 대학과 살인 17

"예."

"그러나 대학생은 성인입니다. 그래서 학교 밖의 행동에 대해서는 별로 간섭하고 싶지 않습니다."

"그렇지요"

"이렇게 말하면 학부형들께서 나를 나무랄지 모르겠습니다만, 학생이 그러한 아르바이트를 했다고 해서 나는 그 대학생을 퇴학시키고 싶은 생각은 없습니다. 이번 경우처럼 뜻밖의 인물을 만날 위험이나, 병을 옮겨오기도 하고, 임신할 가능성도 있기 때문에 별로 좋은 아르바이트가 아니라고 호되게 나무라긴 합니다만."

가타야마는 왠지 모르게 이 사람이 마음에 들었다. 인텔리라고 하는 사람들이 겉으로는 젊은 사람에 대해서 잘 이해하는 듯이 행동하면서도 실제로는 나쁜 선입관을 가지고 쳐다보는 사람이 많지만, 이 모리사키라고 하는 남자는 조금 다른 인물인 것 같았다.

"그렇지만 한 가지 꺼림칙한 것이 있습니다."

모리사키가 말을 계속 이었다.

"구리하라가 살해된 곳은 같은 클래스메이트인 미사키 히로코라는 학생의 아파트였습니다. 미사키는 그때까지 몇 번인가 아파트를 구리하라에게 빌려 주었던 모양입니다. 그런데……."

비서가 커피를 가지고 들어왔기 때문에 모리사키는 말을 멈추었다.

"아, 미안합니다. 비밀로 하고 싶어서요."

비서가 나가자 모리사키는 상당히 고급스런 찻잔에 담긴 커피를 한 모금 마시며 계속 말을 이어 나갔다.

"미사키가, '손님이 많이 오는 모양이야.' 하고 놀려대자 구리하라가, '응, 언제라도 일을 맡을 수 있어.' 하고 말한 것 같습니다."

"그래요?"

가타야마 역시 형사다. 그 말이 무엇을 의미하는지 금방 알아차렸다. 분명히 구리하라 유미코에게 매춘을 알선해 준 누군가가 있는 것이다.

"그러면 폭력단이나 다른 단체하고 관계가 있었단 말입니까?"

"미타무라는 그런 건 없었던 것처럼 말하더군요. 나도 그렇게 생각합니다. 폭력단 등과 관계를 가지면 매춘으로 번 돈은 거의 빼앗기게 되니 괜찮은 아르바이트라고 생각하지 않았을 테니까 말입니다."

"정말 그렇군요."

누가 형사인지 모르겠다. 가타야마는 잠시 열등감에 젖었다.

"그런데 그 미사키에게서 한 가지 흥미 있는 말을 들었습니다."

그 때 문 쪽에서 무슨 소리가 났다.

"홈스인가? 들어와."

문학부장은 친구를 부르듯이 가벼운 말로 불렀다. 뒤돌아보니, 아까 그 이상하게 생각한 문 구석 쪽의 회전문에서 고양이 한 마리가 얼굴을 내미는 것이었다. 뭐야, 고양이 출입구였나? 아니, 그건 그렇다 치더라도 이 대학 안에서 고양이를 기르고 있는 걸까?

"내가 기르는 고양이입니다. 들어와, 손님에게 인사해야지."

고양이는 회전문을 머리로 밀며 수상하다는 표정으로 가타야마의 얼굴을 쳐다보다가, 얼마 안 있어 훌쩍 입구를 빠져 나와 들어왔다. 호리호리한 몸매의 삼색털 얼룩 고양이. 배색이 독특한 놈으로, 등은 대부분 다갈색과 검은색뿐이고, 배 부분은 흰색이며, 앞발 오른쪽이 새카맣고, 왼쪽은 새하얀색이었다. 콧날은 오뚝하게 서 있으며, 수염이 팽팽하게 뻗어 젊음이 넘치는 듯하고, 얼굴은 거의 정확하게 흰색, 검은색, 갈색의 세 가지로 나뉘어져 있었다. 이런 곳에서 기른 탓인지 털에는 비단 같은 광택이 있어, 실로 요염한 고양이였다.

'홈스'라고 불린 그 고양이는 아예 처음부터 가타야마 같은 건 안중에도 없다는 듯이 인사는커녕, 방 안쪽으로 가벼운 발걸음으로 나아가 책상 위로 살짝 뛰어올랐다. 그리고는 놓여 있는 서류를 꼬리로 살래살래 옆으로 밀어붙이고서 알맞은 장소를 만들어 벌렁 누워 버리는 것이었다.

"별 도리가 없는 녀석이군."

문학부장은 웃음을 띤 얼굴로 그렇게 말하고서, "이것 참 미안하군요. 암놈이 애교도 없고…….."

"여기서 기르고 있는 고양이입니까?"

"나는 이 구내에서 살고 있습니다. 독신으로 홀가분하게 홈스와 둘이서 살고 있지요. 그래서 저 녀석도 자유롭게 이 교사(校舍) 안을 돌아다니고 있는 겁니다."

"그래요?"

가타야마는 책상에 깜찍하게 누워 있는 고양이를 바라보며, 적어도 저 비서보다는 여자답다고 생각했다.

"그러면 아까 하던 얘기를 계속하지요."

모리사키는 좀더 차분한 어조로 말했다.

"미사키는 처음엔 구리하라에게 그런 일은 그만두는 것이 좋지 않겠느냐고 했으나, 그런 얘기가 나오면 구리하라는, '그래도 기숙사에서는 많은 애들이…….' 하고 말하고는 그 뒤엔 당황해하면서 더 이상 얘기하지 않았다고 하더군요."

"기숙사라고요?"

"학생 기숙사가 이 구내에 있습니다. 지방에서 상경한 학생을 수용하고 있지요. 너무 많아서 전부는 수용하지 못하고 있습니다만, 반 정도의 학생이 들어와서 생활하는데, 구리하라도 그 기숙사에 있었지요."

"그러면 그 기숙사에 있던 학생 중에 구리하라 양 외에도 매춘 행위를 하는 학생이 있다고 생각하시는지요?"

"미사키가 들은 말에 의하면 '많은 학생'인 모양이라서 이 문제는 그냥 넘어갈 성질의 것이 아닙니다. 그래서 오늘 오시라고 부탁드린 겁니다."

가타야마는 고개를 끄덕였다.

"잘 알겠습니다. 만일 다른 학생이 그런 행위를 했다면, 누가 그런 행동을 하라고 지시했는지도 조사해 봐야겠군요."

"물론이죠."

"어쩌면 기숙사 학생 중에 외부와 연락을 취하고 있는 사람이 있을

지도 모릅니다. 그것이 누군지를 알게 되면 그 조직을 밝혀낼 수 있을 겁니다. 아시다시피, 저 한 사람으로선 행동할 수 없기 때문에 일단 돌아가서 경시님께 보고하고 나서 연락드리겠습니다."

"아, 좋습니다. 이거 정말 묘한 사건을 부탁드려서 뭐라고 말씀드려야 할지."

"아, 천만에요."

가타야마는 가벼운 미소를 지으며 식어 버린 커피를 마시려고 했다. 그 때 갑자기 문이 벌컥 열리며, "모리사키!" 하고 열을 올리며 머리가 훌떡 벗겨진 붉은 얼굴을 한 예순 전후의 남자가 거침없이 들어왔다. 상당히 화가 치밀어 있는 모습이어서, 원래의 찌그러진 얼굴이 더더욱 거칠어져 당장이라도 무너져 내릴 것 같은 모습이었다.

"이분은 학장님입니다. 어서 오세요."

모리사키는 태연했다.

"자네, 멋대로 얘기해선 곤란해!"

"무슨 말씀이신지?"

학장은 흘끗흘끗 가타야마를 향해 무언가 추잡한 것이라도 본 듯한 시선을 던졌다.

"이 양반이 경시청에서 나온 형사인가?"

"가타야마 형사입니다. 가타야마 씨, 이쪽은 아베 순조 학장입니다."

"소개 같은 건 필요 없어!"

아베 학장은 모리사키의 냉정한 반응에도 아랑곳하지 않고 더욱 화를 내고 있었다.

"나에게 말도 하지 않고 경찰에 통고해서 어떻게 하겠다는 거야! 당장 돌려보내게."

"기다려 주십시오!"

모리사키의 말은 날카롭게 내리치는 칼처럼 학장의 입을 다물게 했다.

"이분은 제 개인적인 손님으로서 만나고 있는 겁니다. 학장님이라고 하셔도 이분에게 나가라고 할 수는 없습니다. 더군다나 학장님은 이 사건에 대해서는 전면적으로 제 책임이라고 어제 말씀하시지 않으셨습니까? 그러니, 저에게는 적절한 조치를 취해야 할 의무가 있는 것이 아니겠습니까?"

아베 학장은 모리사키의 또박또박 떨어지는 말에 조금은 위축된 느낌이 들었지만, 그래도 말하는 건 여전히 거칠었다.

"경찰을 불러야 한다고는 하지 않았어! 게다가 경찰을 불러야 한다면 우선 이사회에서 상의해야 해."

"이것 참."

모리사키는 조소하는 빛을 띠며, "학원 분쟁 때 학장님은 단독으로 기동대를 부르셨잖아요. 그 결과 부상자만 내고, 이사회에서는 무엇 하나 변변하게 처리하지도 못하고서……."

학장은 후회라도 하는 듯 입을 다물고 모리사키를 노려보고 있었다. 가타야마는 이 두 사람 사이에는 보통 때에도 대립이 있었을 것이라는 추측을 품었다. 오늘만 이렇게 다투는 것이 아닐 게다. 학자풍의 문학과 교수와는 달리 학장은, 서서 책을 읽고 있는 초등학생을 총채로 쫓아내는 보잘것없는 책방 주인 같은 이미지를 풍기고 있었다.

발 밑에 무언가가 꼼지락거려서 밑을 쳐다보니, 어느 샌가 삼색털 고양이인 홈스가 내려와 있었다. 그리고 이번에는 응접세트의 테이블에 사뿐사뿐 뛰어 올라가서 아베 학장 쪽을 향해 커다랗게 하품을 하는 것이었다. 그것이 마치 학장을 바보 취급하는 것처럼 보여서 가타야마는 얼른 분위기를 바꾸려고 애썼다.

아베 학장도 그렇게 느낀 모양이었다. 아베 학장은 잔뜩 찌푸린 얼굴로, 새치름한 표정을 머금고 있는 홈스를 노려보고 있었다. 이윽고 아무런 말도 하지 않은 채 그는 문을 힘껏 닫아버리고 나갔다.

"빌어먹을, 문 좀 조용히 닫으면 안 되나……."

모리사키는 머리를 설레설레 흔들고 한숨을 쉬었다.

"가타야마 씨, 실례 많았습니다. 정말이지 저 학장은 마음에 안 들어요. 이해해 주십시오."
"아니, 저에게 뭔가 변변치 못한 게 있어서……."
"아닙니다. 그런 일은 없습니다. 저 학장은 금방 수그러질 양반입니다. 이쪽이 강하게 나가면, 아무 소리도 못 하고 맙니다. 정말 마음에 들지 않아서……."
"예……. 그러면 일단 여기서……."
모리사키가 일어서자 기다리고 있었다는 듯이 홈스가 테이블에서 그의 어깨로 뛰어올랐다.
"상당히 훈련이 잘된 것 같습니다."
가타야마가 감탄하자 모리사키는 홈스의 콧잔등을 손으로 비벼 주었다.
"좋은 말상대입니다."
"머리가 좋은 것 같군요."
가타야마가 칭찬하자 모리사키는 미소 띤 얼굴로 물었다.
"고양이를 좋아하십니까?"
"옛날에 길러 본 적이 있습니다. 아주 어릴 때입니다만……."
"이상한 동물입니다, 고양이는 말이죠."
모리사키는 홈스의 턱을 쓰다듬어 주었다. 홈스는 상당히 기분이 좋은 듯 목을 길게 늘어뜨리고 눈을 지그시 감았다. 얼굴을 넙죽 내밀고서.
"사람들은 흔히 개와 비교해서 고양이는 재주를 부릴 수 없기 때문에 머리가 나쁘다고 합니다. 그러나 어떻게 생각하실지 모르지만, 사람의 경우에도 타인을 따르는 것을 거부하고 제 갈 길을 가는 사람보다 타인이 말하는 대로 따르는 사람이 뛰어나다고 말할 수는 없지요. 오히려 그 반대인 경우가 많지 않을까요? 개가 고양이보다 뛰어나다고 하는 것은, 인간의 관점에서만 보는 것이지요. 사실 두 동물을 비교하는 것 자체가 정말 난센스가 아니겠습니까?"
"그렇습니다."

"나는 고양이에게서 신비한 무언가를 느낍니다."

모리사키는 숙연하게, "과연 이 작은 머리 속에서 무엇을 생각하고 있는 것인지? 정말이지 우리들이 봐서는 알 수 없습니다. 어쩌면 고양이는 인간이 생각하고 있는 것보다 훨씬 더 인간을 이해하고 있는지도 모릅니다……. 아이쿠, 이거 죄송합니다. 쓸데없는 이야기만 늘어놔서."

모리사키는 가타야마와 함께 교수실을 나왔다.

"지금은 아무것도 기르는 것이 없습니까?"

"아파트에 살고 있기 때문에……."

"아, 예."

"그 고양이는 새끼를 낳을 수 있는 건가요?"

"아, 예. 실은 전에 자궁에 종양이 났었답니다. 생명에는 지장이 없기 때문에 수술해서 자궁을 들어내 버렸지요. 좀 우스운 얘기입니다만, 그 이후에 이 녀석은 꼭 깊은 수심에 빠진 것 같이 보이더군요. 내가 고양이를 너무 좋아하는 모양입니다."

모리사키는 그렇게 말하고는 웃음을 지어 보였다. 가타야마가 보니 홈스는 아무것도 모르는 얼굴로 눈을 감고 있었지만, 그렇게 듣고 보니 무언지 모르게 수심에 차 있는 것처럼 보이는 것이었다.

교수실은 철근으로 지은 4층 건물에 있었으며, 교문—이렇게 말은 해도 사실 문은 없다. —에서 가로수 길을 빠져 나온 정면에 있었다.

"잠깐 학교 안을 설명해 드리죠."

모리사키는 현관을 나오면서 그렇게 얘기했다. 그들은 빠져 나온 건물을 둘러보면서 옆으로 돌았다.

넓은 교정으로 나오자 가타야마는 크게 심호흡을 하고 싶어졌다. 형사라는 직업에 종사하다보면 어수선한 장소를 걷는 일이 많다. 이런 넓은 장소에서 좋은 공기를 마실 기회는 좀처럼 없다. 교정 저쪽에서는 새로운 교사(校舍)인지 커다란 철근 빌딩이 신축중인데, 거의 4,5층까지 철골이 꾸며져 있고, 그 중앙에서는 커다란 타워 크레인이 죽죽 늘씬하게 사마귀처럼 목을 내밀고 있었다.

"저것이 지금 신축중인 새 교사입니다. 철근으로 7층까지 지을 예정이지요."

모리사키의 말투에는 어딘지 모르게 고통스러운 데가 있었다.

"별로 좋아하지 않는 것 같군요."

"예, 물론입니다. 학생만 자꾸 늘려서 어떻게 하자는 건지 말입니다. 도서관은 비좁고 책도 부족한데, 예산이 늘기는커녕 이번 학기는 건설비 인상에 따른 결손을 메우느라 오히려 삭감되어 버렸습니다. 애당초 새 교사 건설은 아베 학장의 생각입니다. 하여간에 그가 이사장을 겸임하고 있는 상태이기 때문에 모든 게 제멋대로입니다."

그런 일이 있었구나 하고 가타야마는 내심 고개를 끄덕거렸다.

"신축중인 저 건물 건너편에 학생 기숙사가 있습니다. 수사를 하시려면 미타무라와 의논하시고 나서 할 건가요?"

"예."

세 사람—세 사람이라고 해도, 모리사키의 어깨에 있는 홈스까지 포함시켜서이지만—은 교문 쪽에 있는 가로수 길을 천천히 걸었다.

가타야마는 저쪽에서 오고 있는 여학생에게 눈길을 돌렸다. 이번에 본 여학생은 아까 본 여비서와는 다른 의미에서, 별다른 여자다운 멋을 풍기지는 않았지만 곧게 뻗은 등줄기, 힘차게 내딛는 발걸음, 똑바로 정면을 응시하면서 뚜렷하게 빛나는 눈길에서 어딘지 남성적인 인상이 느껴졌다. 하지만 사실은 균형 잡힌 몸매, 약간 갸름한 얼굴, 눈초리가 째진 듯한 눈과 말쑥한 코, 부드럽게 다물어진 입술……. 상당히 지적인 미녀로, 안정감을 주는 물색의 원피스가 한층 그 인상을 강하게 해주고 있었다.

"모리사키 교수님, 안녕하세요?"

그녀는 무척 아름다운 미소를 지으면서 다가왔다.

"홈스, 기분 좋니?"

"고마워, 아르바이트하고 오는 건가?"

대답한 것은 물론 홈스가 아니라 교수였다.

"예, 타이핑 아르바이트입니다. 아직 실력이 변변찮아서 어깨만 뻐근하고……."
"수고하는구먼."
그녀는 홀끗홀끗 가타야마 쪽을 훔쳐보았다.
"그럼."
그녀는 교수에게 인사를 하고 걸어갔다.
"요시즈카 유키코라는 학생입니다."
모리사키는 그녀의 뒷모습을 지켜보며, "항상 수석을 하고 있는 학생이죠. 역시 기숙사에 있는 학생입니다. 말끔한 미녀죠? 이름 그대로 설국(雪國)에서 태어났지요. 아키다(秋田)에서 상경했으니까요. 아니…… 왜, 기분이 나쁘십니까?"

"그래서 결국 어떻게 하기로 된 거야?"
하루미가 밥을 한 그릇 더 건네면서 물었다.
히가시나카노 역(驛)의 선로 변에서 몇 분 걸어가면 나오는 아파트 2층이 가타야마 남매의 방이다.
"응, 경시님도 될 수 있는 한 힘이 되어 주겠다고 했어. 잠시 다른 일에서 손을 떼고 하고로모 여자 대학 사건에만 매달려야겠어."
"그래?"
"하여간에 대단해. 이 사건 말이야."
"왜? 살인사건 수사하는 것보다 괜찮아?"
"그렇게 말하지는 마."
가타야마는 한숨을 내쉬었다.
"내일은 안 들어올 거야."
"그럼 어디에서 자는 거야?"
"하고로모 여자 대학의 학생 기숙사."
하루미는 눈을 크게 떴다.
"오빠가? 여자 분장이라도 하는 거야?"

이번에는 가타야마가 깜짝 놀라 말했다.
"농담 아니야! 학생 기숙사를 밤새도록 감시하는 거야."
"아, 그래?"
하루미는 킥킥 웃었다.
"놀랐잖아. 그렇지만 오빤 여장(女裝)하면 잘 어울릴 거야."
"이 녀석! 사람 기분도 몰라주고."
"어머나! 그래도 아주 멋있잖아. 젊은 여자만 있는 데서 말이야. 누구라도 기분좋게 갈 것 같아."
'나는 별로 좋지 않아.' 하고 가타야마는 한숨을 내쉬었다. 동료들도 그 얘기를 듣고는, "이봐, 잘됐네." 하고 부러워하면서, "밤에 몰래 기숙사에 숨어 들어가 보지 그래." 하는 따위의 말로 놀려대는 녀석도 있었다. 하긴 거기에라도 숨을 수 있으면 숨고 싶을 정도였지만.
"미타무라 아버지의 아이디어야?"
하루미가 물었다. 미타무라 경시는 가타야마의 아버지가 죽고 나서 이 남매를 돌봐 주고 있었기 때문에, 하루미는 언제나 '미타무라 아버지'라고 부르고 있었던 것이다.
"미타무라 씨와 모리사키라고 하는 교수가 의논해서 결정한 것 같아."
"그럼 힘내. 그러나 내일 밤 난 혼자 쓸쓸하겠는걸."
하루미는 조금 익살맞게 웃었다. 스물한 살. 작으면서도 통통한 몸매를 갖고 있으며, 동그스름한 얼굴에 시원스럽게 생긴 큰 눈, 환해 보이며 생글거리는 얼굴은 누구에게나 사랑받고 있었다. 가타야마는 동생을 백화점이라고 하는 화려한 직장에 취직시킨 것이 은근히 걱정되기도 했지만, 입는 옷 같은 데에 좀 까다롭게 된 것과, 가타야마의 넥타이 등을 가끔씩 골라 오기도 하는 것 외에는 별로 눈에 띄는 변화가 없어서 안심하고 있었다.
"혼자서 적적하면 친구라도 부르지 그래."
"그래, 그렇게 할까?"

"단, 여자야."

가타야마가 칼처럼 날카롭게 얘기했기 때문에 하루미는 그냥 웃어 버렸다.

"야, 하루미."

부엌에서 설거지를 하고 있는 동생에게 가타야마는 누워서 신문을 펼치며 소리를 질렀다.

"응?"

"너, 남자 친구 있는 거야?"

"있어. 네댓 명 정도."

"그렇게 많이 있어?"

"같이 술 마시러 가는 정도."

하루미는 술도 상당히 셌다. 함께 마신 남자를 집까지 데려다 준 일도 간혹 있었다.

그렇지만 가타야마는 전혀 술을 못 해서, 맥주 반 잔만 마시면 다운되어 버릴 정도였다.

"그걸 왜 물어?"

설거지하던 손을 놓지 않으며 하루미가 되물었다.

"아니야. 아무것도."

"걱정 안 해도 돼."

하루미는 오빠 쪽을 쳐다보며 말했다.

"오빠가 결혼할 때까지는 나 결혼 같은 거 하지 않을 거야."

"그런 소리 하지 마."

"정말이야. 아직 결혼하고 싶은 생각 없어."

하루미의 말투에는 조금씩 찡그리는 듯한 기색이 담겨 있었지만 가타야마는 모르는 체했다.

"그것보다 오빠도 조금씩 도전해 보면 어때?"

하루미는 다시 밝은 얼굴빛을 보이며, "그래! 좋은 기회잖아!" 하고 말했다.

"뭐가?"

"내일, 젊은 여대생 있는 데 가잖아? 좋은 사람 찾아봐."

"야, 그건 일이잖아."

"어머나, 하루 종일 근무하잖아? 그래 여자 유혹할 짬 정도도 없어?"

가타야마는 웃으며 신문을 떨구었다. 갑자기 오늘 학교에서 만난 아름다운 여대생이 떠올랐다. 유키코라고 했던가. 요시즈카 유키코. 상당히 머리가 좋을 것 같은 아가씨였다. 그렇지만 나 같은 사람하고는 어울리지 않는다. 게다가 그런 인텔리 여성은 건방져서, 남자와 접하는 걸 싫어하고, 쓸데없이 모든 일에 이론을 펴고 파고드는 일이 많다. 결혼 상대는 자신과 맞는 사람을 찾아야 하는 법.

겨우 다다미 여섯 장과 네 장 반이 깔려 있는 두 칸짜리 아파트에서, 남매는 언제나 조금도 변함 없는 밤을 맞았다.

"낮에 만났던 청년 어떻게 생각해?"

"누구요?"

"얘 봐, 가로수 길에서 만났잖아."

"아, 그 키가 큰 사람! 누군데요?"

"형사야."

"정말? 전혀 그렇게 보이지 않았는데."

"꽤 괜찮은 청년이야."

"별로 똑똑하다는 인상은 받지 못했는데……."

"그게 너의 좋지 않은 점이야. 사람은 말이야, 머리 회전이 잘된다고 해서 다 좋은 게 아냐. 그런 소박한 마음을 가진 젊은이는 요즘 보기 드물어."

"상당히 마음에 들어요."

두 사람의 대화는 어두운 밤을 가르며 계속되었다.

작은 등불이 어둠 속에 둥근 불빛의 나이테를 만들고 있었다. 나이트 테이블에 놓여 있는 작은 스탠드에서 뿜어내는 부드러운 빛이 침대

속에 바싹 달라붙어 있는 모리사키 교수와 요시즈카 유키코를 비치고 있었다.

"어째서 형사가 왔죠? 유미코 살해 사건으로?"

"그것과 간접적으로 관계된 일이야."

"그러면 매춘 행위 때문에?"

"그래."

"정말 우리들 중에 그런 일을 하고 있는 사람이 있는 건가요?"

"없다고 생각하나?"

"아뇨."

요시즈카 유키코는 가볍게 고개를 흔들었다.

"있다고 생각해요. 대부분의 아이들은 그런 얘기 들어도 놀라지 않거든요. 나 외에는."

"너는 정말 괜찮니?"

모리사키는 웃으면서 물었다.

"나는 당신 하나로도 벅차요. 그것도 무료 봉사로."

유키코는 아무것도 걸치지 않은 팔을 길게 뻗어 모리사키의 목을 껴안으며 입술을 포갰다.

"그래도 그렇지, 왜 형사가 일부러 왔을까? 내가 조사해준다고 했잖아요."

"너에게 위험한 일은 시키고 싶지 않아."

"나라면 괜찮아요."

"그 자신감에 넘쳐 있는 것이 위험해. 뭐니뭐니 해도 그네들은 프로잖아."

유키코는 탐색하는 듯이 모리사키의 얼굴을 바라보았다.

"사실은 그 외에도 조사해 보고 싶은 일이 있죠?"

모리사키는 대답하지 않았다.

"역시 그렇군요. 그럼 앞으로 소문을 추적해 봐야겠어요."

"확실히 형사를 부른 일이 알려지면 몰래 숨어 있던 인물이 나타날지도 몰라. 그러나 목적은 어디까지나 매춘 사건뿐이야."
"좋아요. 일단 믿죠."
모리사키는 웃으며 말했다.
"심술궂은 아가씨야, 넌."
유키코는 나이트 테이블에 놓인 손목시계를 보고, "어머나, 벌써 10시네요. 기숙사에 돌아가야겠어요. 고미네 노인이 꽤 까다로워서요."
고미네는 학생 기숙사의 수위이다.
"나도 뭐 좀 조사해 볼 게 있어."
"그래요?"
그렇게 말하면서도 두 사람은 침대에서 일어나려고 하지 않았다. 서로 상대가 먼저 일어나기를 기다리고 있는 것이다. 그러면서 그들은 넌지시 얼굴을 맞대고 웃었다.
"조사에 그리 시간이 많이 걸리지는 않을 거야."
"고미네 노인도 조금만 잘 대해 주면 아무 말도 하지 않아요."
모리사키는 손을 뻗어 스탠드를 끄고는 유키코의 알몸을 껴안았다.
침대 아래쪽에 동그랗게 나뒹굴어져 있던 홈스는 마지못해 눈을 떴다. 침대가 시끄러워져 가고 있었기 때문이었다.
홈스는 달갑지 않은 얼굴을 한 채 침대에서 바닥으로 내려서는 카펫에 발톱을 치켜세우고 크게 한번 기지개를 켰다. 그리고 나서 홈스는 문 구석에 있는 전용 출입구를 통해 밖으로 나갔다. 마치 눈치 빠르게 자리를 박차고 나가기라도 하는 듯이.

3

하고로모 여자 대학은 후추(府中) 시의 변두리에 위치하고 있고 캠퍼스는 거의 정사각형에 가까웠다. 정문에서 가로수 길을 들어가면 정면이 사무실을 겸한 제1강의동, 그 안쪽에 제2강의동과 연구실이 나란히 있다. 또 그 안쪽 정문과 반대쪽 담을 따라서 교원숙사(敎員宿舍), 체육관, 수영장이 나란히 있고, 계속 더 들어가면 공사중인 새 교사, 그리고 학생 기숙사가 있다. 학교 전체가 아담하게 늘어서 있고, 학생수도 5백 명이 넘지 않는 정도다.

가타야마는 토요일 오후에 다시 하고로모 여자 대학에 왔다. 이미 수업이 끝나서 그런지 구내는 한산했고, 여대생의 모습도 셀 수 있을 정도로밖에 보이지 않았다. 가타야마는 마음속으로 안심했다. 어제처럼 가타야마는 주임 교수실에서 모리사키와 만났다. 강의가 없어서 그런지 모리사키는 말끔하게 옷을 갈아입고, 허술한 데가 눈에 띄지 않는 단정한 모습으로 앉아 있었다.

"그래서 미타무라와도 얘기해 봤습니다만, 아무튼 오늘 밤 학생 기숙사를 감시해 보자고 하더군요……."

"알겠습니다."

가타야마는 고개를 끄덕였다. 책상에는 홈스가 동그랗게 쭈그리고 앉아 있었다.

"만일 정말 기숙사 학생들이 매춘을 하는 사실이 있다면 토요일 밤에 조사하는 것이 좋을 것 같습니다. 사실은 전에 본 새 교사의 공사 현장 바로 옆에, 현장에 있는 사람들 때문에 임시 식당을 세워 놨습니다. 기숙사를 감시하기에는 거기가 안성맞춤입니다."

"기숙사에는 수위 같은 사람이 있습니까?"

"예, 고미네라고 하는 노인이 있습니다. 기숙사가 5층 건물이라서 처음부터 수위를 두었지요. 벌써 5년이 되었습니다. 조금 까다로운 노인입니다만, 어쨌든 그에게 말씀해 보시죠."

"좋습니다, 가능하다면……."

"알았습니다. 기숙사로 안내할 테니 같이 가실까요?"

모리사키가 일어서자 전화가 울렸다. 모리사키는 아주 귀찮은 기색으로 전화를 받았다. 통화를 끝낸 모리사키는 수화기를 내려놓고 가타야마에게 말했다.

"아, 죄송합니다. 사무실에서 잠깐 불러서 그러는데 여기서 기다려 주시겠습니까?"

"아닙니다. 혼자서 가보지요. 고미네 씨라고 하셨나요?"

"그렇습니다. 그러면 내가 그분에게 전화를 해두죠. 죄송합니다."

"아, 아닙니다. 천만에요."

가타야마는 구내의 설명을 듣고 주임 교수실을 나왔다. 4층에서 1층까지 계단을 내려가는 것도 귀찮아 엘리베이터를 탔다. '닫힘'이라고 쓰인 버튼을 누르려고 하는데 홈스가 살짝 엘리베이터에 들어왔다.

"뭐야? 고양이도 엘리베이터를 타나?"

가타야마는 유쾌한 빛을 띠며 말했다. 홈스는 알면서도 모르는 체, 단정하게 엘리베이터 바닥에 앉았다.

가타야마는 멋쩍은 듯이 "1층까지 내려가십니까?" 하고 물었다.

"야―옹."

홈스가 적절한 시간에 대답을 했기 때문에, 가타야마는 저절로 웃어 버리고 말았다.

1층에 도착해서 바깥 현관 쪽으로 걸어가고자 하는데, 바짓자락이 무언가에 끌리고 있었다. 내려다보니 홈스가 앞발톱으로 가타야마의 바지를 끌어당기고 있었다.

"아, 좋아. 양복은 이거 한 벌밖에 없는데."

홈스는 복도 반대편으로 향했으나, 얼굴만은 가타야마 쪽으로 돌리고 호소하듯이 울었다.

"뭐지? 저기로 가자는 건가?"

"야―옹."

"그럴까? 저쪽으로 가는 것이 더 가까운가? 그렇지만 이 녀석, 설마 알고서 나를 안내해 주려고 하는 건 아니겠지?"

홈스는 앞장서서 재빨리 걸음을 재촉했다. 가타야마는 잠시 고개를 갸우뚱거리면서 뒤따랐다.

"고양이에게 끌려서 대학 구경을 하는 건가, 설마!"

반신반의하며 홈스를 뒤따르니, 홈스는 제1강의동 안쪽 출입구에서 밖으로 나갔다. 그곳은 제2강의동과 연구실에 끼어 있는 가운데 뜰로, 원과 직선으로 조화를 이룬 기하학적인 길 주위에 화단이 둘러져 있었다. 맑게 개어 있는 날이어서 그런지, 흰 돌이 깔려 있는 길이 눈부셨다.

"음……. 과연 여자 대학이구나."

가타야마는 저절로 그런 말을 중얼거렸다. 홈스는 안내하는 녀석답게 그 길을 재빨리 걸어갔다. 가운데 뜰의 중앙에는 조그만 연못이 있고, 그 주위에 벤치가 나란히 놓여 있었다. 그 벤치 하나에 남녀 한 쌍이 나란히 앉아 있었다. 두 사람은 가타야마 쪽으로 등을 돌리고 있었기 때문에 가타야마가 온 것을 느끼지 못한 듯 이야기를 계속 주고받고 있었다. 갑자기 남자가 여자의 몸을 껴안으려 했다. 마침 두 사람 가까이까지 가고 있던 가타야마는 우뚝 멈춰 서서 남녀의 포옹을 계속 지켜보았다. 여자는 얼른 남자의 손을 떨쳐버리고 일어서면서 손에 쥐고 있던 두꺼운 사전을 번쩍 들어 남자의 머리에 똑바로 던져 버렸다.

남자는 두 팔로 머리를 감싸쥐고 신음하더니 벤치에 털썩 주저앉아 버렸다. 상당히 강렬한 일격이었던 것이다.

"잘못 봤어요!"

그녀는 한마디 말을 던지며 또다시 일격을 가하고 벤치에서 일어나 뒤돌았다. 그와 동시에 가타야마와 얼굴이 마주쳤다.

"아니!"

가타야마는 눈을 크게 뜨며 깜짝 놀랐다. 요시즈카 유키코였던 것이다. 유키코도 얼굴이 새빨갛게 되어 가타야마 옆을 비켜서 도망가 버렸다.

'깜짝 놀랐네.'

가타야마는 유키코의 뒷모습을 쳐다보면서 고개를 저었다.

"개 같은 년!"

갑자기 귓전에서 큰 소리가 들려 가타야마는 펄쩍 뛰었다. 유키코에게 얻어맞은 남자가 일어서면서 욕지거리를 퍼붓고 있는 것이었다.

"두고 봐라! 이렇게 하고선 어떻게 되는가……."

삼십대 중반쯤 되어 보이는 양복 차림의 조금 살이 찐 듯한 남자였다. 둥근 얼굴에 둥근 안경을 쓰고, 무언가 항상 불평에 가득 찬 그런 얼굴을 하고 있다. 남자는 손을 번쩍 들어서 유키코가 가버린 쪽으로 호되게 욕지거리를 퍼붓고 나서야 겨우 눈앞에 서 있는 가타야마를 쳐다보았다.

"뭐요, 당신?"

"아, 아닙니다. 잠깐 지나가는 길입니다만……."

"도대체 누구의 허락을 받고 교내를 걸어 다니는 거요?"

"누구라니?"

"당신 때문에 내 프라이버시가 침해당했잖아!"

'일부러 침해한 것이 아니라 그쪽이 좀 시끄러웠기 때문인데…….' 하고 가타야마는 생각했지만, 아무 말 없이 어깨를 움츠렸다.

"도대체 무슨 용무로 여기에 온 거요?"

가타야마는 임무를 밝힐 수 없는 노릇이라, "모리사키 교수님이 불러서요."라고만 대답했다.

웬일인지 남자는 더욱 격분해서, "주임 교수가 다 뭐야! 이렇게 남을 훔쳐보는 취미가 있는 사람에게 교내를 돌아다니게 하다니……. 그럴 권리는 없어!" 하고 말했다.

가타야마는 순간적으로 화가 치밀어 올라 경찰이라고 말해 버리고 싶었지만, 그런 가타야마를 막기라도 하듯이 홈스가 벤치로 뛰어 올라 남자를 향해 큰 소리로 울었다.

"아니, 네 놈은 주임 교수의 고양이로구나! 뭐야, 할 말이 있나?"

남자는 정말 홈스에게 화를 내고 있었다. 홈스는 등을 둥글게 말고 털을 잔뜩 치켜 세우고서 소리를 질러댔다. 남자는 정말 화가 났는지, "이 녀석!" 하고 짧은 다리를 홈스를 향해 들어 올렸다.

"이봐!"

가타야마는 엉겁결에 불렀지만, 홈스는 남자의 발이 날아오기를 기다렸다는 듯 눈 깜짝할 새에 재빨리 벤치에서 뛰어내렸다. 그 결과 남자의 발은 허공을 차 버렸기 때문에 금방 멈출 수가 없어서, 그대로 힘껏 드높이 번쩍 들려졌다. 그러나 다리 길이는 짧고, 발레하는 사람마냥 한쪽 다리만 들고 있을 수 없는 노릇이라 상체도 따라서 뒤로 젖혀졌다. 그래서 남은 한쪽 다리로는 균형을 잡을 수 없었다. 간단하게 얘기하자면, 조금 살이 찐 남자는 한 발로 홈스를 차려고 하다 허공을 발길질하면서 보기 좋게 쓰러져 버렸던 것이다.

가타야마는 홈스에게, "가자!" 하고 말하고 도망쳤다. 가운데 뜰을 벗어나자 뒤에서는 남자가 욕 퍼붓는 소리가 들려왔다.

"야, 욕 한번 되게 하는데."

가타야마는 발걸음을 늦추며 홈스에게 말을 걸었다.

"아주 잘했어!"

홈스는 아무 일도 없었다는 듯 앞장서서 발걸음을 재촉했다.

가타야마의 눈앞에 몇 개 동인가 건물이 나란히 버티고 서 있었다. 오른쪽으로는 철근으로 된 3층 건물의 교직원 사택. 모리사키 주임 교수도 여기에 살고 있었다. 상당히 취미가 고상한 사람들이 살고 있을 거라고 생각해서 그런지 사택이라고 하는 단어에서 초라하다는 느낌은 전혀 들지 않았다. 조촐하고 아담한 고급 맨션이라는 인상이었다. 정면에는 지붕이 돔(dome) 형식으로 된 체육관이 있었다. 여자 대학이라서 그런지 그렇게 크지는 않았다. 물론 지금은 폐쇄중이지만.

가타야마는 모리사키에게 들은 대로 왼쪽으로 꺾어 들어가 수영장 앞을 나와 똑바로 걸어갔다. 몇 발자국 앞을 홈스가 변함 없이 안내인답게 걸어갔다. 이 고양이가 정말 길을 알고 있어 나를 안내라도 해주는 모양이구나 하고 가타야마는 생각했다.

수영장에서 30m쯤 걸어가니 새 교사 건축 현장이 나왔다. 건물 공사라고 해도 옛날과는 달라서 사람도 제법 많았다. 건물 중앙에서 모습을 드러낸 타워 크레인이 철골을 서서히 들어올리며 건물의 외형을 꾸며가고 있었다. 철골을 모두 다 꾸며 놓으면, 이번에는 크레인이 이미 만

들어 놓은 사방 몇 m나 되는 네모진 벽을 조금씩 쌓아 올려, 눈 깜짝할 새에 외벽이 완성되는 것이다. 기초 공사가 끝나고 이런 상태에까지 가면 이제 소음도 그다지 들리지 않아서, 아직도 공사중인가 하고 의심할 정도로 조용하게 된다.

새 교사에서 또 30m쯤 떨어져서 5층짜리 학생 기숙사가 있었다. 그 사이의 빈터에, 공사 현장에서 인접해 있는 단층집의 조립식 주택이 한 동 세워져 있었는데, '식당'이라고 하는 현판이 걸려 있었다. 학생 식당은 여자 대학생만 있기 때문에, 공사 관계자 식당을 여기에 따로 지어둔 모양이었다.

학생 기숙사 입구에 들어가니, 바로 옆에 창구가 있어 어딘지 병원에 온 것 같은 기분이 들었다. 가만히 들여다보니, 다 낡아서 헤어진 옷을 걸친 예순 대여섯 정도 되어 보이는 노인이 의자에 앉아 무언가 중얼거리고 있었다.

"좋아, 거기야. 그렇지, 좋아! 좋아, 그런 식으로!"

반 정도 창구 쪽으로 등을 대고 있었기 때문에 가타야마에게는 전혀 신경도 쓰지 않는 것 같았다. 도대체 뭘 혼자서 중얼거리고 있는가 하고 안쪽을 들여다보고 나서 가타야마는 고개를 끄덕였다. 노인은 창가에 놓여 있는 텔레비전으로 권투 중계를 보고 있었다. 권투광인 모양이다.

"뭐하는 거야! 에헤이, 쯧쯧! 빌어먹을!"

노인이 워낙 열심히 보고 있었기 때문에 가타야마는 방해할 것 같은 기분이 들어, 한 라운드가 끝날 때까지 가만히 기다리기로 했다.

"나가! 그만해! 그렇지, 그렇게 해, 그렇게!"

가타야마도 텔레비전 화면을 보고 있었지만, 그러는 동안에 가타야마는 상당히 묘한 느낌이 들었다. 노인이 지르는 소리하고 화면에 나타나는 시합이 일치하지 않는 것이다. 양 선수가 클린치하고 있으면, "좋아! 그렇지!" 하고 소리지르고 격하게 서로 난타전을 벌이고 있으면, "에헤, 좀더 천천히!" 하고 안달복달하는 소리를 지르는 것이었다. 그러는 동안에 한 회전이 끝났다. 가타야마는, "저······." 하고 말을 걸려고 하는데 노인은 텔레비전에서 광고를 하고 있는데도, "지금이다! 그렇지! 그거야!" 하고 중얼거렸다.

'도대체 어떻게 된 거야?'

"이봐, 빨리빨리 해서 바람에 날아가 버려!"

'바람에 날아가 버려? 권투 선수가 바람에 날아가 버린다는 얘기는 들어 보지도 못했는데······.'

"죄송합니다."

가타야마가 말을 건넸다.

"아, 예. 왜 그러시오?"

노인이 기분나쁜 듯한 얼굴을 하고 가타야마를 쳐다보았다.

"누구요, 당신?"

"저, 모리사키 교수님에게서 전화를 받으셨을 줄 입니다만······."

"아! 아까 전화를 받았어요. 청소국 사람이라고 하던데?"

"아닙니다."

가타야마는 당황해하며 말을 했다.

"글쎄? 아닌가. 그럼······ 저, 뭐 조사해 보고 싶은 것이라도 있는지?"

"그렇습니다. 가능하다면 힘을 빌렸으면 해서······."

"잠깐 기다려 주시오. 이제 금방 저게 끝날 테니까."

노인은 또 텔레비전 쪽을 향하면서, "그러면 안 돼, 똑바로! 그렇지, 이번에는 괜찮아." 하고 말했다.

"예?"

"뭐요?"

"누구를 응원하고 있는 겁니까?"

"응원? 무슨 얘기요?"

가타야마는 조금씩 말투에 흥분한 빛을 띠었다.

"저, 권투를 보고 응원하시는 거 아닌가요?"

"권투?"

노인은 텔레비전을 보고, "아, 텔레비전을 켜놓고 있었군." 하고 일어서더니 얼른 텔레비전을 꺼 버렸다.

가타야마는 무서운 꿈이라도 꾼 것 같은 기분이 들었다.

"권투가 아니면, 아까부터 도대체 누구한테 소리를 지르신 겁니까?"

노인은 급히 엄한 얼굴을 풀고 싱글거렸다.

"저 귀여운 아가씨요."

"어느……?"

"안 보입니까? 당신, 눈이 앞에 붙어 있는 거요?"

"물론입니다."

"자, 저 아가씨가 보이지 않을 리는 없을 것이고."

노인은 창 쪽으로 손을 흔들어 보였다. 새 교사 건축 현장은 잘 보였지만 어느 곳에도 여자 모습은 보이지 않았다.

"아름답잖소, 응? 키 크고, 쫙 뻗고, 저 길고 튼튼한 팔을 갖고 있고……."

"튼튼한 팔?"

"이봐요, 저 아가씨가 철재를 몇십 개씩이나 한꺼번에 나르고 있는 것이 보이지 않는 거요?"

그제서야 알았다. 저 타워 크레인을 말하고 있는 것이다. 그러나 크레인을 '귀여운 아가씨'라고 부르는 것은 어딘지 모르게 이상한 발상 같았다.

"나도 여기에 오기 전에는 훨씬 더 귀여운 아가씨를 탔었지. 마음대로 움직여 댔었거든."

노인은 먼 옛날을 회상하는 듯, "정말 애지중지하게 다루면 그 녀석도 거기에 따라서 움직여 줄 텐데……. 그럼 정말로 신나는 일이 되는데." 하고 말했다.

노인은 얼굴을 찌푸렸다.

"배짱이 좀 없는 것 같아. 울면서 땅바닥으로 내린 거야. 지금 저 사람처럼 저러면 저 아가씨를 혹사시키는 거야! 저걸 봐요. 미풍 같은 바람인데도 짐이 혼들리잖소. 저런 식으로 일해 가지고서야 밑에 있는 사람들은 목숨이 몇 개 있어도 모자랍니다. 나 같으면 꿈적도 하지 않게 해 가지고 정해진 장소에 내려놓을 텐데……."

그제서야 노인은 가타야마 쪽을 똑바로 쳐다보았다.

"그런데 무슨 용무로? 청소국 사람이오?"

4

자물쇠를 열고 가만히 문을 닫으며 가타야마는 무서운 어둠 속으로 발을 내딛었다. 옛날부터 어두운 곳은 질색이다. 조금이라도 어두우면, 가타야마는 어렸을 때 실수로 하룻밤 헛간에 갇혀 버렸던 일이 떠올랐다. 그때의 공포가 아직도 가타야마의 가슴에 남아 두려움을 뿜아내고 있는 것이다. 심리학자라고 하면 이것저것 그럴 듯한 논리를 붙여 가면서 설명하겠지만, 여기서는 그럴 필요가 없다. 단지 가타야마가 그 새 교사와 학생 기숙사 사이에 있는 '식당'으로 들어갔을 때 별로 평온하지 못한 기분이 스며들었다는 것뿐이다.

문을 닫고서 가타야마는 얼른 어둠에 적응하려고 애썼다. 눈이 어둠을 배워가듯 익숙해져 실내의 모습이 조금씩 보이기 시작했다. 가늘고 긴 식탁 여섯 개, 그 주위에는 벤치형의 나무 의자가 나란히 늘어서 있었다. 가타야마는 조심조심 식탁 사이를 걸어나갔다. 자물쇠는 잠겨 있지 않았다. 이러한 임시 식당에 자물쇠를 채우는 것은 밤중에 도둑이라도 찾아들까 봐 염려해서인데, 특별히 여기에는 귀중품이 될 만한 게 하나도 눈에 띄지 않았다.

어둡다고 해도 완전히 어둡지는 않았다. 세 방향으로 쇠그물을 친 유리창이 있고, 그 한쪽은 학생 기숙사 건물 쪽으로 접하고 있기 때문에 학생 기숙사 주위의 수은등 빛이 그 유리창으로부터 부드럽게 비쳐 들어오고 있었다.

의자 하나를 그 창가로 가지고 가서 가타야마는 살며시 앉았다. 학생 기숙사 출입구는 밝기 때문에, 멀리 떨어져 있어도 출입하는 사람 정도는 알 수 있었다. 하지만 여기서 밤을 새워야 한다. 바깥과 다름없이 실내에는 조금씩 한기가 찾아들고 있었다. 코트라도 입고 왔으면 좋을 것 같았다. 가타야마는 딱딱한 의자에 가능한 한 편안한 자세로 앉으려고 이리저리 애를 썼다.

고미네 노인과의 대화는 시종 어긋난 채로 진행되었다. 모리사키 주임 교수에게서 말을 들었을 거라고 생각했던 가타야마는 처음에는 기분이 괜찮았지만 잠시 얘기해 보고 나서 고미네가 사정을 전부 안 건 아니라는 걸 알았다. 그래서 땀 흘려가며 사정을 설명했지만, 고미네를 납득시킨다는 것은 결코 쉬운 일이 아니었다. 고미네는 기숙사에 있는 학생이 좋지 않은 행동을 하는 것 같다는 얘기를 접하고는, 자신의 관리에 대한 일종의 책임감을 느끼는 것 같았다. 그는 가타야마에게 벌컥 성을 냈다. 수위라고 하는 직업이 얼마나 중노동인지, 다른 사람은 이 직업을 전혀 이해하고 있지 않다는 등 호소를 하며, 자신이 눈을 크게 뜨고 있는 한 그런 불순한 행동이 일어날 리가 없다고 큰소리쳤다. 그러나 "아, 그렇습니까?" 하고 돌아설 수도 없는 노릇이라 가타야마는 일단 여기서 오늘 하룻밤만 감시하고 싶다고 했다.

이 말이 고미네에게 받아들여지기까지는 약간의 타협이 필요했다. 최종적으로는 고미네가 받아들였기 때문에 원만한 해결을 본 것이지만, 도중에 고미네가 괴한 격퇴용 몽둥이를 휘두르며 가타야마를 쫓아다닌 일도 있었다. 상대를 겨우 납득시키고 나서 가타야마는 숨을 헐떡이며 생각했다.

'신문에, '양국 수뇌 회담은 시종 우호적인 분위기 속에서 진행되었다'라고 하는 기사가 흔히 나오지만, 사실은 역시 책상 주위를 뱅뱅 돈 것이 아닐까? 정치가는 자고로, 단거리 경주에 강하지 않으면 안 되겠어…….'

창에서 비쳐 들어오는 불빛으로 손목시계를 보니 9시 40분이었다.

학생 기숙사의 문 닫는 시간은 10시며, 고미네 노인은 학생들이 반드시 그때까지는 돌아온다고 말했기 때문에 '아르바이트'에 나가는 사람이 있다고 할 것 같으면, 일단 돌아왔다가 또 나가는 것이 틀림없으리라.

그러나 정면 현관 수위실에는 계속 고미네 노인이 있기 때문에, 나간다고 하면 우선 생각할 수 있는 것은 비상 계단이다. 기숙사 건물 바깥쪽에 쇠로 된 계단이 있는데, 그것도 이 식당에 접하고 있는 방향이기 때문에 가타야마가 있는 곳에서는 잘 보인다. 현관만큼 밝지는 않지만, 빨간 비상등이 각 계단 비상구 위에 붙어 있기 때문에 일단은 분명히 식별할 수 있다.

얼마 지나니 몇몇의 학생이 밤의 정적을 깨듯 큰 소리로 떠들어대며 현관으로 연이어 들어가고 있었다. 물론 늘어서 있는 각 방의 창가에는, 어디에서나 불빛이 빛나고 있다. 불이 꺼진 방도 몇 군데 있었지만, 다른 방에 놀러 가기도 하는 모양이었다.

그래, 지금부터다. 가타야마는 하품이 나오는 것을 억눌렀다. 잠복 근무라고 해도 살인범을 기다렸다가 덮치는 것도 아니고, 밀수 현장을 덮치는 것도 아니다. 상대는 여대생이다. 기분은 좋지만, 그런 기분 때문인지 긴장이 풀렸다. 잠이 찾아 들어서 어쩔 수 없는 듯, 가타야마는 따끈한 커피를 한 잔 마셨으면 좋겠다는 생각에서 벗어나지 못했다. 거기에 햄버거라도 곁들이면 얼마나 좋을까.

그런 생각을 하고 있으려니 어디에서인지 정말 커피 냄새가 나는 것 같은 느낌이 들었다.

"주접스럽게, 정말."

가타야마는 쓴웃음을 지었다.

"아니, 뭐야?"

갑자기 등뒤에서 소리가 났다. 지금이 낮이라면 몰라도, 밤중에 이런 어두운 장소에서, 더군다나 이런 좋지 않은 곳에서 젊은 여자의 목소리가 난 게 분명했다. 가타야마는 엉겁결에 뛰어올라, 그 탄력으로 엉거주춤하게 의자에 누워 버렸다.

"놀라게 할 마음은 없었는데, 죄송해요. 정말!"

요시즈카 유키코가 꽤나 미안한 듯이 바닥에서 일어나 앉는 가타야마의 얼굴을 바라보고 있었다.

"아니…… 괜찮습니다."

가타야마는 일어나 앉았다.

"하긴, 그래도 꽤 놀랐습니다."

"미안해요. 커피하고 햄버거를 가져왔어요. 드시겠어요?"

가타야마는 입을 딱 벌리고 유키코가 손에 들고 있는 쟁반을 바라보았다. 내가 앉아서 졸고 있나? 이거 꿈일지도 몰라.

"왜요? 내 얼굴에 뭐가 묻었나요?"

"아니…… 그렇지 않습니다. 그렇지만……."

"자, 식기 전에 드시죠. 여기에 놔두겠어요."

유키코는 쟁반을 창에서 가장 가까운 식탁에 놓았다. 따스한 김이 오르고 있는 종이컵 두 개와 햄버거 한 개.

"나도 커피만 같이 했으면 좋겠네요."

"아, 그럼요."

"자, 그럼 드세요."

"그럼……."

가타야마는 창 쪽으로 몸을 돌린 채 의자에 걸터앉아 따뜻한 햄버거를 덥석덥석 물어뜯었다.

"전자 레인지에 데워서 따뜻할 거예요."

"고맙습니다. 맛있네요."

"좋아요."

유키코는 살포시 미소를 지었다.

가타야마가 이상한 느낌이 든 것은, 젊은 여성 가까이에 있을 때면 언제나 느껴왔던 공포와 긴장을 이때만은 전혀 느낄 수가 없었다는 점이다. 어슴푸레한 방 안에서 여자와 둘이라고 하면 언제나 그는 졸도할 것만 같았는데, 지금은 정말 아무렇지도 않았다.

"오늘은 엄청난 실수를 한 것 같아요."

유키코는 조금 부끄러운 듯 웃었다.

"아니오, 훌륭한 일격이었습니다."

가타야마도 그 가운데 뜰의 일을 기억해내고는 갑자기 웃음 띤 표정을 지었다.

"치한을 해치우는 표본입니다."

"아니 글쎄, 갑자기 날 껴안으려고 하잖아요."

"그 사람은 누구죠?"

"영문학 교수예요. 오나카 겐이치 교수."

"영문학? 저……."

"오래 전부터 나에게 치근거려 왔어요."

"이번에는 호되게 당했지요. 홈스도 당신 대신에 그에게 대들었거든요."

유키코는 의아스러운 듯이 가타야마를 바라보았다. 가타야마는 그 뒤의 상황을 설명해 주었다.

"어머, 세상에!"

유키코는 눈물을 흘릴 정도로 웃어댔다. 물론 주위가 조용했기 때문에 될 수 있는 한 소리를 내지 않으려 하면서 말이다.

"참 맛있었습니다. 고마워요."

가타야마는 커피가 무척 맛있어서 고맙다고 했다.

"천만에요. 힘내세요."

"고맙습니다."

이때까지 가타야마가 조금도 의문을 느끼지 못했다고 해도 그를 나무라는 것은 좀 지나친 일이 아닐까? 대체로 남자들은, 귀여운 여성이라면 마음씨도 곱고 정직하다고 여기기 때문이다. 하지만 가타야마는 적어도 유키코가 가버리기 전에 이렇게 물을 만큼 냉정함이 있었다.

"저, 어떻게 해서 여기에 오셨는지요?"

유키코는 멍한 얼굴로, "이걸 갖다 드리려고요." 하고 말했다.

"아니, 그게 아니고······. 다시 말해서, 어떻게 해서 내가 여기에 있는 걸 알았느냐는 겁니다."

"모리사키 교수님께 들었어요. 이걸 갖다 드리라고 말씀하신 것도 교수님이세요."

가타야마는 석연치 않았다. 모리사키 교수가 비밀로 해야 할 것을 이렇게 간단하게 학생에게 얘기해 버리는 것은 좀 곤란하다.

"내가 여기 있는 건 비밀로 해야 하는데······."

"아, 예. 물론 알고 있어요. 형사님."

유키코는 즐거운 표정을 지었다.

"근사해요. 잠복 근무, 스릴이 있는 것 같아요."

"아직 해본 적이 없습니다."

가타야마는 힘없이 대답했다.

"내가 무엇을 살피려고 하는지 알고 있나요?"

"예, 모리사키 교수님에게 들었어요. 형사님, 걱정마세요. 나는 특별한 사람이에요. 나 이외에는 아무도 몰라요."

유키코는 쟁반을 손에 쥐고 문 쪽으로 걸어 나가다가 갑자기 발걸음을 멈추며 창 쪽으로 다가왔다.

"저기 보세요. 저 4층의 노란색과 붉은색 커튼이 드리워진 어두운 창이 있죠? 저 방이 내가 있는 방이에요. 잘 보세요. 자, 그럼 안녕히 계세요."

"잘 가요."

유키코의 모습이 학생 기숙사 입구에서 사라지는 것을 창가에서 지켜보면서 가타야마는 마치 꿈속을 걷는 것 같은 기분을 느꼈다. 그렇다고 자고 있는 것은 아니다. 방금 전까지만 해도 유키코와 가까이 앉아 대화를 나누었다는 느낌이 강하게 남아 있기 때문이다. 유키코의 불 꺼진 방을 얼마쯤 지그시 바라보고 있자, 이윽고 불이 켜지고 푸른빛 커튼이 선명하게 나부꼈다. 그리고 커튼이 조금 열어 젖혀졌다고 생각하는 순간 유키코의 모습이 마치 영상처럼 나타났다. 유키코는 가타야마

쪽으로 귀엽게 손을 흔들었다. 엉겁결에 손을 흔들어 답했지만 가타야마는 자신이 어두운 곳에 있는 탓으로 저쪽에서는 보이지 않을 거라고 생각했다.

'좀 이상한 아가씨야!' 하고 가타야마는 혼잣말로 중얼거렸다. 냉정한 수재형의 여학생이라는 느낌이 드는 한편, 낮에 있었던 일처럼 치근거리는 남자를 소름끼치도록 후려갈기는 면도 있구나 하고 생각했다. 그런 면이 있기 때문에 이렇게 남자가 혼자서 잠복 근무하는 데에도 갑자기 들어와 친절하게 얘기를 건 것일 테지……. 그런데 그녀가 "나는 특별한 사람이에요." 하고 말을 했는데, 그 '특별'이라고 하는 건 도대체 어떤 의미를 가지고 있는 걸까?

가타야마는 눈을 크게 떴다. 닫힌 커튼으로 유키코의 모습이 비치고 있었다. 조그맣게 보였지만, 그 모습이 꿈틀거리고 있는 걸 봐서는 어쩌면 옷을 벗고 있는지도 모른다. 아니, 상식적으로 생각해 보면 그것은 목욕탕에 들어가려고 하는 건지도 모른다.—이 고급 학생 기숙사에는 각 방마다 목욕탕이 죄다 붙어 있었다. —아니, 옷을 갈아입으려는 거겠지. 당연한 얘기라서 그런지 신경에 거슬리지는 않았다. 가타야마는 유키코가 윗도리를 벗고 아랫도리만 입고 있는 모습을 상상했다. 얼굴에서 열이 확화 달아올라왔다. 더군다나 목욕탕에 들어간다고 하면 아랫도리도 몽땅 벗었을 텐데……. 왠지 몸이 움츠러들고 머리에서는 핏발이 서며 몸이 뜨거워졌다. 커피 같은 것보단 더 효과 있는 흥분제였다.

다행인지 불행인지 유키코의 요염한 모습은 그 이상 확대되지 않았기 때문에, 가타야마도 이윽고 평상시의 상태로 되돌아갈 수 있었다. 손목시계를 쳐다보니 11시 40분이었다.

12시 30분이 지나자 사람 모습이 눈에 띄었다. 아직 대부분의 창가에 불이 켜져 있었다. 가타야마는 학생들이 아마도 FM 심야 방송이라도 듣고 있는 모양이라고 생각했다. 유키코의 방에도 불빛이 보이고 있었지만, 안에 있는지 없는지 언뜻 움직이는 모습도 보이지 않았다. 가타야마는 몇 번인가 유키코의 방을 쳐다보다가 눈을 아래쪽으로 떨어뜨렸다. 그런데 그때 한 남자가 눈에 들어왔다. 남자는 비상 계단을 올라갔다. 공식적인 용무라면 현관으로 들어갈 텐데, 아무리 생각해도 수상쩍었다. 가타야마는 눈을 크게 뜨고 바라보다가 이윽고 긴장을 풀며 행동을 개시했다.

 가타야마는 바깥으로 나가 될 수 있는 한 어두운 곳을 택해 기숙사 쪽으로 가까이 다가갔다. 그 이상한 남자는 비상 계단을 부지런히 올라가고 있었다. 그다지 체력이 좋지 않은지 3층까지 올라가서는 좁다란 층계참에서 한숨을 내쉬고 있었다. 가타야마는 남자가 눈치채지 못하게 발소리를 죽이고 비상 계단을 더듬어 올라갔다. 위에 올라간 남자는 다시 한 층을 더 올라가 발을 멈추고서는 무언가 이상하다는 듯 고개를 갸우뚱거렸다. 가타야마는 3층까지 올라가 남자 쪽을 바라보았다. 비상구 위에 켜져 있는 붉은 비상등 빛이 남자의 얼굴을 희미하게 비추었다. 가타야마는 순간적으로 웃음이 나올 것만 같았다. 남자는 낮에 유키코에게 얻어맞았던 영문학 교수였다! 오나카 교수가 여기엔 웬일이지? 유키코의 방에 가려는 것일까? 이번에는 물벼락이라도 맞겠구먼……. 가만히 바라보고 있으려니, 오나카는 무슨 생각에서인지 비상 계단 난간을 짤막한 다리로 애써 넘으며, 창 밑의 20cm쯤 돌출한 부분에 발을 살며시 내딛었다.

 "자식! 뭐 하는 거야?"

 가타야마는 자기도 모르게 중얼거렸다.

 오나카는 곡예사도 아니면서, 지상 4층의 벽면에 찰싹 달라붙어서 유키코의 방의 창 쪽으로 가까이 가려하고 있었다. 상당히 운동신경이 예민하고 몸이 가벼운 사람이라면 몰라도, 고양이를 걷어차려다 뒤로 벌러덩 넘어진 사람으로서는 도저히 무리였다.

 본래의 임무와는 관계없는 것이었지만, 그냥 놔뒀다가는 추락 사고라도 날까 봐 가타야마는 떨떠름한 표정을 지으며 4층으로 올라갔다.

제1장 하고로모 여자 대학과 살인 47

오나카는 힐끔힐끔 아래쪽을 쳐다보면서 조금씩 나아가고 있었다. 유키코의 방은 비상 계단에서 두 번째로, 오나카는 겨우 첫번째 창을 지나 유키코의 방 중간에 도달하고 있었다.

이럴 때는 신중하게 행동해야지 소리를 질러서는 안 된다. 이쪽에서 급한 마음에 소리를 지르면 깜짝 놀라서 떨어질지도 모른다.

"이봐요!"

가타야마는 낮은 소리로 불렀다.

"이봐, 여기야, 여기."

충분히 들을 수 있었는데도 오나카는 꼼짝 않고 벽에 등을 딱 붙이고선 까닥도 하지 않았다. 가타야마는 조금 큰 소리로 외쳤다.

"이봐! 안 들리는 거요?"

오나카가 슬쩍 가타야마 쪽으로 얼굴을 돌렸다. 핏기가 하나도 없는, 새파랗게 질린 얼굴을 하고선, 수족관에 갇혀 있는 금붕어처럼 입만 뻐끔거리고 있었다.

"괜찮소?"

가타야마가 한마디 건넸다.

"……도, 도와주시오!"

목이 쉰 듯한 소리가 오나카의 목구멍에서 흘러나오고 있었다.

"나는…… 고소공포증이오!"

"그럼, 무엇 때문에 그런 일을 한 거요!"

가타야마는 나무라는 듯한 목소리로 얘기했지만, 사실 그렇게 한가롭게 얘기나 하고 있을 때는 아니었다. 오나카는 죽은 사람마냥 몸을 곧추세우며 일어서고 있었다. 그 상태로 오래 끌 수 없는 노릇이었다.

"기다려요! 지금 어떻게 해볼 테니까."

그렇게 말했지만 가타야마도 역시 높은 곳은 질색이었다. 더군다나 혼자서는 어떻게 해볼 수가 없었다. 오나카는 이미 비상 계단에서 7~8m나 떨어져 있었기 때문에, 가타야마는 도저히 오나카를 데려올 수가 없을 것 같았다. 하지만 유키코의 방 창문에서는 2~3m 정도밖에 되지 않기 때문에, 그쪽에서 잡아당기는 편이 더 빠를 것 같다. 가타야마는 비상구를 열려고 했다. 하지만 안에서 잠가버렸기 때문에 문은 꼼짝달싹도 하지 않았다.

"기다려요! 곧 갈 테니!"

가타야마는 급히 계단을 뛰어내려가 기숙사 현관으로 갔다.

"고미네 씨! 고미네 씨!"

수위실 창구 쪽으로 바싹 다가가 큰 소리로 불렀지만 아무런 반응이 없었다. 옆문을 통해 안으로 들어가 보니 고미네 노인은 긴 의자에 누워 코를 골고 있었다. 머리가 띵할 정도로 지독한 술 냄새가 풍겼다. 바닥에는 빈 소주병이 나뒹굴어져 있었다.

"아이고 맙소사……"

이런, 엉망이군. 이래 가지고서야 누가 매춘을 하러 나가는지를 알아보기는커녕, 기숙사 안으로 손님을 데리고 와도 모르겠군.

가타야마는 고미네의 도움은 단념해 버리고 수위실을 나왔다. 기숙사라고 해도 고급이어서, 작은 건물이었지만 엘리베이터도 있었다. 가타야마는 4층으로 올라가, 복도로 나와 유키코의 방을 찾았다.

'요시즈카 유키코'라는 이름이 푸른색으로 칠해져 있는 나무에 써 있었다. 노크를 하니 "예." 하는 소리가 나며 잠시 뒤 문이 열렸다.

"아이쿠!"

가타야마는 깜짝 놀랐다. 유키코는 목욕을 하다가 뛰어나온 것 같았다. 목욕 수건을 목에 둘둘 감고, 젖은 머리를 수건으로 감고 있었다.

"아이쿠, 미안합니다. 정말이지 몰랐습니다. 저……"

가타야마는 횡설수설 어찌할 바를 몰라하며, "저…… 잠깐 급한 일이 있어서요……. 그렇게 급한 것은 아니지만……." 하고 말을 더듬었다.

유키코는 수건으로 가린 가슴을 손으로 꼭 누르며, 목욕탕에서 금방 나와서 그런지 발갛게 익은 볼에 장난기 어린 미소를 지으며 말했다.

"상당히 급하셨던 모양이죠, 형사님?"

가타야마가 멍하니 서 있었다.

"그럼, 살짝 들어오세요. 친구들이 알면 곤란하니까."

가타야마는 당황했다.

"아니, 그게 아니라……. 아무튼 안으로 들어가겠습니다."

"잠깐 기다려요. 가운을 좀 입고 나서."

오나카에게는 좀 안된 얘기지만, 젊은 여성을 위해 몸을 잠시 위험한 상태로 놔두는 것도 기사도가 아닐까? 이윽고 유키코가 문을 열었다. 가타야마는 안으로 들어갔다. 유키코는 엷은 핑크빛 가운을 입고 있었다. 방은 젊은 여자답게 화려해서, 푸른빛 카펫, 꽃무늬 벽지, 침대고 책상이고 할 것 없이 모두 다 어여쁜 여자의 숨결로 가득 넘쳐 있었다. 단지 커다란 책 선반에 두꺼운 책이 빽빽이 꽂혀 있는 것이 우등생의 방임을 말해 주고 있었다. 그러나 한가로이 감탄만 하고 있을 수는 없는 노릇이었다.

"그런데 무슨 일로?"

"창 밖을 보십시오."

"창 밖?"

유키코는 의아스러운 표정을 지으며 눈살을 찌푸렸다.

"어서."

가타야마는 창을 열고 목을 내밀었다. 2m쯤 왼쪽 편에 오나카가 인형처럼 착 달라붙어 멀뚱히 서 있었다.

"이봐요! 이쪽으로 와요! 손을 뻗고서."

유키코는 무슨 일인가 싶어서 머리를 내밀었다가는 순간적으로, "으악!" 하고 소리를 질렀다.

"나 참 기가 막혀서!"

"그냥 놔둘 수도 없는 노릇이니……. 뭔가 로프 같은 게 없습니까?"

"빨랫줄도 괜찮을까요?"

"그것도 좋아요. 빌려 주시오."

"예."

유키코가 줄을 가지고 오자 가타야마는 둥그렇게 바퀴 모양의 커다란 원을 만들었다.
"어떻게 하려고요?"
"떨어지면 틀림없이 죽을 겁니다. 저 사람 몸에 이 줄을 감아 놓고 나서 슬슬 이쪽으로 잡아당기려고요."
"예? 차라리 목에 걸면요? 그쪽이 빠를 것 같은데요?"
가타야마는 순간 손을 멈추고 유키코의 얼굴을 쳐다보았다.
"그렇게 되면 너무 황송해서."
"뭐가요?"
"누군가가 목매어 죽는다면 이 끈 다시는 쓰지 않을 거죠?"

가타야마가 유키코의 방을 나온 것은 4시가 지나서였다. 몸이 노곤해서 잠이라도 자고 싶었다.—이렇게 말하는 데 오해가 없기를. 오나카를 구하는 데 시간이 꽤 오래 걸렸던 것이다. 오나카는 아무리 말을 해도 꼼짝달싹도 하지 않고서, "빨리 도와 줘!" 하고 비명만 지를 뿐이었다. 그리고는 결국 울고 말았다. 애들보다 나은 게 하나도 없었다. 달래 보기도 하고 협박하기도 하고, 이런저런 고생 끝에 줄을 잡고 끌어당기길 장장 세 시간. 겨우 2m의 거리를 정복해서 유키코의 방 안으로 둥그런 몸뚱어리를 뉘였을 때, 가타야마는 온통 땀투성이였다. 지켜보고 있던 유키코는, 벌써 반은 죽어 버린 사람 같은 얼굴을 한 오나카를 얼른 방에서 두들겨 내쫓고 가타야마에게 따뜻한 커피를 대접했다.
"형사라는 게 이상한 직업입니다."
유키코가 아무 말도 하지 않고 매력적인 눈짓을 했다.
"저런 사람들은 도와주지 않아도 되는데, 나라면 그냥 내던져 버렸을 거예요."
"나도 그렇게 할 수 있다면 그렇게 하고 싶었습니다."
가타야마는 커피를 홀쩍홀쩍 마셨다.
"피곤하시죠? 조금 누우세요."
가타야마는 침을 꿀꺽 삼켰다. 유키코는 어떤 생각으로 이런 말까지

하는 것일까? 침대에 누우라고 하는 건 자신을 유혹하고 있는 것인가? 가타야마는 유키코의 얼굴에서 어떤 것도 읽어내지 못했다.

가타야마는 고개를 흔들었다.

"아직 근무중이라서요. 그럼, 실례 많았습니다."

유키코가 잔잔히 웃었다.

"왜 그러십니까?"

"아니에요. 모리사키 교수님의 말씀 대로, 당신은 정말 멋진 사람이에요."

이렇게 말하는 건 또 무슨 의미일까? 기숙사 현관을 나오면서 가타야마는 생각에 잠겼다.

'나를 마음에 두고 있다는 건지, 바보로 생각한다는 건지……'

이제 서서히 날이 밝아와 가장 추운 시간이었다. 흠뻑 땀을 흘린 상태에서 땀이 급히 말라버린 탓인지 몸이 오들오들 떨렸다. 가타야마는 보통 때 마냥 자신이 놀림을 당한 거라고 생각했다.

'그건 그렇고, 오늘 밤 잠복 근무는 실패로군. 오나카를 돕는 동안에 1개 연대가 현관에서 출동해 나갔을 리는 없겠지만, 어쨌든 또 경시님께 잔소리를 꽤나 듣겠구나.'

가타야마는 문득 이런 생각을 했다. 오나카가 가타야마를 붙잡아 두기 위해서 일부러 연극을 한 것은 아닐까 하고 말이다. 정말로 오나카가 매춘에 관계된 사람이라면? 잠깐 생각에 잠겨 있던 가타야마는 고개를 흔들었.

'아니야, 아무리 생각해 봐도, 그 고소공포증은 정말인 것 같아. 그런 행동까지 하지 않고도, 매춘을 오늘 하룻밤만 쉬면 되는 게 아닌가? 아니, 정말로 그 오나카가 매춘 조직의 한 패거리라면……'

하지만 그것은 오나카를 신부 학교의 교사라고 하는 것만큼이나 어울리지 않는 생각이었다.

'일단은 아침까지 저 식당에 들어가 있도록 하자.'

가타야마는 식당으로 들어가 문을 열었다.

가타야마는 입을 딱 벌린 채 입구에 우두커니 서 있었다. 꿈인 듯했다. 혹시 건물을 잘못 찾아온 것은 아니겠지? 눈을 비벼 보고 착각하지 않았는지 확인해 보고, 또 머리를 툭툭 쳐 보기도 했다.

식당 안은 텅텅 비어 있었다. 사람이 없는 건 당연하지만, 식탁도 의자도 깡그리 사라지고 없었다. 가타야마가 창가에 앉아 기숙사를 지켜보았던 의자도, 유키코와 둘이서 커피를 마시고 햄버거를 먹었던 식탁도 전부 없어져 버렸다.

"……어떻게 된 거야?"

가타야마는 혼자 중얼거렸다. 완전히 텅 빈 식당에, 어슴푸레하게 새벽이 밝아오고 있었다. 주위는 쥐 죽은 듯이 고요했다.

5

"식탁과 의자를 도난당해?"

미타무라 경시는 눈을 크게 떴다.

"자네, 아직 잠이 덜 깼나?"

"아닙니다. 그렇진 않습니다."

가타야마는 미타무라의 집을 찾아가 상황을 상세하게 보고했다. 오늘은 일요일이다.

"그 뭐라고 했나? 그 영문학 교수를 도와 주는 데 시간이 그렇게 많이 걸렸나?"

미타무라는 의아한 듯 눈을 뜨고서 가타야마를 바라보았다.

"정말입니다. 결코 의심할 만한 일은 없었습니다!"

"이젠 화를 내나? 알았어. 아무 말도 시키지 말까?"

"아뇨!"

"그런데……"

미타무라는 잠깐 사이를 두고서, "그 요시즈카라고 하는 여대생이 정말 미인인가?" 하고 물었다.

"예, 그건 저…… 아주 기가 막히게……. 왜 그러시죠?"
"아무것도 아니야. 그냥 물어봤을 뿐이야."
미타무라는 빙긋이 웃었다.
"상당히 피곤하지?"
"저……."
"좋아. 수고했어. 돌아가 쉬게. 내일은 서로 나와. 내가 모리사키와 얘기해서 어떻게 할 건지 결정하지."
가타야마는 보고서를 쓰기 위해 일단 경시청으로 돌아갔다. 가타야마는 보고서를 쓰기 싫어서 언제나 뒤로 미루곤 했다. 미루다 보면 내용도 잘 잊어버렸다. 그는 오늘은 기억이 생생할 때 보고서를 쓰기로 마음먹었다. 그러나 도대체 어떻게 쓰면 좋을지……. 사실대로 썼다간 아무도 믿으려고 하지 않을 것 같은데…….
"어이구, 미남자의 귀환인가?"
여대생 살인사건으로 출근해 있는 몇몇 동료가 조롱하는 듯한 소리를 냈다.
"어젯밤엔 잠복 근무했다며?"
가타야마에게 다가오며 하야시 형사가 빈정거리듯 말했다.
"예, 선배님. 출장 갔다 돌아오셨습니까?"
"어제 저녁에. 이젠 정말 피곤해. 자네는 여자들이 사는 정원에서 우아하게 밤을 새웠다지?"
"천만에요! 오해입니다."
하야시는 근처에 있는 빈 책상에 걸터앉아 담배에 불을 붙였다. 하야시 노리히코는 사십대 초반으로, 형사 생활이 오래되었음에도 불구하고 여유가 넘치고 후덕해서 사람들에게 인기가 있었다. 후배들에게는 친근감을 얻고 있었고, 상사에게는 두터운 신뢰를 받고 있었다. 예리하다는 느낌도 없고 눈에 잘 띄지도 않았지만, 어떠한 괴로운 일도 꺼려하지 않고 꾸준히 착실하게 수사를 진행하면서 조금도 불평하지 않았다. 인내형 형사의 표본이 될 만한 사람이었다.

"흠, 꽤 이상한 얘긴데 그래."
하야시는 가타야마의 이야기를 듣고 나서 고개를 갸우뚱거렸다.
"그렇지만 사실입니다! 정말이에요!"
"알았어. 의심하는 건 아니야!"
"그러나…… 사실 나 자신도 꿈을 꾼 듯한 느낌이 들어요."
가타야마는 풀이 죽은 듯한 목소리를 냈다.
"확실히 해. 아무리 그렇기로서니 꿈에서 식탁이나 의자가 없어져 버릴 수야 없잖은가?"
"당연하죠."
"그런데 도대체 무엇 때문에 식탁과 의자를 훔쳐갔을까?"
"알 수가 없죠."
"근처에 식당이라도 차리려고 하는 녀석이 돈을 좀 절약하려고 훔쳐갔을까?"
가타야마는 눈을 휘둥그렇게 떴다.
"아무리!"
"농담이야." 하고 하야시는 웃었다.
"자, 나는 집에 돌아가서 한숨 자야겠네."
"아직 집에 가시지도 않으셨습니까?"
"음, 보고서를 만드느라고 밤을 새워 버렸어."
하야시는 아무렇지도 않은 듯 태연하게 말했다.
"빨리 돌아가시는 게 좋겠습니다. 리에가 좋아하잖아요."
"응."
하야시는 가늘게 눈을 떴다. 리에는 그의 세 살 먹은 딸이다. 늦게 본 자식이어서 그런지 상당히 귀여워하는 것 같았다. 그렇지만 형사라는 직업 때문에 애들이랑 같이 놀아 줄 만한 여유가 없었다.
"제법 많이 컸죠?"
"아, 그럼. 많이 컸지. 이제 대답도 할 수 있는데. 정말!"
"귀엽겠네요?"

제1장 하고로모 여자 대학과 살인 55

"아, 물론! 하지만 자네는 아직 독신으로 살아가는 기개가 있잖나?"
"그렇게 말할 것도 없습니다."
"빨리 장가들게. 처자식을 데리고 있어야 인간으로서 한 사람 몫을 하는 거야. 요즈음은 늘 그런 생각을 하지. 그럼, 수고하게."
하야시가 손을 흔들고 나가자 가타야마는 보고서를 쓰기 시작했다. 그러나 전혀 일이 되지 않았다. 순서를 따라 쓸 때마다 요시즈카 유키코의 모습이 어른거려서―특히, 목욕 수건을 몸에 칭칭 감고 있었던 모습과 목욕탕에서 나던 향긋한 냄새가 떠오르자 심장이 뛰고 뜨거운 피가 용솟음쳐서 일이 도저히 손에 잡히지 않았다.
책상 위에 있던 전화가 울렸다. 하루미의 전화인가?
"예. 가타야마입니다."
수화기 저쪽에서 목소리를 듣고 알았다는 듯 소리가 들렸다.
"아, 요시? 안녕, 나야."
가타야마는 한숨을 내쉬었다. 하필이면 유키코의 매혹적인 모습을 떠올리고 있을 때 전화가 온담.
"안녕하세요, 숙모님."
가타야마는 떨떠름하게 말했다.
"오랜만이야. 어때? 잘 있었나?"
"예, 저……."
"종종 전화 좀 걸어. 그런데 다름이 아니라 할 얘기가 좀 있어서. 오늘 점심시간에 시간이 좀 나니?"
"아닙니다. 저……."
"바쁜가 보지? 뭐 좀 말할 게 있는데."
"아닙니다. 지금 곧 집에 들어가려고 생각합니다만……."
"어디 아파?"
"아닙니다. 오늘은 일요일이라서 비번입니다."
"오, 그래? 그거 좋았어, 하하하!"
가타야마는 귀가 아파서 수화기를 귀에서 뗐다. 10cm 떨어져서 들어도 그 주파수 높은 목소리를 충분히 들을 수 있었다.

"알았어. 지금부터 그쪽으로 갈 테니, 그전에 만난 적이 있는 다방…… 뭐더라? 홀라후프?"

"르노알 말입니까?"

"그렇지, 그렇지! 거기서 기다리고 있으라고."

"무슨 일입니까?"

"그건 만나서 얘기할게."

숙모는 끔찍한 웃음을 곁들이며 말했다.

"오늘은 일요일이지. 알랑을 만나는 거야. 잊어버렸나?"

"알랑?"

"있잖아, 그 왜 외화 프로의 CM에 나왔잖아."

"아아, 알랑 드롱 말입니까?"

"그렇지, 영화 같은 건 뭐라도 좋아. 알랑 얼굴을 보지 않으면 시간이 흐르는 것 같지 않거든. 자, 그럼."

"뭐가 알랑이야."

가타야마는 전화를 끊고 지긋지긋하다는 듯이 투덜거렸다. 숙모인 고지마 미츠에였다. 만나서 얘기하겠다고 했지만, 가타야마는 만나지 않고도 용건을 알 수 있었다. 아마도 틀림없이 맞선 얘기를 갖고 올 것이다. 남 돌봐 주기를 좋아한다고 할까. 보통 석 달에 한 번 정도는 정기적으로 전화가 걸려온다. 최근에는 또 하루미의 혼담도 종종 가져오곤 했다.

가타야마는 지긋지긋한 기분을 달래며, 마음대로 잘 되지 않는 보고서를 힐끔힐끔 쳐다보았다.

"그건 걸작이었어."

모리사키가 웃으면서 말했다.

"정말 화낼 거예요."

유키코가 뾰로통한 얼굴로 팔짱을 꼈다.

"오나카 교수를 죽일 수 있겠어요?"
"내 힘으로는 무리야. 게다가 그 녀석은 학장이 맘에 들어 하거든."
"어제 저녁에 떨어졌으면 좋았을 텐데, 정말."
"아무튼 그 형사도 엄청난 일을 한 거야."
"좋은 사람이야, 드문 사람이에요. 요즘 같은 세상에 그렇게 시대에 뒤진 사람도 별로 없을 거예요."
 유키코는 칭찬이라고 한 말일 테지만, 가타야마가 들었다면 바보 취급을 당한 것 같아서 아마도 풀이 죽었을 것이리라.
 모리사키의 방, 거실 소파에 두 사람은 앉아 있었다. 벽에 부착되어 있던 스테레오에서 푸치니의 토스카가 흘러나왔다.
 두 사람이 단순한 교수와 학생에서 그 이상의 관계로 발전하게 된 동기는 음악이었다. 원래 클래식 음악을 좋아한 유키코가 기숙사 방에서는 마음껏 스테레오 볼륨을 크게 틀 수 없다고 불평하는 것을 듣고, 모리사키가 그녀를 자기 방으로 끌어들인 것이다. 모리사키가 특별히 어떤 계획 같은 걸 세우고 유키코를 방으로 끌어들인 건 아니었지만, 결국 두 사람은 그 날 밤 음악을 감상하지 못했다. 두 사람이 처음 입술을 포갰을 때 배경 음악으로 흐르고 있었던 건 라흐마니노프도 쇼팽도 아닌, 그런 장소에 어울리지 않는 리카르트 스트라우스의 '자라투스트라는 이렇게 말했다'였다.
"어때?"
"뭐가요? 이 테너?"
"아니야, 아니야. 그 형사. 너에게 푹 빠져서 천하게 굴지 않던가?"
"잘 모르겠는데요."
"푹 빠졌을 거라고 생각하지는 않지만……."
"그러게 되면 어떻게 하죠?"
"좀 사귀어 보지 그래?"
"이상한 말도 다 하시네."
 유키코는 조금 불만스러운 듯 말했다.

"무슨 일이 있었나요?"
 모리사키는 영국제의 산뜻한 양복 주머니에서 작게 오려낸 종이쪽지를 꺼내어 유키코에게 건네 주었다.
 "이게 뭐예요?"
 유키코는 쪽지를 펼쳐 보고는 눈살을 찌푸렸다. 그것은 신문에서 오려낸 문자를 붙여 만든 편지였다.

 '더 이상 조사하지 말도록 경고한다! 만일 듣지 않으면……'

 "협박장이네요! 어디에 있었던 거죠?"
 "아래 우편함에 있었어."
 "경찰에 신고하지 그러셨어요?"
 "그렇게까지 할 일은 아닌 것 같아."
 "그렇지만……"
 "아무튼 내가 형사를 부른 까닭은 학교 안 사람들에게 두루 알리기 위해서야. 그 결과 누군가가 이렇게 움직이기 시작한 거지."
 "매춘과 관계가 있을까요?"
 모리사키는 고개를 흔들었다.
 "이 편지만 가지고는 알 수 없지. 내 생각으로는, 아마 어느 한쪽의 그 누군가가 한 짓인 것 같지만……"
 "어째서요?"
 "매춘에 대해서는 아직 확실한 증거가 있는 것은 아니잖아. 게다가 이런 협박장을 보낸다면, 매춘 사실을 인정한다는 얘기가 되는 거야."
 "그렇군요. 아무튼 조심하세요. 교수님 신변에 무슨 일이라도 생기면……"
 "걱정 안 해도 돼."
 모리사키는 유키코의 어깨를 안고서 가볍게 툭툭 두드렸다. 유키코는 모리사키 쪽으로 다가가서 입술을 내밀었다. 모리사키는 부드럽게 그녀의 입술에 자신의 입술을 포갰다. 오페라는 제법 괜찮은 아리아 '별은 빛나건만'이었다. 카발라도시가 맑은 테너로 '달콤한 키스…….'라고 노래하고 있었다. 바로 이 두 사람의 분위기에 딱 들어맞는 배경 음악이었다. 그러나 이 오페라의 주인공들은 비극적인 죽음을 맞는다.

현관의 차임벨이 울렸다.

"누굴까요?"

모리사키가 나가 보니 고미네 노인이었다.

"잠깐 드릴 말씀이 있어서……."

고미네 노인은 쭈뼛거리며 말했다.

"그러세요? 들어오세요."

고미네 노인은 방으로 들어와서는 유키코가 있는 것을 보고 얼굴에 미소를 지었다.

"그런데 고미네 씨, 무슨 일로?"

"예……, 사실은 어젯밤 일이……."

"아, 예."

모리사키는 살짝 미소를 지으며 고개를 끄덕였다. 고미네 노인이 술에 취해 완전히 곯아떨어져 버린 일은 모리사키도 알고 있었다. 기숙사에 있을 때는 술을 마시면 안 된다고, 고미네 노인을 고용할 때 조건을 붙였던 것이다.

"지나가 버린 일을 어떡하겠습니까? 지금부터라도 정신차려서 일하신다면 되지 않겠어요?"

"미안합니다!"

고미네 노인은 미안한 듯 머리를 긁었다.

"두 번 다시 그러지 않겠습니다."

"그것보다도, 말씀드리지 않고 갑자기 형사를 보내서 기분나빴죠?"

모리사키가 말했다.

"결코 영감님을 무시해서 그런 건 아닙니다. 이해해 주세요."

"예, 그럼은요. 조금도 그렇게 생각하지 않습니다."

고미네 노인은 평상시의 마음으로 되돌아와 고개를 끄덕였다.

"다만, 그 젊은 양반이 내 행동을 보고 별난 사람이라고 여기는 것 같아서 좀 화가 났습니다."

"무슨 말씀이세요?"

유키코가 중간에 끼여들었다.

"내가 그 귀여운 녀석을 지그시 바라보고 있는 걸 보더니만, 아주 어이없다는 듯이 나를 쳐다보잖아요. 정말 무례한 사람이더구먼!"

"귀여운 녀석이라고요?"

이상하다는 듯이 모리사키가 되묻자 유키코가 대답했다.

"그 공사 현장의 크레인 말이에요. 그렇죠, 아저씨?"

"그렇습니다요! 그렇게 귀여운 녀석은 또 없어요!"

모리사키는 의아한 듯이 눈을 크게 떴다. 곧이어 얼굴에 혐오감을 역력히 나타냈다.

"그 도깨비 같은 것 말입니까? 내게는 도저히 '귀엽다'라는 형용사 따위는 떠오르지 않던데……."

고미네 노인은 모리사키의 말에 풀이 죽은 모습이었다. 노인은 다시 한번 기숙사에서 몹시 취해 있었던 일을 너그럽게 봐 달라고 하면서 부장에게 아무런 얘기도 하지 말아 달라고 부탁하고는 나가 버렸다.

"고미네 씨의 꿈을 망가뜨리는 말은 하지 않는 게 좋아요."

"알고 있어. 하지만 그런 말을 하는 걸 어떻게 참으란 거야? 그 괴물이나 도깨비 같은 것을 보고 귀엽다고 하는데!"

"고집쟁이."

유키코는 웃으면서 모리사키의 어깨에 팔을 뻗었다.

"그런데……."

"응?"

"계속할 거예요?"

"물론이지."

"낮이잖아요?"

"마음이 안 내켜?"

"아뇨, 그런 건 아니지만······."

모리사키는 유키코를 꼭 껴안았다. 바로 그때 홈스가 들어왔다. 점심을 달라고 온 것 같았는데, 주인과 유키코의 모습을 보고는 이런 상태론 당분간은 어렵다는 것을 깨달았는지 체념한 듯한 얼굴로 방을 나갔다.

"자, 이 아가씨 어때? 좀 키가 큰 게 흠이지만, 요즘 젊은 아가씨들은 모두 다 크잖아."

가타야마는 상당히 진절머리가 나는 표정으로 숙모인 고지마 미츠에가 마술사 같은 손짓으로 가방에서 꺼내 놓은 사진들을 훑어보았다. 다방 한구석, 4인용 테이블이 좁게 보일 만큼 사진이 이리저리 흩어져 있고, 커피 잔은 테이블 끝에서 당장이라도 떨어져 버릴 것만 같은 모습이었다.

"키가 몇입니까?"

가타야마가 물었다. 아무 말이라도 묻지 않으면 기분나빠 할 것 같은 생각이 들었던 것이다.

"1m하고, 음······ 몇이라고 하더라?"

미츠에가 금테 안경을 똑바로 고쳐 쓰며 무릎 위에 놓았던 신상 카드를 뒤적거렸다.

1m하고······ 보통 클 것 같지가 않다. 2m라면 큰일이다.

"아, 여기 있구먼. 1m 78cm."

"저하고 서면 별로 차이가 없지 않습니까? 거기다가 하이힐이라도 신으면······."

"글쎄, 그렇다니까. 아가씨는 참한데."

가타야마는 한숨을 내쉬었다.

"저, 숙모님. 여러 가지로 걱정해 주셔서 고맙습니다만, 저는 아직······."

"아니야, 아니야!"
미츠에는 다그치듯이 말했다.
"오늘은 그렇게는 안 되겠어. 이렇게 많이 준비해 왔잖아. 마음에 드는 사람이 하나도 없단 소리는 하지 마라."
상당히 많이 준비해 가지고 온 건 알지만, 그렇다고 백화점 특매는 아니잖아!
"나는 요시를 결혼시키지 않는 한 안심하고 잘 수가 없어."
"숙모님, 그렇지만 저는 장사꾼같이 생겼고, 월급도 박봉이고, 쉬는 날이 있어도 없는 거나 마찬가지여서, 아마 상대방이 죄다 딱지를 놓을 거예요."
"얘, 그런 소리 하지 마! 요즘은 불황이잖아. 경찰이라도 요즘은 줄줄이 늘어선단 말야. 아직까진 경찰도 인기가 있어."
"그래요?"
경찰이 인기가 뚝 떨어져 버린 것 같은 세상에 살다 보니 이런 좋은 얘기는 잘 나오질 않는 법인데…….
"그래도 형사란 직업은 위험하잖습니까?"
가타야마는 좀 심각한 표정을 지었다.
"흉악한 범죄자를 상대로 해서 목숨을 걸어요. 언제 죽을지도 모르는데요. 처자식을 그런 불행에 빠뜨릴 수는 없잖아요!"
"아니야! 그런 걱정은 하지 마."
미츠에는 천연덕스럽게 말했다.
"내 친구도 남편이 형사였는데 젊어서 죽었어. 하지만 보험금을 몽땅 타서 아주 잘 살고 있는걸."
가타야마는 아무 말도 하지 않고 고개를 흔들었다. 이젠 더 이상 할 말도 없었다. 가타야마는 늘어놓은 사진에서 아무렇게나 한 장 뽑아들며 선을 본다고 승낙해 버렸다.
"좋아. 우선은 만나 봐야지. 그렇지 않고선 아무것도 몰라. 그런데 이 여자는 내가 보기엔 괜찮은 아가씨인 것 같아. 벌써 일곱 번이나 선을 봤지만, 언제나 자기가 먼저 딱지를 놓았지. 상대방에게서 거절당한 적은 한 번도 없었대."

"일곱 번이나?"

"일곱 번 가지고 놀라지는 마라. 좋은 상대를 찾으려면 열 번이고 스무 번이고······."

가타야마는 머리가 지끈거리기 시작했다.

"저, 하루미가 기다리고 있어서 저는 그만······."

"오, 그렇지! 잊어버릴 뻔했네. 하루미 일로 할 얘기가 있는데."

가타야마는 종업원을 불러 커피 대신에 샌드위치를 갖다달라고 했다. 사태는 장기전의 양상을 띠고 있었다.

30분 가까이 흐른 뒤, 가타야마는 하루미의 맞선 얘기를 잘 알아들었다고 하고서 받은 사진을 쥐고 일어섰다. 그러자 미츠에가, "아니, 한 가지만 더 얘기할 게 있는데······." 하고 말을 꺼냈다.

가타야마는 밤참까지도 준비해야 되나보다 하고 생각했다.

"무슨 얘긴데요?"

"너, 고야나기 알고 있지?"

"고야나기? 아아, 숙모님 술친구?"

"그런 소리 하지 마. 꽃 같은 내 친구다."

"그 고야나기 씨가 왜요?"

"오늘 전화 왔어. 여러 가지 얘기를 하다가 나중에 하루미 얘기를 잠깐 하더구나······."

"하루미 얘기? 만난 적이 있었나 보죠?"

"그래, 보았었대."

"그런데 하루미가 무슨 일이라도?"

"그래, 어젯밤 그 친구가 집에 좀 늦게 들어갔었던 모양이야. 아무튼 택시를 타고 집에 가고 있는데 도중에 신호에 걸렸대. 그런데 그때 하루미가 차 옆을 지나가더래."

"그래요? 하루미도 외출 같은 건 합니다."

"밤 1시가 지났었대."

"설마! 누군가를 잘못 봤겠죠."

"아니야. 절대 잘못 본 게 아니래. 고야나기는 사람 얼굴을 기억하는 데는 유명하다고. 게다가 밤중이라고 해도 가로등 불빛이 있어서 상당히 환했다고 하던데."

"음, 저는 어젯밤에 철야 근무라서 아파트에 들어가지 않았습니다만……. 그러나 하루미도 어린애가 아니니까. 그럼, 돌아가서 물어 보죠."

"하루미는 혼자가 아니었대."

가타야마는 어리둥절한 얼굴로 미츠에의 얼굴을 쳐다보았다.

"무슨 말입니까?"

"남자하고 같이 있었대."

"밤 1시에?"

"밤 1시에."

가타야마는 생각에 잠겼다. 만일 사실이라면 바로 하루미에게 얘기해야겠다. 그런 밤중에 남자와 걸어다니다가는 감기에 걸릴 텐데. 그러나 정말 하루미였을까?

"그뿐만이 아니래."

"그러면?"

"고야나기 말로는, 상대편 남자는 나이가 지그시 들었는데, 아무리 봐도 독신자라고는 생각할 수 없었대. 게다가 두 사람은 아무리 봐도 단순한 사이가 아닌 것처럼 보이더라는 거야……."

"어지간히 해두십시오!"

가타야마는 화를 냈다.

"하루미는 아주 착실한 아이입니다. 아무리 그래도 그렇지, 처자식 있는 남자와 그런……. 도대체, 고야나기 씨가 제멋대로 그렇게 얘기해도 되는 겁니까? 그런 일을?"

"하루미는 그 남자와 껴안은 채 울고 있었대. 그런 걸 보는 눈은 고야나기가 정확해."
"그렇다면 제가 신경쓰지 않을 수 없군요!"
"당연하지."
가타야마는 아무 말도 하지 않았다. 아니, 사실은 신경쓰지 않아도 될 거야. 하루미를 그렇게 생각해 본 적이 없었으니까…….
"알겠습니다. 오늘 돌아오면 하루미에게 잘 물어 보죠."
"아니야, 안 돼. 그렇게 하는 게 아냐! 아주 신경써서 물어 봐야 해. 처음에는 아무렇지도 않은 듯이 얘기해야 하루미가 반응을 보일 거 아냐!"
"알겠습니다."
"눈치채이지 않게 해. 하루미가 고민할지 모르잖아."
"알았습니다."
가타야마는 어쩌면 좋을지 몰라 커피 잔만 바라보고 있다가 이윽고 얼굴을 들었다.
"어젯밤 고야나기 씨가 하루미를 본 장소는 어디 근처죠?"
미츠에는 망설이다가 장소를 알려주었다. 가타야마의 아파트에서 그렇게 멀지 않은, 이른바 러브 호텔이 모여 있는 곳이었다.

"어젯밤 잘 잤니?"
저녁식사를 마치고 나서 저녁상을 치우고 있는 하루미에게 가타야마는 아무렇지도 않은 듯이 물었다.
"왜?"
"아니, 그냥. 혼자서 허전하지 않았나 해서."
"내가 뭐 어린앤가."
하루미는 웃으며, "사실은 어젯밤에 여기에 없었어." 하고 말했다.
가타야마는 덜컥 놀라서 손에 쥐고 있던 신문을 떨어뜨릴 뻔했다.
"그럼, 어디에서 잤어?"
될 수 있는 대로 아무렇지도 않다는 듯이 물었다.

"회사 친구네 집. 여자야, 오빤 모르는 사람."
"그래?"
하루미의 말투에는 조금도 부자연스러운 곳이 없었다. 가타야마는 더 이상 아무 말도 하지 않은 채 신문을 읽는 체했다. 그래, 그 고야나기라고 하는 쓸데없는 여자가 잘못 본 거야. 그렇지만 만일 하루미가 거짓말을 하는 건지도 몰라. 가타야마는 슬쩍 동생의 뒷모습을 바라보았다. 그렇게 교묘하게 거짓말을 하는 애라고는 믿어지지 않는데…….
어젯밤 한숨도 자지 못했는데도 그 날 밤 가타야마는 좀처럼 잠을 이룰 수가 없었다. 그는 옆방에서 조용하게 자고 있는 하루미 쪽으로 가끔씩 얼굴을 돌리고서 한숨을 내쉬었다. 어느덧 잠이 든 것은 새벽 3시가 넘었을 무렵이었다.
가타야마는 전화벨 소리에 눈을 떴다. 하루미가 얼른 일어나 전화를 받았다. 커튼을 통해서 아침 햇살이 비쳐 들어오고 있었다. 베개 밑의 시계를 보니 6시 30분이었다.
"예, 가타야마 댁입니다."
하루미가 수화기를 들었다.
"아, 미타무라 아버지. 안녕하세요?"
아버진가. 가타야마는 무거운 머리를 설레설레 흔들었다. 오늘은 낮에 갔으면 좋겠는데.
"예, 지금 일어났어요. 잠깐 기다리세요."
하루미는 오빠에게, "미타무라 아버지야." 하고 말했다.
"아, 그래."
가타야마는 느릿느릿 이불을 빠져 나왔다.
"가타야마입니다."
"일찍 일어났구먼."
미타무라 경시의 목소리에는 상당한 긴박감이 흐르고 있었다.
"하고로모 여자 대학으로 지금 빨리 가."
"무슨 일이 일어났습니까?"

"모리사키가 살해되었네."

"뭐라고요?"

잠 기운이 싹 달아나 버렸다.

"모리사키가 살해됐어."

미타무라가 되풀이했다.

"하야시에게도 가 보라고 연락했고, 나도 가네. 자네도……."

"곧 가겠습니다."

수화기를 내려놓고 나서도 가타야마는 얼마 동안 움직일 수 없었다. 그 진짜 신사, 그 지적으로 생긴 주임 교수가 살해되었다니!

"나 간다."

가타야마는 황급히 옷을 입으면서 갑자기 유키코를 생각해냈다. 주임 교수를 존경하고 있는 것 같았던 그녀. 그녀도 지금쯤 알고 있을까? 그렇지, 또 홈스! 주인을 잃어버린 그 고양이는 어떻게 되는 것일까?

제2장 고양이와 형사

1

가타야마가 택시를 타고 하고로모 여자 대학 앞에서 내린 것은 8시 20분경이었다.

날씨는 흐리고 바람은 꽤 쌀쌀했다. 가로수 길에 순찰차 몇 대가 나란히 서 있고, 일찍 등교해서 학교로 온 몇몇 학생이 왠지 불안한 듯한 얼굴로, 그래도 호기심을 가득 품은 채 정면의 제1강의동 입구 가까이에 모여 있었다.

가타야마는 낯익은 순경이 순찰차 속에 있는 걸 보고 인사를 나누었다.

"잘 있었나?"

"예, 가타야마 씨."

"현장은?"

"훨씬 안쪽에 있습니다. 공사 현장 근처입니다. 이 건물을 돌아서……."

"알고 있어."

"그러세요?"

순경은 의외라는 듯, "와본 적이 있습니까?" 하고 물었다.

"응"

"그러세요?"

순경은 싱긋 웃으며 말했다.

"여기가 가타야마 씨의 모교입니까?"

가타야마의 별명이 '아가씨'이기에 놀려 대는 말이다. 가타야마는 아무렇지도 않은 듯 농담으로 받아넘겼다.
"미타무라 경시님은?"
"조금 전에 보았는데요."
"고마워."
　가타야마는 정면의 제1강의동에 들어가서 그저께 토요일, 홈스와 함께 갔던 길을 더듬어서 공사 현장으로 급히 달려갔다. 순찰차와 구급차가 모여 있었고, 많은 사람들이 바쁘게 움직이고 있는 것이 멀리서도 보였다. 발걸음을 재촉했다. 그런데 감식과 친구들이 바삐 들락거리는 곳은 공사 현장이 아니라 바로 그 옆 임시 식당이었다. 그러면 거기가 현장이란 말인가?
　미타무라 경시가 회색 코트로 몸을 감싸고서, 조금 떨어진 곳에 서서 부하들이 움직이는 걸 지그시 지켜보고 있었다. 가타야마가 가까이 가자 미타무라 경시가 뒤돌아보았다.
"어, 수고 많네."
　미타무라 경시의 목소리나 표정은 평상시처럼 벼락이 떨어질 것 같지 않았다. 상당히 지쳐 있는 듯했다.
"경시님, 현장은……?"
"이 식당이야."
　미타무라는 턱으로 가리켰다.
"자네가 그저께 밤 철야 근무한 곳이 여긴가?"
"그렇습니다."
"의자와 식탁을 도난당했다고 하는 곳도 여긴가?"
"예……. 뭔가 관계가 있는 게 아닐까요?"
"잘 모르겠네."
　미타무라는 고개를 흔들었다.
"경시님."
　가타야마는 잠시 머뭇거리다가 물었다.
"모리사키 교수는…… 저…… 어떻게 해서……?"

"잘 모르겠어."

"예?"

"정말 기묘한 일이야. 사인(死因)은 두개골절인 것 같아. 해부 결과를 보지 않고서는 확실히 얘기할 수 없지만."

"무엇으로 맞은 것 같습니까?"

"글쎄, 흉기에 맞은 것 같지는 않네."

"범인은? 단서가 될 만한 건 있습니까?"

"아니."

미타무라는 괴로운 표정으로 고개를 흔들었다.

"아무튼 안을 잘 조사해 봐."

미타무라는 이렇게 말하고 나서 앞장서서 걸어갔다. 가타야마도 급히 뒤를 따랐다.

열려 있는 문을 통해 안으로 들어가서 가타야마는 안을 빙 둘러보았다. 어제 아침 식탁과 의자가 없어진 것을 보고 깜짝 놀랐던 그때 그대로였다. 변함 없이 텅 비어 있고, 창문에서 들어온 아침 햇살이 더럽혀진 바닥에 길게 직사각형을 그리고 있었다. 하지만 그때하고는 달리 한쪽 벽 쪽으로 흰옷을 입은 남자들이 여러 명 모여 사진을 찍기도 하고, 바닥에 넙죽 앉아 있기도 했다. 그 남자들의 발이 있는 곳에는 모리사키의 시체가 하얀 천에 씌워져 있었다.

가타야마는 시체 보는 것을 꺼림칙하게 생각했지만, 호흡을 가다듬고 크게 숨을 내쉬고 가까이 다가가서 천을 들어 보았다.

생각했던 것만큼 심한 상태는 아니었다. 머리가 갈라졌거나 부서져 버렸을 것이라도 생각했지만, 그런 상태는 아니었다. 모리사키의 표정은 비교적 평온했으며 그렇게 가슴이 섬뜩한 느낌은 들지 않았다. 하지만 오히려 그것이 가타야마의 가슴을 콕콕 찌르는 듯했다. 모리사키는 짙은 갈색 윗도리를 입고 있었으며, 안에 받쳐입은 셔츠나 바지도 꽤 어울리는 색이었다. 지금도 모리사키의 미소짓는 얼굴을 보는 것이 아닌가 여겨질 정도였다.

죽을 때까지 이 사람은 멋쟁이였구나 하고 가타야마는 생각했다. 천을 덮으려고 하는데 뭔가가 급히 발 밑을 빠져나갔다.

"홈스!"

삼색털 고양이는 주인의 시체 앞에 앉아서 지그시 죽은 얼굴을 바라보고 있었다.

"홈스……. 네 주인은 죽어 버렸어."

가타야마는 홈스에게 슬픈 듯이 속삭였다. 고양이는 아무 소리도 하지 않고, 꼼짝도 하지 않은 채 앉아 있었다.

"그의 고양이인가?"

뒤에서 미타무라가 말했다.

"그렇습니다. 대학 안을 자유롭게 돌아다녔어요. 상당히 귀엽더군요."

미타무라가 탄식했다.

"경시님, 시체를 운반해도 좋습니까?"

흰옷을 입은 남자가 물었다.

"아, 좋아."

"그럼. ……이봐, 이 고양이는 뭐야, 거추장스럽게!"

홈스는 흘끗 흰옷 입은 남자를 노려보고서 다시 주인 쪽을 향해 한쪽 앞다리를 뻗고서는, 발톱이 나오지 않은 부드러운 발 안쪽을 살짝 뺨에 갖다댔다.

"뭐야! 이거, 저리 가!"

흰옷의 남자가 손으로 거칠게 홈스를 때리려고 했다. 가타야마는 그 순간, "그만둬!" 하고 남자의 가슴을 밀어제쳤다.

"뭐 하는 거야!"

"이 고양이는 피해자가 기른 고양이였어. 조금만 기다려줘!"

"뭐라고! 발톱으로 상처라도 내면 어떡할 거야. 해부에 지장이 있어! 그까짓 고양이 한 마리가 어떻게 됐다는 거야!"

미타무라가 날카롭게 두 사람을 꾸짖었다.

"그만둬! 둘 다!"

가타야마와 흰옷의 남자는 아무 소리도 하지 않았다. 홈스는 일어나서 문 쪽으로 종종걸음을 옮기다가 도중에 문득 멈추어 서서 뒤돌아보았다. 보고 있던 가타야마는 홈스의 눈 속에서 분명히 감사하는 빛을 볼 수 있었다. 마치 인간의 눈처럼 거기에는 수많은 감정이 담겨 있었다.

"왜 그래?"

가타야마는 얼른 정신을 차렸다.

"아니…… 아무것도 아닙니다. 경시님, 아까 '정말 기묘하다'고 하셨죠?"

"응."

"어떤 점이 그렇습니까?"

"문을 봐."

가타야마는 열려진 문을 조사해 보았다. 잘 보이지는 않지만, 빗장 부분이 두들겨 부서져 있었다.

"빗장이 잠겨 있었습니까?"

"그래, 안쪽에서 단단히."

"안쪽에서?"

"그리고 이 안에는 모리사키의 시체밖에는 아무도 없었어."

"그럼, 창으로?"

"창을 봐."

미타무라는 손을 흔들었다.

"전부 철망이 쳐 있어. 부순 흔적도 없고, 다시 고친 흔적도 없어."

"그러면 범인은……?"

"어디로 사라져 버렸을까?"

"밀실 사건입니까? 추리소설은 아니잖습니까!"

"그렇지만 현실적으로 그렇게 생각할 수밖에."

미타무라는 신중하게 고개를 끄덕거렸다.

"밀실 살인!"

밖으로 나가보니 하야시 형사가 와 있었다.

"늦어서 죄송합니다."

"출장 갔다가 막 돌아왔는데, 미안하지만 또 부탁하네."

"괜찮습니다. 어떻게 된 겁니까?"

미타무라는 하야시 형사에게 다시 사태를 설명하기 시작했다. 가타야마는 묵묵히 듣고만 있었다. 그러다가 갑자기 학생 기숙사로 눈을 돌렸다.

"그렇지!"

요시즈카 유키코는 벌써 알고 있는 것일까? 기숙사의 창은 반 가까이 커튼이 열린 채였다. 여학생들이 호기심이 어린 얼굴을 내밀고 있었지만, 유키코의 방 커튼은 내려진 채였다.

가타야마는 기숙사 입구로 들어가 수위실을 들여다보았다. 고미네의 모습은 보이지 않았다. 엘리베이터로 4층으로 올라가 유키코의 방 문을 두드렸다. 대답이 없어서 방에 없나 보다 하고 돌아가려고 하는데, 급히 문이 열리고 딸기 무늬의 귀여운 잠옷을 입은 유키코가 나왔다.

"어머나, 형사님!"

자연스럽게 미소짓는 얼굴을 보고 가타야마는 아직 아무것도 모르는구나 하고 생각했다.

"……."

"웬일이세요? 또 누군가가 숨어들려고 하나요?"

"아닙니다. 그런 게 아니고……."

"들어오세요. 오늘 나는 수업이 오후에만 있어서 지금까지 자고 있었어요. 피곤한가 봐요."

유키코는 살짝 웃었다.

"형사님은 믿고 있으니까 괜찮아요. 들어오세요."

"그럼, 잠깐만."

"아니, 홈스도 데리고 오셨네요?"

깜짝 놀라 밑을 보니 홈스가 반듯하게 앉아서 가타야마 쪽을 바라보고 있었다.

"어느 새……?"

할 수 없이 가타야마는 홈스와 같이 안으로 들어갔다.

"커피 드실래요?"

"아, 예. 좋습니다."

"좋아요. 나도 마시고 싶었어요."

유키코는 바하의 '브란덴부르크 협주곡 제5번'을 콧노래로 흥얼거리면서 가스 테이블에 주전자를 올려놓았다.

"아무것도 듣지 못했습니까?"

가타야마가 물었다.

"뭘요?"

"밖의 사이렌 소리 말입니다."

"아, 예. 그렇게 말하니 잠결에 들은 것 같아요. 무슨 일이 있었나요? 공사 현장에서 사고?"

가타야마는 거울 앞에 앉아 빗으로 머리를 빗는 유키코를 지그시 바라보면서 말했다.

"모리사키 교수님이 살해되었습니다."

빗을 쥐고 있던 손이 멈추었다. 천천히 얼굴을 돌렸지만, 아직 미소가 잔잔히 남아 있는 것이 보였다.

"농담이시죠?"

"아닙니다. 농담이라면 좋겠습니다만 사실입니다. 그 공사 현장 옆에 있는 식당에서 변사체로 발견되었습니다."

유키코는 빗을 내던지며 양손으로 얼굴을 감싸고 쥐어짜는 소리로 말했다.

"아! 그렇게 조심하라고 했는데! 역시!"

가타야마는 놀라 일어섰다.

"무슨 말이죠? 역시라뇨? 뭔가 알고 있습니까?"

그렇지만 유키코는 대답하지 않았다. 그대로 카펫 위로 쓰러지고 말았던 것이다.

"뭐하는 거야?"
미타무라와 하야시 형사가 의아스럽게 가타야마를 바라보았다.
"아, 죄송합니다. 잠깐……."
주임 교수실로 달려온 가타야마는 숨을 헐떡거리면서, 요시즈카 유키코가 실신해서 쓰러져 버렸기 때문에 가까이 있는 학생에게 간호를 부탁하고 온 일과 유키코가 '역시'라고 했던 말 등을 얘기했다.
"뭔가 알고 있는 거야, 그 아가씨."
"그렇게 생각합니다. 정신을 차리면 물어 보겠습니다."
"알았어."
미타무라는 고개를 끄덕였다.
"이 방을 좀 써야겠어. 여기서 얘기를 듣도록 하지."
"알겠습니다."
"지금 시체 발견자를 불러오도록 해."
하야시 형사가 수첩에 뭔가를 적어 넣으면서 말했다. 삐걱하고 문 쪽에서 소리가 났다. 고양이 전용 출입구에서 홈스가 들어왔다.
"아까 그 고양이로군."
홈스는 미타무라나 하야시는 본 체도 하지 않고 가타야마 쪽으로 바삐 걸어와서는, 가타야마가 앉아 있는 의자 팔걸이로 폴짝 뛰어올랐다. 홈스는 가타야마에게 바싹 다가와 앉았다.
"자네가 상당히 마음에 드는 모양이지."
미타무라가 미소를 지었다.
"예……."
가타야마는 근질근질한 생각을 하며 홈스를 바라보았다. 무엇 때문에 이렇게 나를 악착스럽게 따라다니는 걸까?
문을 두드리고 젊은 형사가 얼굴을 내밀었다.

"발견자 이마이 씨입니다."

"들여보내"

아직 마흔이 될까 말까한 남자였다. 공사 관계자인 모양인지 작업복에 장화를 신고, 손에는 헬멧을 들고 있었다. 작으면서 다부진 체격에 두꺼운 목, 둥근 머리, 머리를 스포츠형으로 깎아서 그런지 더욱더 얼굴이 둥글게 보였다. 상당히 착실하고 근면한 사람 같은 인상의 남자는 딱딱하게 표정이 굳어 있었다.

"이미이 고죠 씨죠?"

하야시 형사가 말문을 열었다.

"직업은 A건설의 공사 현장 주임이시고?"

"그렇습니다."

"어떤 일을 하십니까?"

"그렇게 커다란 일을 하지 않습니다만, 간단히 말하자면 사무 처리하고 운영에 관계되는 일을 합니다. 현장에 필요한 물품을 가져오기도 하고, 근처에서 일어나는 일 등을 처리하기도 하고……."

"아, 그거 상당한 일이군요."

"정말 신경이 많이 쓰이죠."

이마이라고 하는 남자는 하야시가 자기 일의 내용을 물어주었던 탓인지 상당히 마음을 놓고 있는 듯했다. 하야시는 긴장하고 있는 증인의 기분을 편안히 풀어준 뒤 말을 이끌어 내는 데는 명수였다.

"그런데 오늘 아침 6시 10분경에 그 식당에서 모리사키 주임 교수가 죽어 있는 걸 발견했다고요?"

"예."

"상당히 빨리 공사 현장에 나왔군요?"

"언제나 그렇게 일찍 나오는 건 아닙니다."

이마이는 잠시 웃으며 말했다.

"평소에는 8시 반쯤에 나옵니다."

"오늘은 어떻게 그렇게 일찍?"

"어제, 경찰에서 그 식당의 식탁과 의자가 도난당했다는 연락을 받았기 때문에……. 낮까지는 어떻게든 처리해야 될 것 같아서 사람들이 오기 전에 한번 확인해 보려고 일찍 왔죠. 나는 사실 집이 이 근처라서 식사 전에 그냥 한번 와 본 겁니다."

"그렇군요."

"그랬는데 안에 들어가 보려고 하는데 문이 열리지 않더군요. 그래서 안쪽에서 빗장이 걸려 있는 게 틀림없다고 생각하고서 아마도 부랑자가 안에 들어가 있는 모양이라고 여기고 창을 통해 안을 들여다보았습니다. 그랬더니 글쎄 안쪽에 그 사람이 쓰러져 있더군요."

"모리사키 교수를 알고 계셨습니까?"

"몇 번 본 적이 있습니다."

"쓰러져 있는 사람이 모리사키 교수라는 걸 금방 알아보았습니까?"

"아니요. 말씀드렸다시피 그 사람이 쓰러져 있었던 쪽 벽에는 창이 없기 때문에 조금 어두웠습니다. 처음에는 부랑자가 누워 있는가 보다 하고 생각했습니다. 그렇지만 자세히 보니 상당히 반듯한 복장을 한 것 같았어요. 그래서 보통 일이 아니구나 생각하고 문을 부수고서라도 열어 보려고 했습니다. 하지만 빗장이 좀처럼 풀리지 않더군요. 그래서 포기하고 경비원을 부르러 갔습니다."

"이시카키라고 하는 사람이죠?"

"그렇습니다. 공사중에는 도움도 좀 받았고, 또 더러 경비실에도 놀러간 적이 있었죠. 비교적 마음이 맞는 사람이라 함께 술을 마신 적도 있습니다."

"그리고 나서 어떻게 했습니까?"

"경비실로 가서 잠자고 있던 이시카키 씨를 깨워, 둘이서 식당으로 달려갔지요. 이시카키 씨는 큼직한 스패너를 가지고 있었습니다. 둘이서 열심히 문을 열려고 했습니다만, 꼼짝도 하지 않았어요. 그래서 하는 수 없이 둘이서 몸을 부딪쳐 가면서 어떻게든 열어 보려고 했습니다."

다부지게 생긴 공사 주임은 쓴웃음을 지으면서 어깨를 움츠렸다.

"영화 같은 데서 보면, 문이라는 게 두 번만 부딪치면 금방 열리곤 하더니만, 실제로 해보니까 좀처럼 그렇게 되지 않더군요. 둘이서 번갈아 가며, 정말이지 어깨가 빠질 정도로 한참 부딪쳤더니, 그제야 겨우 빗장이 조금 덜컹거리기 시작했어요. 그래서 조금 쉬고 나서 둘이서 함께 발로 걷어차니까 그제서야 문이 열리질 않겠습니까. 안에 들어가 보니…… 사람이 죽어 있길래 부랴부랴 경찰에 연락을 취했습니다."

"누가 시체 옆에 남아 있었죠?"

"예, 제가……. 좀 기분이 으스스했습니다만."

하야시는 천천히 고개를 끄덕이며 무언가 생각하고 나서 물었다.

"그런데 이마이 씨, 잘 생각하시고 대답해 주셨으면 하는데요."

"예."

"당신과 이시카키 씨가 식당 안을 들어갔을 때, 안에는 완전히 텅 비어 있었습니까? 다시 말해서, 모리사키 씨의 시체 외에는 아무것도 없었습니까?"

이마이는 머리를 긁적거렸다.

"그건 저도 곰곰이 생각해 본 겁니다. 그 사람이 살해되었다고 할 것 같으면 범인이 그 안에 숨어 있어야 할 것 아닙니까? 그러나 아무리 봐도 그런 일은 있을 수 없어요. 아무리 안이 좀 어둑어둑하기로서니, 누군가가 숨어 있는 것을 느낄 수 없다는 것은 도저히 생각할 수 없어요."

"모리사키 씨의 시체 쪽으로 두 사람이 금방 달려갔습니까?"

"예."

"그러면 말입니다. 예를 들면 누군가가 문에 숨어 있다가 두 분이 시체에 정신을 쏟고 있는 사이에 도망갔다고 생각할 순 없을까요?"

"그건 불가능합니다. 문이 열렸을 때 힘껏 벽에 '꽉' 하고 부딪쳤던 것을 확실히 기억하고 있거든요."

"예……."

하야시는 한숨을 내쉬었다. 그때까지 침묵을 지키며 듣고 있던 미타무라 경시가 말을 꺼냈다.
"죽어 있다고 확신한 것은 두 사람 중 누구지요?"
"두 사람 모두죠. 처음엔 제가, 나중엔 이시카키 씨가요."
"어떻게 알았습니까?"
"맥박을 짚어 보고, 그리고 심장에 손을 얹어 보기도 했죠."
"무섭진 않았습니까?"
"예, 조금. 하지만 공사 현장에 있으면 사망 사고가 가끔씩 일어나서요."
"아, 그러세요? 그런데 경비원은 시체를 보고 누구인지 금방 알아보았습니까?"
"예. '모리사키 교수로군요! 우리 학교 문학부장인데요.' 하고 말하더군요."
"그리고 나서 경비원이 경찰에 전화를 걸고 돌아왔군요?"
"예. 누가 시체 옆에 남아 있으면 좋을까 생각했습니다만, 역시 제가 좀 익숙해 있는지라 제가 남아 있기로 했죠."
미타무라는 고개를 끄덕였다. 하야시 형사가 계속해서 물었다.
"순찰차가 도착할 때까지 시체 곁을 떠나지 않았습니까?"
"예……. 왜 빨리 경찰이 오지 않나 하고 밖에 나가 보기는 했습니다만."
"식당에서 좀 많이 떨어진 적은 있었나요?"
"아뇨, 없었습니다."
이마이는 단호히 부정했다.
"그동안에 누군가를 보았습니까? 또, 무언가 본 것이라도 있는지요?"
"특별히 본 거라고는 없었습니다."
"그렇습니까?"
"저, 공사를 계속해도 상관없을까요?"
"그렇습니다."

하야시는 물어 보는 걸 그만두고 미타무라 쪽을 보았다.

미타무라는 지친 모습으로 눈을 감고 있었다.

"경시님?"

하야시가 말을 건네자 미타무라는 눈을 떴다.

"응?"

"공사를 계속해도 될까요?"

"아, 그래. 하지만 가능하다면 오늘 하루만은 쉬어 줬으면 합니다. 그 동안에 주위의 수사를 마치겠습니다."

"알겠습니다."

이마이가 나가자 미타무라는 의자에서 천천히 일어나 앉았다.

"미안하지만, 좀 피곤해서 그런지 머리가 아프군. 나 먼저 집에 갈 테니 뒤를 잘 부탁해."

"예, 괜찮겠습니까?"

하야시가 걱정하듯 말을 건네자 미타무라는 고개를 끄덕였다.

"응, 아무것도 아니야. 집에 있을 테니 문제 있으면 전화하게."

"알겠습니다."

항상 미타무라다운 박력 같은 것이 보이지 않았다. 뒷모습에서 풍기는 그는 왠지 나이가 들어 보였다.

"아버지가 상당히 피곤한 것 같습니다."

가타야마는 미타무라가 나가자 하야시에게 말했다.

"아버지? 아, 그래. 자네 아버지와는 상당히 친한 친구였지."

하야시는 중얼거리듯 말했다.

"자, 다음은 방금 얘기 중에 나온 이시카키라고 하는 경비원이야. 두 사람의 증언이 틀리지 않는가 잘 들어 보게."

2

가타야마는 살짝 문을 밀었다. 밝은 햇살이 비치는 텅 빈 식당은 더욱더 불결하게 보였다. 이젠 감식하는 사람들도 가 버리고, 지금은 입구 쪽에 경관 한 사람만 서 있을 뿐이었다.

"저……." 하고 망설이듯이 경관이 말을 걸었다.

"괜찮아. 내버려 둬."

홈스가 따라오고 있는 것이었다.

이시카키라고 하는 경비원의 증언은 공사 현장 주임의 증언과 완전히 일치했다. 그렇다면 시체를 발견했을 때 범인은 확실히 여기에 숨어 있지 않았다는 것으로 볼 수 있지 않을까? 시체 검사 결과는 아직 나오지 않았지만 둔기 같은 걸로 두드려 맞은 것이 사인이라고 볼 때 그렇다면 범인은 도대체 어떻게 해서 여길 빠져나간 것일까?

이것은 상사인 미타무라도 모르는 것이지만—알고 있다고 해도 뭐 상관없지만—가타야마는 미스터리 소설을 상당히 좋아했다. 그것도 명탐정이 등장해서 복잡한 사건이나 문제를 명쾌하게 해결할 때마다 명추리를 전개해 주는 수수께끼 중심의 미스터리, 소위 말하는 '퍼즐러'라고 하는 종류를 좋아했다.

가타야마는 평범한 형사가 뚜벅뚜벅 걸어가다가 우연히 단서가 될 만한 것에 부딪치는 소설은 자기에게 맞지 않기 때문에 별로 좋아하지 않았다.

그렇지만 현실에서는 명탐정으로 인정받게 될 것 같은 수수께끼를 우연히 만나는 일은 전혀 없다고 해도 과언이 아니었다. 현실에서 사건은 정말 진절머리가 날 정도로 현실적인 인간 냄새가 났다. 가타야마의 로맨틱한 상상처럼 재미있고 깔끔한 사건이 일어나는 경우는 없었다.

그러나 이번에는……. 가타야마는 소름이 끼칠 것 같은 긴장을 느꼈다. 밀실이다! 밀실 살인사건이다. 상당한 고차원의 수수께끼. 수수께끼 중의 수수께끼다. 좋다. 이번에는 명탐정이 될 작정으로 수사를 해 봐야지.

가타야마는 추리소설의 팬으로서 여러 가지 계략도 일단은 알고 있었다. 예를 들면 빗장.

"뭐 좀 알고 있나?"

가타야마는 홈스에게 물어 보았다.

"빗장을 밖에서 거는 방법이 있긴 하지. 예를 들면 실과 못을 써서……. 또한, 문 바깥에서 강력한 자석으로 빗장을 움직이는 경우도 있겠고……. 그렇지만 그건 좀……."

가타야마는 부서진 빗장을 조사해 보았다. 빗장은 가로로 끼웠다 뺐다 할 수 있는 것이었다. 하지만 상당히 녹이 슬어 있었고 꽤나 단단했다. 상당한 힘을 줘도 움직이지 않을 것이다. 실과 바늘과 자석 정도로는 어림도 없어 보였다.

"그렇다고 하면 혹시 안쪽에서 걸 수 있는 방법은 없을까? 가만 있자……."

가타야마는 문의 경첩을 조사해 보았다. 자물쇠에는 손을 대지 않고, 경첩을 밖에서 풀어 떼었을지도 모른다. 그러나 그것은 불가능했다. 나사가 녹슬어 있어 꿈쩍도 하지 않을 것 같았다. 게다가 나사 머리에는 최근에 나사를 돌린 흔적이 전혀 없었다.

"그러면 창문일까?"

그 식당은 직사각형으로, 짧은 쪽이 10m, 긴 쪽이 20m 정도였다. 긴 쪽이 공사 현장과 학생기숙사에 각각 접해 있고, 문은 공사 현장에 접한 쪽에 붙어 있었다. 그리고 창은 두 개가 긴 쪽에, 짧은 쪽에 한 개씩 세 방향에 붙어 있고, 남은 또 하나의 짧은 쪽에는 창이 없었다. 모리사키의 시체는 그 창이 없는 벽 쪽에 있었던 것이다.

가타야마는 세 방향의 창을 하나하나 조사해 나갔다. 미타무라도 말했듯이 유리창 바깥에 철망이 씌워져 있었다. 창 자체는 오래된 나사식의 자물쇠가 걸려 있지만, 짧은 쪽 벽의 창 하나는 자물쇠가 떼어져 나가 있었다. 그러나 그 흔적은 아무리 봐도 새로운 것이 아니었다. 철망은 방충용으로 사용하는 것 같은, 촘촘하고도 약해 보였다. 금방이라도 부서질 것 같았다. 사실 못을 박은 곳은 두세 군데 조금 부서져 있었다. 그러나 찢어진 부분은 겨우 10cm 정도로, 사람이 들락거릴 수 있는 넓이는 아니었다.

"철망은 밖으로 밀어낸 다음 밖에서 쳐버린 것은 아닐까?"

가타야마의 말에 홈스는 별 흥미가 없는 듯, 창가에 앞다리를 걸쳐 놓고 무언가 지그시 밖을 내다보고 있었다.

가타야마의 명추리도 그렇게 신빙성이 있을 것 같긴 않았다. 식당 밖으로 나가 바깥에서 철망에 친 못을 조사해 보았지만, 어느 것이나 뺀 자국도 없거니와 다시 박은 자국도 없었다. 어떻게 교묘하게 했길래 흔적도 남기지 않았을까?

"도대체 어떻게 된 거야?"

가타야마는 한숨을 내쉬었다.

"설마, 그렇지야 않겠지."

지붕이나 바깥벽에 뚫은 부분이나, 떨어져 나간 부분은 혹 없을까? 그러나 아무리 임시 식당이라도 해도 한 장, 한 장의 판이나 지붕은 굵은 볼트로 빈틈없이 죄어져 있어서 어지간해서는 꼼짝달싹도 할 것 같지 않았다.

결국에는 바닥판을 떼어내고 바닥 밑으로 나간 것은 아닐까 하고 생각했지만, 식당이 있는 지면은 상당히 단단했고, 또 그래서 그런지 모르지만 건물 자체도 특별히 지면에 고정되어 있지 않은 채, 그냥 놓여 있을 뿐이었다. 따라서 바닥과 지면 사이에 기어갈 수 있을 만한 공간은 전혀 없었다. 만일을 위해서 또 안으로 들어가 바닥을 조사해 보았지만, 바닥판을 떼어낸 듯한 흔적은 전혀 없었다.

"도저히 어쩔 도리가 없군."

"이봐, 뭐하고 있어?"

하야시 형사의 얼굴이 보였다.

"아, 선배님. 범인이 어떻게 해서 여기에서 도망쳤는지 생각하고 있는 중입니다."

가타야마는 차근차근 조사 결과를 설명해 주었다.

"음."

하야시는 턱을 만지작거렸다.

"그럼, 결국 알아내지 못하고 말았단 말이군."

"그렇습니다."

"자, 이 식당은 폐쇄하고, 또 감식하는 사람들에게는 구석구석 깨끗이 치워놓게 해. 동기부터 조사해 가세. 피해자의 방을 조사해 보게."

"알겠습니다. 선배님."

"이 대학 학장이 수사 책임자를 만나게 해달라고 떠들고 있나 봐. 할 수 없으면 눈깔사탕이라도 주고 와야지."

가타야마는 모리사키와 같이 있을 때 들어와 호통치고 했던, 그 유쾌하지 못하게 생긴 불그스름한 얼굴을 떠올렸다.

'나는 방에 들어가 수사하는 편이 좋겠는걸.'

"이젠 네 집을 조사해볼 건데, 기분 나쁘게 생각하지 마."

걸어 나가면서 말을 걸자 홈스는 기다리고 있었다는 듯 입을 열어, "야옹" 하고 한마디 짧게 울고서는 재빨리 앞장서서 교원 숙사 쪽으로 걸어갔다. 가타야마는 어안이벙벙하여 그냥 보고만 있었다.

"저 녀석…… 정말 내 말을 알아듣는 건가?"

말끔한 3층 건물의 교원 숙사로 들어갔다. 가타야마는 마치 뛰는 듯이 계단을 올라가고 있는 홈스의 뒤를 숨이 찬 듯 따라 올라갔다.

'모리사키'라는 명찰이 붙어 있는 방을 바라보고서 가타야마가 하야시에게서 받은 열쇠를 꺼내어 들자, 홈스가 문 앞에서 "야옹" 하고 크게 울었다. 가타야마는 그 순간 눈이 휘둥그레졌다. 문의 손잡이가 돌며, 조용히 문이 열리는 것이었다.

"'열려라, 참깨!'인가?"

농담이 아니다. 마법의 고양이인가? 열린 문 안쪽에서 유키코가 얼굴을 내밀었다.

"홈스. 돌아왔구나. 아, 형사님, 같이 오셨네요."

가타야마는 헐떡이는 숨을 내쉬며, 순간 자기가 미친 것이 아닐까 하는 생각에 빠졌다.

"어서 들어오세요."

"고마워요."

가타야마는 안으로 들어갔다.

"이제 기분은 괜찮습니까?"

"예. 고맙습니다. 미안해요. 보기 흉한 걸 보여 드려서."

"아닙니다……."

가타야마는 방을 둘러보았다. 그 주임 교수실의 중후한 분위기를 그대로 옮겨 놓은 듯한, 우아한 왕조풍이라고나 할까, 다리 하나하나에 이르기까지 조각이 되어 있는 안락의자……. 여기에 대리석 난로라도 있으면 영국 귀족의 성이라고 해도 지나친 표현은 아닐 것 같았다.

"그런데 좀 물어 볼 말이 있습니다만."

"그런 점잖빼는 듯한 말투는 그만했으면 좋겠어요."

유키코는 초조한 모습으로 말했다.

"나는 당신보다 훨씬 어리니까, 가볍게 그냥 유키코라고 불러도 돼요."

"그럼…… 그…… 잠깐 물어 보겠는데."

가타야마는 목구멍이 꽉꽉 죄어드는 듯한 느낌이 들었다.

"예?"

"어떻게 해서 여기에 들어왔지?"

"열쇠를 가지고 있어요."

"열쇠를? 이 방?"

"예."

아무리 가타야마가 눈치가 없는 사람이라고 해도, 이런 말을 듣고서야 어떻게 눈치를 못 챘겠는가. 그래도 만일을 위해서 가타야마는 이렇게 묻지 않을 수 없었다.

"그렇다면…… 모리사키 교수와는 어떤 사이였지?"

"애인이었어요."

유키코는 즉각 대답했다.

"벌써 1년이 다 되어가는데."
"애인……?"
가타야마는 될 수 있는 대로 보기 흉하게 보이지 않으려고 애쓰면서 의자에 걸터앉았다.
'어떠한 애인이었지?' 하고 물으려다가 그만둬 버렸다. 중학생이 아니잖아. 청순하고 깨끗한 플라토닉 러브일리는 없을 것이고. 가타야마는 무얼 어떻게 말하면 좋을지 몰라 끙끙거렸다. 유키코는 그 모습을 보며 말문을 열었다.
"그때 내가 울고불고 하지 않아서 이상하다고 생각하셨죠?"
"응, 응?"
"물론, 슬프지 않을 리가 있겠어요. 충격을 받아 정신을 잃을 정도였는데. 그러나 그분은 살해되었잖아요? 병이나 사고로 죽었다면 몇 날 며칠이고 울면서 슬퍼해야 할지 몰라도, 누군가의 손에 살해되었다면 나는 우선 그 범인에게 보복을 해주고 싶어요. 그리고 나서 천천히 울어도 되겠죠."
"알았어. 참 좋은 사람이었는데."
"그분이 당신 얘기를 하면서 마음에 든다고 했어요."
"나를? 설마!"
"정말이에요. 경시청에 있는 친구분 성함이 뭐라더라―다무라 씨?"
"미타무라 씨 말이지?"
"그래요. 그분에게서 당신이 독신이라는 걸 듣고서는 몇 번이고 나에게 교제해 보라고 했어요."
"그런데 모리사키 씨는 유키코를 사랑했나?"
"예, 그러나 결혼 같은 건 생각하고 있지 않았죠."
벌써 이야기는 가타야마의 이해력의 한계를 뛰어넘고 있었다. 그러나 그런 걸 들어도 모리사키에게 품고 있었던 호감은 조금도 퇴색하지 않았다. 하지만 어딘지 모르게 이상한 기분이 들었다.
"그럼, 일을 해야겠는데."

가타야마는 정신을 똑바로 차리며 일어났다.
"모리사키 씨나 유키코에게는 기분나쁘겠지만, 서류나 소지품 같은 걸 좀 조사해야겠어."
"좋아요. 당연히 그래야죠."
"그럼, 우선……."
"침실부터 조사하시려고요? 개인적인 편지 같은 건 저쪽 테이블에 두신 것 같아요."
"그래?"
"여기예요."
거실에서 짧은 복도로 나가, 가장 안쪽의 조금 돌출해 있는 곳의 문을 유키코가 열었다.
커다란 더블 침대가 방의 반 정도를 차지하고 있었고, 그 밖에는 작은 테이블, 벽에 부착되어 있는 책 선반, 장식용 선반 같은 것이 있었다. 그러나 그 하나하나가 어느 것이나 단순한 게 아니었다.
"자, 천천히 조사해 보시죠."
홈스가 유키코의 다리에 바싹 달라붙어서 가느다란 소리로 울었다.
"아, 그렇지. 홈스, 배고프지? 정말 미안해. 먹을 걸 만들어 줄게."
유키코와 홈스가 가버리자 가타야마는 한숨을 내쉬었다. 요즘 젊은 아가씨들은 사람을 사랑한다는 것을 어떻게 생각하고 있는 건지. 가타야마는 동생인 하루미도 유키코와 나이가 비슷하다는 걸 생각하고는 깜짝 놀랐다. 처자식이 있는 남자와 애인 관계가 되는 것도 누워서 떡 먹기 식으로 쉽게 생각되는 세상이지 않은가.
아무리 애써 생각해봐도 별 뾰족한 수가 없다고 느낀 가타야마는 드디어 방을 수색하기 시작했다. 30분 정도 걸려서 침실 조사를 마치고 나서, 가타야마는 갑자기 유키코에게 물어보지 않으면 안 될 것이 있다는 걸 기억해냈다. 유키코가 모리사키의 살해 소식을 듣고 실신해 버렸을 때 '역시'라고 말한 일이다. 여러 가지 바쁜 일이 많아서 깜박 잊어버리고 있었던 것이다.

거실로 돌아와 보니 유키코의 모습은 벌써 보이지 않고, 홈스가 깨끗하게 비워버린 빈 그릇 앞에 얌전히 앉아서 얼굴을 씻고 있었다. 그렇게 표현하긴 했어도, 물론 앞다리를 핥아서 얼굴을 닦고 있는 것으로 절대 세면기로 씻고 있는 것은 아니었다.

"그녀는 간 모양이지?"

가타야마는 어깨를 움츠렸다.

"별 수 없지. 나중에 만나 물어 봐야지……."

그리고 나서 가타야마는 남은 방을 수사하기 시작했다. 보통 세 집 정도의 방을 혼자서 사용한 것 같았다. 방 숫자도 많고, 책 선반, 천장, 서랍 등도 상당히 많다. 조사를 해나가는 도중에 가타야마는 조금씩 진절머리가 나기 시작했다.

사실, 조사는 책 선반의 책을 한 권씩 꺼내어 가지고 살펴봐야 하는 것이어서 그걸 다하려면 하루 이상 걸릴 것 같았다. 오늘은 이쯤에서 그만두기로 했다. 엄밀한 조사는 형사 몇 명을 데리고 와서 조사하던가 해야지. 가타야마는 가볍게 서랍, 찬장만을 조사하고 나갔다.

저녁 무렵이 다 되어서 대충 수사는 끝났지만, 단서가 될 만한 것은 없었다.

"일단 문을 잠그고 철수해 볼까?"

그렇게 하려면 유키코한테 이 방의 열쇠를 받지 않으면 안 된다. 여기엔 아무도 들어오지 못하게 해둘 필요가 있기 때문이다. 그리고 방의 가구를 비롯해서 모든 물건들을 유족들에게 넘겨 줄 때까지는 완전하게 보관해 두어야 한다. 나중에 수위실에 가서 열쇠가 그 밖에 또 없는지 확인해 봐야겠다.

'그건 그렇다 치더라도, 대학 교수가 이 정도로 돈을 버나?'

가타야마는 곰곰이 생각해 봤다. 양복만 해도 고급 신사복이 죽 늘어서 있고, 넥타이는 백여 개 정도 되었다.

'나는 겨우 하나에 8백 엔짜리 넥타이만 매고 있는데 도대체 월급을 얼마나 받길래…….'

"가야지, 이젠. 홈스, 너는 어떻게 할 거야?"

가타야마가 바라보자, 홈스는 마침내 올 것이 왔구나 하는 듯한 모습으로 가타야마를 지그시 바라보고 나서 종종걸음으로 방으로 들어갔다.

"왜 그래?"

홈스의 모습에 뭔가를 느낀 가타야마는 뒤따라 방으로 들어갔다. 큰 방은 아니었다. 방에는 페르시아풍의 카펫이 깔려 있었고, 안쪽에는 중후한 나무 책상이 묵직하게, 마치 살아서 커 가는 듯한 인상을 주면서 자리잡고 있었다. 그 밖에도 또 책, 책, 책……. 벽면은 모두 책 선반으로 되어 있고, 선반에는 빼빽이 책이 꽂혀 있었다. 왠지 모르게 책을 쳐다보고 있노라니 서서히 머리가 아파 오기 시작하는 것 같았다. 홈스는 책 선반 한 군데 앞에 앉아 지그시 선반을 바라보고 있었다.

"여기에 노름꾼의 유랑 생활을 그린 소설이라도 들어 있는 건가? 왜 그래?"

홈스는 일어나서 몸을 움츠리더니 갑자기 선반 한 곳을 향해 허공을 훌쩍 뛰었다. 그리고 조금 튀어 나와 있는 부분으로 올라갔다. 상당히 날랜 움직임이었다. 원래 운동 신경에 대해선 자신 없는 가타야마는 감탄을 하며 바라보았다. 그러나 홈스는 그걸 자랑하려고 그런 것은 아니리라. 홈스는 나란히 꽂혀 있는 가죽 표지의 큰 원서 한 권에 살짝 앞다리를 걸치고서 가타야마 쪽을 향해 울었다.

"뭐야? 그 책을 빼 보라는 거야?"

몰래 숨겨 놓은 책인가? 설마! 가타야마가 그 책에 손을 대자 홈스는 바닥으로 가볍게 내려앉았다. 책을 꺼내어 살펴보았다. 셰익스피어의 연구서적 같은 것이었다. 그것도 눈에 익숙한 셰익스피어의 그림이 있었기 때문에 알았지, 영어에 능통해서 안 것은 결코 아니었다.

페이지 중간에서 편지 한 장이 뚝 떨어졌다. 편지를 주운 가타야마는 엉겁결에 소리를 질렀다.

"협박장이잖아, 이건!"

'더 이상 조사하지 말도록 경고한다! 만일 듣지 않으면…….'

신문을 오려서 만든 편지였다. 가타야마는 우주인이라도 본 것 같은 기분으로, 부드러운 얼굴로 자신을 쳐다보고 있는 홈스를 바라보았다.
"……이봐! ……너, 정말 고양이냐? 이거 나를 도와주고 있잖아!"
가타야마는 무언가 하나의 일에 신경을 쏟으면 다른 일은 까맣게 잊어버리는 버릇이 있었다. 오른손에는 협박장을 들고서 왼손을 홈스 쪽으로 내미는 바람에 두꺼운 원서는 힘을 잃어 아래로 뚝 떨어졌다. 홈스는 숙녀가 봐서는 안 되는 것을 보지 않으려는 듯이, 한쪽 다리를 들고 비명을 지르면서 캥거루같이 뛰어다니고 있는 가타야마를 남겨둔 채 재빨리 방을 빠져나갔다.

"이건 협박장이잖아?"
하야시는 눈을 크게 떴다.
"음, 이건 상당한 거야. 이봐, 잘했어!"
"아닙니다. 내가 발견한 것이 아니라……."
하야시는 가타야마가 더듬더듬 말하는 것을 듣지도 않고 말했다.
"좋아, 감식해서 조사해 보게."
"선배님은 어떻게 됐죠?"
"대학의 주요 관계자에게서 얘기를 좀 들었는데……."
하야시는 석연치 않은 듯한 표정을 지었다.
"피곤해, 빌어먹을! 죄다 종잡을 수 없는 얘기들만 늘어놓는 거야."
"이제부터는 어떻게 하는 겁니까?"
"그 교원 숙사에 살고 있는 사람들에게 대강 물어 봤어. 이제는 학생 기숙사야."
"학생 기숙사요?"
"이봐, 생각해 봐. 현장은 학생 기숙사 창문에서 잘 보이잖아. 뭔가를 본 학생이 있을지도 몰라."

"한 사람 한 사람 모두 조사하는 겁니까?"

가타야마가 놀리듯이 물었다.

"사실은 한 사람씩 방으로 찾아가 보고 싶어." 하고 하야시가 히죽 웃으며 대답했다.

"그러나 그렇게 하려면 시간이 너무 걸리니까 내일 한꺼번에 모이게 해서 아무 거라도 본 사람이 있으면 자기 이름을 대고 나오라고 하는 거야."

하야시는 손목시계를 보았다.

"아니, 벌써 7시야!"

문학부장실에 오랫동안 머물러 있었기 때문에 시간이 훌쩍 지나가 버리는 줄도 몰랐던 것이다.

"나머지는 내일 할까?"

하야시는 의자에서 일어나 앉아 하품을 크게 했다.

"자네, 어떻게 할 건가? 함께 온 고양이 말이야."

"글쎄요……."

가타야마는 피곤한 얼굴로 홈스를 내려다보았다. 아까부터 계속 따라다니면서 떨어지질 않는 것이다.

"그 애인인 여자에게 맡겨야죠."

"애인? 벌써 그렇게 됐어?"

"아닙니다!"

가타야마는 당황해하면서 얼른 덧붙였다.

"모리사키 교수의 애인말입니다."

"아까 실신했다던 아가씨 말인가? 그런데 그 아가씨가 '역시'라고 말한 것을 보면 그 협박장에 대해 알고 있었던 건 아닐까?"

"그렇게 생각합니다만, 아직 물어보지 않았습니다."

"좋아. 그 아가씨는 자네에게 맡기겠네. 그럼, 나머지는 내일하기로 하지. 내일이면 피해자의 해부 결과도 나올 테니까."

가타야마는—물론 홈스를 따라간 것이었지만—학생기숙사에 있는 유키코의 방으로 가 보았다. 그녀는 없었다. 이웃해 있는 방의 학생에게 물어보니, 산책하고 온다고 하며 나갔다고 한다. 아무리 요즘의 여자라고 하더라도 애인을 잃어버렸기 때문에 조금은 감상에 젖고 싶을지도 모른다. 가타야마는 제 편한 대로 상상을 했다.

그러나 지금 당장 곤란한 것은 홈스를 어떻게 처리할 것인가 하는 문제였다. 가타야마는 수위인 고미네 노인이 있는 곳에 가 보았지만, 노인은 또 술에 잔뜩 취해 있었다.

"그 양반 좋은 사람이었는데……. 교수라고 해도 변변치 않은 녀석들만 있었지만, 모리사키 교수만은 달랐어. 그렇게 생각하지 않소, 응?"

고미네 노인은 이렇게 말하며 가타야마에게 술을 권했다. 그리고 가타야마가 고양이를 부탁하자 "여기는 개나 고양이 같은 걸 기르는 것이 허용되지 않소." 하고 완강히 거부했다.

"그러면 어떡하죠?" 하고 가타야마가 애걸 조로 말하자, "그럼, 당신은 내가 쫓겨나는 걸 봐야 속시원하겠소?" 하고 화를 냈다. 가타야마는 고미네 노인이 몽둥이를 들고 쫓아와 때리려고 할까 봐 얼른 도망쳤다.

"이것 참."

가타야마는 홈스를 내려다보았다.

"자, 이 머리 좋은 녀석아, 어디에 갈 건지 생각해 봐."

"야—옹."

홈스는 기다렸다는 듯이 폴짝 뛰어 가타야마의 어깨에 올라와 앉아버렸다.

"어, 이봐. 안 돼! 이러면! 안 된다니까. 나 있는 데는 절대로…… 절대로 안 된다니까!"

"어머나, 그 고양이를 어떡해?"

하루미가 눈을 휘둥그렇게 뜨고 오빠의 어깨에 앉아 있는 삼색털 고양이를 바라보았다.

"음…… 잠깐, 손님으로…….."

홈스는 얼굴을 들고 하루미를 바라보더니 가타야마의 어깨에서 뛰어내려 하루미의 발에 몸을 비비면서 빙글빙글 돌았다.

"아, 귀여워! 아, 오빠…… 어머나, 머리를 쓰다듬어 주니까 꽤 기분 좋아 하네!"

홈스는 지그시 눈을 감고 얼굴을 넙죽 내밀고는 하루미가 턱을 어루만지게 내버려두었다.

"목을 죽 빼고 있는데!"

하루미는 크게 웃었다. 가타야마는 홈스에 대해서 설명해 주었다.

"어머, 잘 곳도 없는 신세가 되어 버렸네. 가엾게……. 그럼 여기서 길러, 오빠."

즉각 홈스가, "야옹" 하며 호소하듯이 울었다.

"그렇지만 집주인이 알면?"

"내가 말하면 돼."

하루미는 자신 있다는 듯이 말했다. 홈스는 이젠 괜찮다고 생각했는지 재빨리 안쪽으로 들어가 방석 위에 동그랗게 앉았다.

하루미가 부엌에서 식사 준비를 하는 동안 가타야마는 홈스에게 말을 건넸다.

"이젠 됐어. 하루미가 널 마음에 들어하는구나."

홈스는 지그시 눈을 뜨고 가타야마 쪽으로 뜻 모를 무언의 눈짓을 보내고는 눈을 감았다. 보통의 여성이라면 가볍게 윙크할 것인데 묘한 녀석이야, 정말이지. 가타야마는 씁쓰레한 미소를 지었다.

사사키 가즈미는 괜스레 기분이 언짢았다. 그래서 발 밑에 있는 작은 돌을 차 버렸다. 산 지 얼마 안 되는 하이힐 뒤꿈치가 아파왔다. 엎친 데 덮친 격이었다.

손목 시계를 보니 11시가 조금 넘었다. 기숙사 입구에서 가까운 뒷문은 벌써 닫혀 있어서, 빙 돌아 정문으로 들어가지 않으면 안 되었다.

"재수 없어라! 재수 없어 죽겠네."

가즈미는 투덜거렸다. 프리 카메라맨인 애인이 1개월간의 취재 여행에서 돌아왔기 때문에 상당히 들뜬 마음으로 달려갔는데, 그는 여자 모델에 둘러싸여 자기를 아는 체도 하지 않았다. 그래서 입씨름 끝에 뛰쳐나와 버렸다.

가즈미는 특별히 정조 관념이 강한 여자가 아니었다. 지금 그 카메라맨과는 어떤 술집에서 처음 만나 그 날 밤 같이 자 버렸던 것이다. 그러나 그가 집을 비운 사이에 다른 남자와는 잠을 자지 않았다. 마음만 먹는다면 가즈미의 실력으로 보아 불가능한 것은 아닌데도 불구하고. 요즘 기숙사에는 아르바이트로 남자를 소개하는 그룹이 생겨나고 있다고 들었다. 그런데도 가즈미는 적어도 1개월 동안이나 지그시 참았던 것이다. 오늘 밤은 침대에서 그의 애무에 흥건히 빠지고자 신바람 난 기분으로 달려갔는데……. 그런데 말다툼이나 하고 왔으니.

귀찮다. 뒷문을 뛰어 넘을 생각을 하니 에라 모르겠다 하는 생각이 스치고 지나갔다.

뒷문이 보이는 곳까지 와서 가즈미는 갑자기 서 버렸다. 뒤편에서 발소리가 들려 온 것이다. 뒤돌아보니, 코트를 입은 중년의 남자가 약간 느릿한 걸음으로 걸어오고 있었다. 가즈미가 뒤돌아봐도 놀라는 듯한 모습은 아닌 걸 보니 뒤따라오는 것은 아닌 것 같았다.

그래도 인적이 없는 길이라, 그렇게 기분좋은 일은 아니었다. 가즈미는 발걸음을 재촉해 뒷문의 담까지 갔다. 코트를 입은 남자가 보는 데서 문을 뛰어 넘을 수는 없는 노릇이라, 그녀는 별 수 없이 조금 지나쳐 문 옆에 서 있었다.

"여보세요."

코트 입은 남자가 가즈미 쪽으로 다가와서 말을 걸었다.

"예?"

가즈미는 경계하면서 대답했다.

"여기 학생인가요?"

온화한 얼굴, 가즈미는 스스럼없이 남자에게 호감을 느꼈다. 좋은 코트를 입고, 몸가짐도 깨끗하고 반듯한 신사처럼 보였다.
"예, 그래요."
가즈미는 조금 기분을 가라앉히며 고개를 끄덕였다. 남자는 망설이는 듯 머뭇머뭇 말을 이었다.
"……저, 저어…… 학생이 그 사람인가, 응?"
"예?"
"그러니까, 저…… 아르바이트를 하고 있는 게 아닌가 해서……."
'아아' 하고 가즈미는 무슨 뜻인지 알아차리고 고개를 끄덕였다. 이 남자는 그러한 아르바이트 손님인 것이다. 누군진 모르지만, 여기에서 기다리고 있는 것이다. 가즈미는 조금 호기심을 느끼며 돈으로 여자를 사고자 하는 남자를 머리에서 발끝까지 쭉 훑어보았다. 그러나 남자는 상당히 양심적인지, 아무런 흑심도 품고 있지 않은 눈으로 조금도 싫은 기분이 들지 않게 가즈미를 바라보았다.
"내가 너무 빨리 온 것 같지는 않은데……."
남자는 가즈미가 화를 내고 있다고 생각하는 것 같았다. 그는 마치 변명이라도 하듯이 말했다. 가즈미는 이 남자와 한번 즐겨보자는 생각이 들었다. 그렇게 나쁜 상대는 아닌 것 같았다. 애인에 대한 억울한 감정을 털어내고자 하는 기분이 들자 그동안 충족되지 않았던 욕망이 가즈미의 몸 속에서 이글거렸다.
"아니, 뭐 그렇게 전혀 상관없는 사람은 아니에요."
가즈미가 말했다. 남자는 싱긋 미소를 지었다. 호감이 가는 얼굴이었다.
"그럼, 택시를 타고 갈까?"
남자가 재촉했다. 가즈미는 잠시 망설였다. 조금 이상한 생각이 들었다. 얼마 전에 살해된 구리하라 유미코의 일이 생각났던 것이다. 유미코는 어쩌면 이런 아르바이트를 해서 살해되었는지도 모른다. 가즈미는 다시 남자를 쳐다보았다. 그래, 아무리 봐도 그런 남자로는 보이지 않는다.

"멀리 가는 건 귀찮아요."

가즈미가 말했다.

"내 방으로 가세요."

기숙사 안이라면 안전하다고 생각한 것이다. 남자는 깜짝 놀라는 것 같았다.

"여기에서? 위험하지 않을까?"

"괜찮아요. 살짝 들어가면 돼요."

"그래도 수위가……."

"그 아저씨는 언제나 푹 자고 있기 때문에 괜찮아요. 그런데 이 문을 뛰어 넘어야 하는데 괜찮겠어요?"

남자는 문을 쳐다보았다.

"아, 그럼."

"그럼, 들어가세요."

가즈미는 하이힐을 벗고 담을 올라갔다. 원래 그렇게 높은 문이 아니어서 학생들이 흔히 이렇게 해서 출입하고 있는 것이다.

가즈미는 가볍게 안으로 뛰어내렸다.

"자, 들어오세요."

남자는 코트를 입은 채 담장에 손을 얹었다. 가즈미는 육중하게 보이는 남자의 몸이 거의 소리를 내지 않고 문을 뛰어넘어 안쪽으로 내려서는 것을 보고 눈이 휘둥그레졌다.

"상당히 날쌘데! 어머! 무슨 운동이라도 하셨어요?"

남자는 아무 말도 하지 않았다. 가즈미는 앞장서서 걸어갔다.

문을 걸고 커튼을 똑바로 닫고 나서 가즈미는 남자를 보았다. 이상하다. 남자에게서는 조금도 여자를 껴안고자 하는 욕망이 흘러나오지 않는다.

"뭐 좀 마실래요?"

"아니."

"그럼, 혼자 마실 테니까 잠깐 기다리세요."
"좋아."
 남자는 가즈미가 책 선반 안쪽에서 위스키를 꺼내어 컵에 따르고 있는 것을 지그시 지켜보았다.
"기분이 이상해요. 한 잔 하세요."
"그래? 그렇게 하지."
 가즈미는 별로 술에 강한 편이 아니었다. 몸이 노곤해지고, 갑자기 붕 뜨는 듯한 기분이 들었다.
"건배!"
 가즈미는 남자의 컵에 '쨍그랑' 하고 건배를 하고 나서, 두 잔째를 한꺼번에 마셔 버렸다.
"그럼, 이제 벗지……."
 남자는 천천히 위스키를 목구멍으로 쏟아넣듯 마셨다. 그리고는 빈 잔을 눈앞에 비추어 보았다. 컵의 복잡한 굴절을 통해서 몇 가지 색깔의 영상이 빙그르르 움직이며 어지럽게 분산되었다. 남자는 거기에 매료된 것처럼, 그 영상을 뚫어지게 쳐다보았다.
"자, 좋아."
 남자가 컵을 내리자 가즈미의 나체가 눈앞에 서 있었다. 굴절된 영상이 아니라, 현실의 육체가 있는 것이다. 남자의 눈이 가볍게 전율했다.
 가즈미가 침대에 몸을 눕히자, 남자는 오른손을 천천히 코트 주머니에 넣고 안에 있는 걸 꽉 잡았다. 침대에 가까이 다가가자 가즈미가 미소를 지었다.
"벗지 않으세요?"
"엎드려."
"그래, 좋아요."
 남자의 움직임이 빨랐다. 남자는 가즈미가 엎드리자 동시에 침대 위로 뛰어올라, 등 언저리에서 말을 타듯이 올라타고는, 왼손으로 긴 머리를 붙잡고 잡아당겼다. 머리가 홱 젖혀지고 가느다란 목이 드러나자, 남자는 오른손에 쥔 날카로운 칼날로 정확하게 가즈미의 목을 끊어 버렸다.

3

화요일 아침, 가타야마는 꽤 우울한 기분으로 출근했다. 사건 때문에 그런 것도 아니고, 하루미 때문에 그런 것도 아니었다. 경시청 복도를 급히 걸어가는 그의 어깨에 고민거리가 앉아 있었던 것이다.
"좀 작작해라. 네 덕분에 택시를 타고 와야 했단 말이야."
가타야마는 모른 체하고 있는 홈스에게 투덜투덜 잔소리를 늘어놓았다. 어깨에 삼색털 고양이를 얹은 채 들어간다면 모두들 얼마나 웃을까. 그런 생각을 해서 그런지 기분이 무거워졌다. 그러나 분위기는 그렇지 않았다.
"또 살해됐어!"
여대생 살인사건을 담당하고 있는 형사가 가타야마의 얼굴을 쳐다보며 말했다.
"예?" 하고 멍하니 있으려니, "가타야마!" 하는 미타무라 경시의 소리가 들려 왔다.
"예!"
가타야마가 당황해서 책상으로 달려가자 미타무라는 홈스를 물끄러미 쳐다보았다.
"뭐야? 이젠 행동을 같이 하는 건가?"
"예, 어떻게 해도 떨어지지 않으려고 해서요."
"그래, 좋아. 하여간 하고로모 여자 대학으로 가봐. 고양이도 데리고 가. 어젯밤에 거기 학생이 또 한 사람 죽었어. 저번 구리하라 유미코와 똑같이 날카로운 흉기에 잔인하게 찔렸어."
"현장은 어디입니까?"

"학교 기숙사의 피해자의 방이야."

"기숙사에서! 아무도 그걸 몰랐나요?"

"그런 것 같아. 오늘 아침에 옆방의 학생이 발견했어."

가타야마는 갑자기 설마 피해자가 유키코는 아니겠지 하며 조금씩 얼굴이 창백해졌다.

"피해자의 이름은 알고 있습니까?"

"아아, 사사키 가즈미야. 왜? 안색이 좋지 않군."

"아닙니다. 괜찮습니다. 모리사키 교수가 살해된 것과 관계가 있을까요?"

"뭐라고 말할 수는 없네. 전에 그 협박장은 나도 보았지만, 매춘 조직의 누군가가 보낸 건지도 몰라. 그러나 살인까지……. 게다가 여대생 살인사건은 아무래도 정신병자의 범행같아. 모리사키를 죽인 범인과 동일 인물이라고는 생각되지 않아."

"그렇군요."

"여대생 살인사건은 특별 수사 본부를 설치하기로 했어. 제3, 제4의 범행이 일어날 가능성이 있기 때문이야. 빨리 범인을 잡지 않으면 안 되겠어. 모리사키 살인사건은 하야시와 자네에게 맡겼으니까, 수사를 계속 진행하게. 개인적인 원한, 가족 관계도."

"알겠습니다."

"나도 그의 가족 관계는 거의 몰라. 동생이 한 사람 있다고 들었지만, 만난 적은 없어."

"조사해 보겠습니다."

"하야시에게 가서 시체 검사 결과를 들어 보게."

가타야마는 미타무라가 어제는 힘이 없고 피곤해 보였는데, 오늘은 활기차게 움직이고 있다는 생각이 들었다. 아버지에게는 '사건' 그 자체가 무엇보다도 비타민제인 것이다.

그렇지만 이번에는 하야시 형사가 좀 피곤해 보였다. 잠이 부족해서 그런지 눈이 충혈된 채 가타야마와 홈스를 쳐다보긴 했지만, 아무런 말도 하지 않고 서 있었다.

"가자."

여대생 살인사건으로 나온 순찰차 한 대에 가타야마와 하야시, 그리고 홈스도 함께 타고 하고로모 여자 대학으로 향했다.

"시체 검사 결과는 어떻습니까?"

"이거야."

하야시는 봉투를 가타야마에게 건네주고 자리에 앉은 채 눈을 감았다. 정말 상당히 피곤한 모양이었다.

시체 검사 결과, 특별히 뜻밖의 사실은 나오지 않았다. 사인은 두개골과 경골의 골절. 다른 외상은 없었다. 납작한 흉기로 얻어맞은 걸까? 강력한 힘으로 바닥이나 벽에 내동댕이쳐서 죽인 것같이 보였다. 사망 추정 시간은 오전 3시 전후.

납작한 둔기라……. 그러나 흉기가 무엇이건 간에 범인이 어떻게 해서 거기에서 모습을 감추었는지 의문이 남는다. 죽이고 나서 시체를 던져 버린 것일까? 그렇다고 해도 어디를 통해 시체를 방 안으로 가지고 갔을까? 그리고 어떻게 해서 안쪽의 빗장을 걸었을까?

가타야마는 제1강의동에서 가운데 뜰을 빠져 나와 정면에 있는 체육관으로 향했다. 입구에 가까이 다가가자 여학생들이 고함치는 소리가 최근의 유행가처럼 이리저리 메아리쳐 들려왔다. 배구를 하는 것인지 뭘 하는지는 몰라도 공 튀는 소리가 어지럽게 들렸다.

'그래도 젊다는 게 참 좋은 거야' 하고 생각하며 가타야마는 묘하게도 자기가 꽤나 나이가 든 것처럼 느꼈다. 이 학교 안에서 두 건의 살인사건이 발생했는데도 더군다나 아직 한 구의 시체도 운반하지도 못했는데 평소와 다름없이 공을 가지고 놀며 환호를 지르고 있다니…….

입구의 문이 열려진 채로 있었기 때문에, 가타야마는 안을 들여다보았다. 높은 천장으로부터 긴 로프 두 가닥이 드리워져 있었다. 체조 경기에서 사용하는 링 한쪽에 체육 교사처럼 보이는 타이즈 차림의 남자가 매달려 있었다. 남자는 커다란 진폭을 그리며 체육관의 끝에서 끝까지 시계추같이 왔다갔다하고 있었다. 그리고 20여명의 타이즈 차림의 학생들이 교사를 겨냥해 배구공을 던지며 놀고 있었다. 가타야마는 어안이벙벙해서 멍하니 서 있었다.

"맞았다! 맞았어!"

공 한 개가 맞자 '와' 하는 환호성이 터졌다. 새로운 스포츠 종목이라도 되나 하고 생각했지만 그런 것 같지는 않았다. 공에 맞은 교사는, "빌어먹을! 그만해! 그렇게 좋느냐, 이 녀석들아?" 하고 호통을 치고 있었다. 그러나 학생들은 전혀 들은 체도 않고 7~8개의 공을 계속 천천히 던졌다.

"뭐하는 거야! 전원 낙제시킬 거야! 정학이야! 퇴학이야! 유급이야!"

교사도 상당히 화가 난 것 같았다. 저렇게 흔들리는 것을 그만두려면 링에서 손을 떼는 것이 좋겠지만, 가만히 보니 저렇게 왔다갔다하다가 손을 놓는다면 5~6m나 떨어져 나가 버릴 것만 같았다.

안으로 들어가서 좌우로 왕복하는 교사를 눈으로 쫓고 있는데, 갑자기 총알 같은 것이 가타야마의 머리를 때렸다. 상당히 힘이 강해서 머리가 '띵' 하고 마비되어 쓰러져 버렸다.

"어머나!"

여학생들은 가타야마가 쓰러진 것을 보고 조용해졌다. 동시에 교사도 가타야마를 보고 당황했는지 무심코 링에서 손을 떼어 버렸다. 교사의 몸은 3m 정도 허공을 날아가서 나무 벽에 '꽝' 소리가 날 정도로 부딪혀 버렸다.

"앗!"

교사는 바닥으로 떨어져 뻗어 버렸다.

가타야마가 어지러운 머리를 설레설레 흔들며 일어나자, 교사도 여학생들에게 에워싸인 채 허리를 만지며 신음소리를 내면서 일어서려고 했다.

"선생님, 괜찮으세요?"

"용서해 주세요."

"많이 아프세요?"

"뼈는 부러지지 않았어요?"

"허리뼈는?"

"목뼈는?"

목뼈가 부러지면 살 수가 없다.

여학생들은 아까는 일부러 교사를 맞히려 했다가, 이번에는 손바닥을 뒤집은 것처럼 거꾸로 교사를 걱정하고 있었다.

가타야마가 겨우 일어나 천천히 다가가자 체육 교사는, "괜찮아, 괜찮아. 아무렇지도 않아. 자, 모두들 배구를 시작해." 하고 말했다.

"예!"

학생들은 모두 코트로 가서 네트를 치기 시작했다.

"저, 경시청의 가타야마라고 합니다만."

"형사님이시군요. 체육 교사인 도미다입니다. 잘 부탁합니다. 아이쿠, 이거 이런 꼴을 보여줘서……."

"도대체 어떻게 된 거죠?"

"예, 링 하는 걸 보여 주려고 했는데, 그만 이런 결과가……."

도미다는 마흔 전후쯤 되어 보이는 사람이었다. 키도 크고 몸도 딱 벌어져 있고 머리는 벗겨졌지만, 상당히 보기 좋은 콧수염을 기르고 있었다. 콧수염은 얼굴에 잘 어울렸다.

"체육 선생도 힘들군요."

"아닙니다."

도미다는 활기차게 배구를 시작한 학생들을 바라보았다.

"어쨌든 좋지 않은 사건이 계속되는군요. 모두들 조금씩 신경이 날카로워져 있어요. 일부러 시끄럽게 놀면서 조금이나마 마음을 안정시키려고 하는 거지요. 이크, 허리가 좀 아픈데……."

도미다는 허리를 쓸어 내렸다. 가타야마는 이 교사를 다시 쳐다보았다. 어딘지 모르게 학생들에게 인기가 있을 것 같았다.

제2장 고양이와 형사

"그런데 무슨 일이십니까, 형사님?"

"예, 모리사키 교수가 살해된 사건으로……."

"끔찍한 사건이지요."

도미다는 침착한 어조로 말을 했다. 두 사람은 체육관 구석 벤치에 가서 앉았다.

"정말 좋은 남자였어요. 학자로서도 상당한 사람이었지만, 조금도 거북스러운 데가 없었지요."

"당신도 교원 숙사에 살고 계십니까?"

"그렇습니다. 2층 207호실입니다."

"모리사키 교수와는 친했습니까?"

"예, 꽤 친했죠."

"그분에게 혹시 원한 관계가 있었는지 알고 계십니까?"

"그분은 상당히 개성이 강한 사람이었습니다. 그분에 대해서 이러쿵저러쿵 말하는 사람들도 있었습니다만, 그렇다고 죽일 정도까지의 사람은……."

"마음에 집히는 사람은 없습니까?"

"이렇다 할 만한 건……."

"그렇습니까? 그러면 최근 모리사키 교수가 신변에 위험을 느끼고 있었던 듯한 느낌은 없었습니까?"

"예. 특별히 그런 것은 없었습니다."

공이 하나 날아왔다. 도미다는 가볍게 공을 받아서는 학생들 쪽으로 되돌려 주었다.

"이건 판에 박은 듯한 질문입니다만, 사건이 일어나던 밤 죽 방에 계셨는지요?"

"예, 아내하고 함께요. 다만 친구를 만나 9시 넘어 돌아왔었죠. 그리고 나서는 죽……."

"사건은 새벽 3시경에 일어났습니다만, 모리사키 교수가 외출하는 소리 같은 건 못 들었는지요?"

"예, 자고 있었기 때문에……. 취해서요."
"예, 알겠습니다."
"도움이 못 되어서. 아니, 그런데 그건 홈스가 아닙니까?"
"예, 왠지 계속 나를 따라와서."
"주인의 원수를 갚고자 하는 거겠지요."
"잠시 방해가 되었습니다."
"아닙니다. 언제라도 오십시오. 그런데, 형사님?"
"예?"
"이건 내 개인적인 의견입니다만, 대학 사람뿐 아니라 모리사키 교수의 친척 관계에 있는 사람들을 조사해 보는 것이 좋을 듯싶은데요. 상당한 재산이 있었으니까요. 충분한 동기가 될 겁니다."
"그렇게 재산이 많았나요?"
도미다는 깜짝 놀란 모습으로 되물었다.
"모르셨습니까? 그의 부친은 유명한 실업가로, 상속받은 재산은 부동산을 합해서 수십억이 넘는다고 들었습니다."
수십억! 가타야마는 모리사키 방의 장식이 호화로웠던 걸 그제서야 이해할 수 있을 것 같았다.
"잘 조사해 보죠."
가타야마는 수첩에 써 넣었다.
"그럼 실례합니다."
"위험해!"라는 소리가 들리지 않았던 건 아니었다. 그러나 무작정 출구 쪽으로 걸어가고 있던 가타야마는 설마 자신에게 하는 얘기라고는 생각하지 못했다. 몸이 억세고 덩치 큰 여학생이 힘껏 때린 서브가 라인을 훨씬 넘어 가타야마의 머리로 정확하게 날아왔다. '땅' 하고 머리가 마비되고, 눈앞에 별이 왔다갔다하며 가타야마는 또 쓰러지고 말았다.
다시 녹다운되어 쓰러져 있을 때, 유키코를 따라다녔던 고소공포증의 오나카가 보였다.

'공교롭게도 이런 녀석을 만날 게 뭐람.' 하고 투덜거리며 가타야마는 한숨을 내쉬었다. 늘 뾰로통한 얼굴의 오나카는 가타야마의 앞에 있는 의자에 앉아 있었다.

"그런데 무슨 일이시오, 당신? 난 바빠서 빨리 끝내 줘야겠는데."

거만스럽게 말하고 있네. 토요일 밤에는 유키코의 방 바깥에 아슬아슬하게 붙어서는, "살려줘요! 어떻게 좀 해줘요!" 하고 쩔쩔맨 주제에.

"당신도 모리사키 교수와 함께 교원 숙소에서 살고 있죠?"

"아아, 그래서요?"

"모리사키 교수와는 어느 정도 사귀셨는지요?"

오나카는 어깨를 움츠렸다.

"그 사람은 좀 도도하게 굴었지."

"그다지 친하지 않으셨군요."

"아니, 어쨌든 나는 죽이지 않았소!"

오나카는 정색을 하고 대들었다.

"아닙니다. 나는 그런 말은 하지 않았습니다." 하고 가타야마가 대꾸했다.

"모리사키 교수가 누군가에게 원망을 받고 있었다든가, 누군가가 모리사키 교수를 노렸다든가 하는 것은 없었습니까?"

"당신, 나를 두고 하는 소리요?"

"아닙니다. 그저……."

"나는 요시즈카 유키코를 좋아하고 있었는데 그녀는 모리사키 교수의 애인이었소. 그러나 나는 그런 것 때문에 사람을 미워할 만한 속 좁은 인간은 아니오!"

오나카는 얼굴이 시뻘겋게 되어 내뱉고서는 한숨을 내쉬었다. 빌어먹을……. 가타야마는 진절머리가 났다. 이래서는 전혀 대화가 되지 않는다.

"사건이 일어난 일요일 밤엔 어디에 계셨습니까?"

이것만 물어 보고는 그만둬야겠다는 생각으로 질문을 던졌지만, 오나카의 얼굴은 바로 4층 창 밖에 아슬아슬하게 붙어 있을 때처럼 갑자기 창백해졌다. 안경 안에서 눈이 튀어나올 것처럼 휘둥그레지고, 입술은 와들와들 떨렸다. 가타야마는 깜짝 놀랐다.

"왜 그러시죠?" 하고 소리를 질렀다. 혹시 간질병 같은 걸 가지고 있는지도 몰라.

"역시 그랬군!"

갑자기 오나카는 소란을 피우기 시작했다.

"내가 범인이라고 결정해 버린 거지? 이 비겁한 놈! 당신, 일부러 그렇게 심문하고 있는 거지?"

"저……."

"유감스럽게도 나는 교수요, 대학 교수. 그런 건 통하지 않소. 용의자는 변호사를 부를 권리가 있어. 난 확실히 알고 있소!"

"그렇습니다. 오나카 교수님."

가타야마는 오나카를 억압하듯이 말했다.

"이건 단지 판에 박힌 질문일 뿐입니다."

"그런 말을 해서 넘어가지 마시오! 난 알고 있어. 나를 범인으로 지목하려는 거잖소!"

"아니, 그런……."

"경찰은 편견에 가득 차 있어."

오나카는 연설이라도 하듯이 말했다.

"뽐내고 건방진 편견에……. 그래, 그건 젠 오스틴의 소설이었어. 미리 단정해 버리고, 그리고 편견이야! 경찰은……."

가타야마는 오나카의 방을 나왔다. 저 사람이 정말로 교수인가, 정말로!

"그럼, 다음에는……."

복도를 바삐 걸어가면서 수첩을 넘기고 있는데 어딘가로 모습을 감추었던 홈스가 바로 뒤따라왔다.

오전 수업을 마쳤다는 걸 알리는 종소리가 복도에 울려퍼지자, 여기저기에서 젊은 여학생들이 떼지어 나와 어느 사이엔가 복도는 온갖 꽃에 파묻힌 것처럼 되어 버렸다. 이미 때는 늦어서 가타야마는 시끌벅적하게 떠드는 여학생들 속에 갇혀 얼굴이 새파랗게 질려 버린 채 느릿느릿 걸음을 옮겼다. 학생들은 가타야마 같은 사람에겐 전혀 관심이 없는 듯한 모습으로 그냥 앞질러 가버렸다. 가타야마는 어쩐지 자신이 투명 인간이 된 것 같은 쓸쓸함을 느꼈다.

"형사님!"

가타야마가 뒤돌아보니 유키코의 밝게 웃는 얼굴이 보였다.

"아, 유키코."

"무얼 그렇게 유유자적하게 걸으세요?"

"유유자적하게? 아니, 난 빨리빨리 가려고 했는데……."

"그래도 식당에 도착할 때쯤은 점심시간이 끝날 거예요. 이리 오세요!"

갑자기 유키코는 가타야마의 손을 붙잡고서는 아무 말도 하지 않고 재빨리 데리고 나갔다. 도대체 어디를 어떻게 빠져 나온 거지? 사람들이 모여 있는 곳을 교묘하게 빠져 나왔다. 가타야마는 학생 식당 식탁에 유키코와 나란히 앉아 카레라이스를 먹었다. 발 밑에서 홈스도 점심 식사를 하고 있었다. 홈스는 식당에 있는 사람들에게도 귀엽게 보이는 것 같았다.

"모리사키 교수님…… 은 내일 학교장으로 하기로 했어요."

유키코가 조금 쓸쓸한 듯 말했다.

"학교장인가? 어떻든 끔찍한 사건이 계속되어서."

"정말 기숙사 안에서도 다음은 누가 될지 전전긍긍이에요."

"다음?"

"물론 농담이에요. 그렇지만 모두들 떨고 있어요. 가즈미를 살해한 범인이 뭔가를 알고……?"

"그래? 나는 아무것도 들은 것이 없는데."

"알 필요 없어요."

"나는 모리사키의 사건을 담당하고 있잖아."

가타야마는 변명을 했다.

"이제 운반했을지도 모르겠네요. 그……."

"어젯밤 사건의 시체? 물론 이젠 가져갔겠지."

"그럼, 기숙사로 가요. 뭔가를 알 수 있을지도 몰라요."

"그럴 필요는 없을 것 같아."

가타야마는 식당으로 들어온 하야시의 모습을 보고 말했다.

"선배님! 여깁니다."

하야시는 변함 없이 피곤한 얼굴로 자동판매기 커피 종이컵을 쥐고 들어와서 털썩 앉았다.

"선배님, 뭐라도 좀 드셔야죠?"

"그걸 본 뒤로는 아무것도 먹고 싶은 생각이 없어."

유키코는 잠시 무슨 뜻인가 생각하고 나서, 그제서야 그 의미를 알았는지 가볍게 몸을 떨었다.

"그렇게 끔찍했나요?"

하야시가 유키코를 쳐다보고 나서 가타야마 쪽으로 눈을 지그시 감았다 떴다. 가타야마는 당황해하며 유키코를 하야시에게 소개했다. 모리사키 교수와 친했던…… 하고 적당하게 얼버무리려고 했지만, 하야시는 이미 알고 있었는지, "아아, 그 학생이구먼. 가타야마, 이런 미인이라고는 말하지 않았잖아." 하고 말했다.

하야시는 커피를 한 잔 마시고 나서 말을 이었다.

"음, 정말 끔찍했어. 살해한 녀석도 상당한 피를 뒤집어 썼겠더라고……. 이 주변은 밤에 인적이 드물기 때문에 그런 상태로 도망가 버렸을지도 몰라."

"어째서 여기 학생들만 노리고 있는 거죠?"

"그 녀석에게 물어 봐야지."

하야시는 고개를 흔들었다.

"이 학교에 원한이 있는 건지, 그렇지 않으면 최초의 상대가 이 학교 학생이었다는 얘기를 듣고 이 근처를 서성거리다가 우연히 그 사사키 가즈미라는 학생을 만난 것인지…….."

"범인이 설마 내부 사람이라는 건 아니겠죠?"

유키코가 끼여들었다.

"물론이죠. 그런 생각은 해보지도 않았습니다. 범인은 뒷문을 뛰어넘어 도망갔거든요. 그곳에 피해자의 피가 묻어 있더군요."

"안심했습니다."

하야시는 커피를 다 마셨다.

"이봐, 나는 일단 경시청으로 돌아갈 테니 나중에 알려 주게."

이 말을 남기고 하야시는 일어서서 나갔다.

"아직도 일이 남았어요?"

"음, 숙소에 있는 교수들 전원을 조사해볼 필요가 있어."

"그래도 점심시간은 있을 거 아녜요? 우리, 기숙사로 가요. 그래도 여기보다는 좀더 맛있는 커피를 끓여 드릴 수 있을 거예요."

대답을 한 것은 가타야마가 아니었다. 발 밑에서 홈스가 "야옹" 하고 찬성의 소리를 질렀다. 유키코와 가타야마는 함께 빙긋이 웃었다.

"그렇지, 또 잊고 있었구먼."

"뭘요?"

가타야마는 유키코의 방 카펫에 앉아서 커피를 마시고 있었다.

"모리사키 교수가 살해되었다는 걸 들었을 때, 유키코는 '역시' 하고 말했지. 뭐 짐작가는 것이 있었던 건가?"

"그렇게 말했었나요?"

유키코는 망설이듯 대답했다.

"무슨 예감 같은 게 들었거든요."

"아니, 무언가 구체적으로 위험한 사실을 예견한 것 같았는데? 그렇지 않으면 그런 식으로 말을 꺼냈을 리가 없잖아?"

유키코는 잠시 생각에 잠기더니, "알았어요." 하고 고개를 끄덕였다.

"그분은 누군가에게서 협박장을 받았어요."
가타야마가 책 사이에서 발견한 협박장 내용을 들려주었다.
"그래요! 그분은 전혀 염두에도 두지 않는 것처럼 말했지만, 나는 좀 걱정이 되었어요."
"누가 보낸 건지 짐작이 갈 만한 사람은?"
"잘 몰라요. 그분도 어디서 온 편지인지 잘 모르는 것 같았어요."
"어디서 온 것 같았는데?"
"하나는, 전에 당신이 조사한 매춘 그룹."
"또 하나는?"
유키코는 잠시 머뭇거리더니, "부정 행위자." 하고 분명히 말을 했다.
"부정 행위자?"
가타야마는 되풀이하며 중얼거렸다.
"사실은 당신도 알고 있으리라고 생각하지만, 그 새 교사의 건설 낙찰을 할 때 상당히 돈이 오고갔다는 얘기가 있어요. 그 사람은 원래부터 새 교사 신축과 학생 증원에 반대하고 있었죠. 그래서 증거를 잡아 진상을 밝혀내려고 했어요."
"음, 그래. 이건 상당히 큰 도움이 될 만한 얘기군."
가타야마는 급히 수첩에 적어 넣었다.
"모리사키 교수는 무언가를 포착하고 있었나?"
"몰라요. 나에게도 말을 하지 않았기 때문에……. 그렇지만 그분은 무언가를 포착하고 있었을 거예요."
"바로 그 부정 행위자들이 발각되는 걸 두려워해서 모리사키 교수를 살해……?"
그러나 어떻게 해서 죽인 것일까? 밀실 상태에서 어떻게 죽였고, 또 어떻게 도망갔을까? 의문이 그것에 집중되었다.
"신문 같은 덴 그것이 밀실 살인사건이라고 하던데, 정말인가요?"
"절대적으로 맞는 말이야."
"그런 건 소설 속에서나 나오는 거라고 생각했는데요."

"이상한 게 또 있어."

"예를 들면?"

"도둑맞은 식탁과 의자, 왜 그런 걸 훔쳐갔을까? 훔쳐서 어디에 숨겼을까? 전혀 짐작할 수가 없어."

"아아, 그걸 죄다 잊고 있었네요."

"그래, 누구나 다 그래. 이렇게 살인사건이 계속 일어나면, 그런 사소한 사건은 눈에 띄지 않게 되어 버리지. 그렇지만 나는 이상하게도 왠지 중요한 열쇠가 여기에 있을 것 같은 기분이 들어."

"그래도 식탁과 의자를 합치면 상당한 양이 되겠죠? 트럭이라도 있어야만 운반할 수 있잖아요?"

"그건 그렇지. 그러나 생각하면 생각할수록 모를 것이……."

'야옹' 하고 홈스가 두 사람의 대화를 끊었다. 고개를 돌려 바라보니 홈스는 창가에 있는 소파 위에 앉아 창 밖을 내다보고 있었다.

"왜 그래? 배라고 고픈 건가?"

가타야마는 일어서서 창가로 갔다.

"왜 그래, 도대체?"

식당과 그 맞은편에서 공사중인 새 교사가 내다보였다. 특별히 이상한 것은 보이지 않았다.

"아무것도 없잖아……."

가타야마는 말을 하다가 갑자기 입을 다물었다. 뭔가 이상했다. 뭔가가 있어……. 알고는 있는데 생각이 나지 않는 안타까움에 가타야마는 머리를 쥐어뜯었다. 그 모습을 유키코가 눈이 휘둥그레진 채 바라보았다.

"그렇구나!"

가타야마가 소리를 질렀다.

"왜 그래요?"

유키코가 이상하다는 듯이 물었다.

"어째서 이렇게 간단한 걸 못 알아차렸을까? 잘 들어 봐. 토요일 밤,

나와 유키코가 이 창에서 오나카 교수를 구해내려고 땀을 뻘뻘 흘렸었잖아."

"예."

"그 식당 건물에서 식탁과 의자를 꺼내어 간다는 건 짧은 시간에 할 수 있는 일이 아니야. 그러니까 내가 유키코의 방을 찾아왔을 때나, 오나카를 구해 주고 나서 여기를 나갔을 때에는 그 일이 이루어지지 않았을 거야."

"그래서요?"

"그렇다면 식탁과 의자가 없어진 때는 우리들이 이 창에서 오나카를 구해내고 있을 때야! 그때에 식탁과 의자가 운반되었던 거지."

"그건 그렇네요."

"그러면 왜 그것이 우리들 눈에 띄지 않았을까?"

"식당 출입구는 맞은 편에 있잖아요. 그러니 보이지 않는 게 당연한 거죠."

"그렇지. 나도 지금까지는 그렇게 생각하고 있었어. 보통 때에는 확실하게 생각해 보려고도 하지 않았지. 정말, 어떤 거라도 실제로 그 장소에서 확실히 보지 않으면 안 되는 거야."

"뭘요?"

"저길 봐. 물론 식당은 새 교사보다 훨씬 작아. 여기에서 보면 새 교사의 양끝은 똑바로 숨겨져 있어서 보이지 않아. 그래서 식당 출입구에서 식탁과 의자를 운반하더라도 우리들 눈에는 띄지 않았던 거야."

유키코는 창 밖의 모습을 둘러보았다.

"정말 그렇네요. 그렇지만 우리들은 알 수가 없었잖아요."

"그렇지."

"어째서 우리들은 몰랐을까?"

"식탁과 의자는 식당에서 운반되었지만, 우리들 눈에 들어오는 범위 내에선 운반되지 않았던 거지."

"그래도 그건 좀 이상해요. 그럼, 어디로 갖고 갔다는 거죠?"

"상황을 보면 대답은 하나밖에 없어."
유키코는 지그시 밖을 바라보고 나서 대답했다.
"공사 현장!"
"그렇지. 저쪽으로 운반했다고밖에 생각할 수 없어."
"그래도 현장에 있던 사람들은 모르고 있었잖아요."
"그건 모르겠어. 아무튼 가 보자!"
두 사람은 홈스와 함께 기숙사를 나가 공사 현장으로 발을 옮겼다.
"뭔가 이상해."
"무슨 일이 생긴 건지도 모르겠어요."
공사 현장 한쪽에 많은 남자들이 모여서 와글와글 떠들고 있었다. 가까이 가 보았다.
"도대체 누가 그랬지?"
"튀어나와 버렸어, 빌어먹을 자식!"이라는 말이 귀에 들렸다. 가타야마는 모리사키의 시체를 발견한 공사 현장 주임인 이마이의 모습을 보고 말을 건넸다.
"이마이 씨, 무슨 일이 있었던 모양이죠?"
"아, 형사님. 어서 오세요."
이마이는 둥근 얼굴에 곤혹스러운 표정을 나타내면서 가타야마에게 가볍게 인사를 했다.
"아, 예. 누군지 모르지만 성질 나쁜 녀석이 장난을 쳐놓아서……."
"도대체 어떻게 된 겁니까?"
"아, 예. 오늘 아침에 와서 보니까 글쎄, 애써 파내어 평평하게 해놓은 곳에 누군가가 시멘트를 발라 버렸지 뭡니까."
"시멘트를?"
"그렇습니다. 완전히 말라 버렸어요. 두들겨도 깨어지지가 않습니다. 완전히 굳어버렸어요."
"그래서 모두들 화를 내고 있는 건가요?"
"예. 어제 하루 공사를 쉬었기 때문에, 오늘은 그걸 좀 만회해 보려고 했는데 이렇게······."

"그렇지. 어제는 월요일······. 그러면 누군가가 그런 장난을 쳐놓은 것은 토요일 밤부터 월요일까지의 사이가 되는 거군요?"

"예, 그래요. 보신대로 누군가가 들어왔어요. 시멘트 부대도 그 옆에 많이 쌓아 놓았었죠. 그것을 물로 반죽해 싹 발라 버리는 것은 애들이라도 가능해요."

"이마이 씨, 그 전에 식당에서 없어졌던 식탁과 의자 말입니다만, 보지 못했습니까?"

"아뇨."

가타야마는 둘러 서 있는 남자들을 헤집고 안쪽으로 들어가서 딱딱하게 굳어 있는 시멘트 위를 내려다보았다. 딱딱한 표면에서 무언가가 튀어나와 머리를 슬쩍 내밀고 있었다. 가타야마는 허리를 구부려서 1cm정도 튀어나와 있는 걸 조사해 보고서는, 얼굴을 들어 고개를 떨어뜨리고 있는 주임에게 말을 걸었다.

"아무래도 식탁과 의자를 발견한 것 같습니다. 이건 식탁 다리 같아요. 누군가가 여기에 식탁과 의자를 집어넣고 시멘트를 싹 발라 버린 겁니다."

기숙사로 돌아오는 도중에 유키코가 말했다.

"도대체 누가 그런 짓을 했을까요?"

"글쎄. 누가, 무엇 때문에······."

"그분이 살해된 것과 관계가 있을지도 몰라요."

"그렇게 생각해. 단순한 장난은 아닐 거야."

유키코는 가타야마의 얼굴을 찬찬히 바라보았다.

"이런 말을 하면 실례일지는 모르겠지만."

"뭘?"

"잘 보신 것 같아요. 당신도 머리가 트였군요."

가타야마는 거북해하면서 쓴웃음을 지었다. 홈스가 창에서 밖을 내다보고 있었다. 정말이지 저 고양이는 협박장이 있는 곳을 가르쳐 주기도 하고, 가타야마가 관계자 얘기를 들을 때는 안내해 주기도 해서 단순한 고양이 같지가 않았다. 그래, 하지만 단순한 우연에 지나지 않을 테지……

4

가타야마는 오후 3시를 조금 지났을 무렵 세다 계곡이 있는 고급 주택지를 걷고 있었다. 하고로모 여자 대학 기숙사로 돌아오자, 여대생 살인사건으로 왔던 형사가 미타무라의 전갈을 가타야마에게 가지고 왔던 것이다. 그것은 오늘 오후, 모리사키 집에서 장례식이 있기 때문에 얼른 오라는 내용이었다.

모리사키의 집은 금방 찾았다. 살해된 모리사키는 대학 숙소에서 생활하고 있었지만, 상당한 재산가였기에 그 저택도 호화스러운 것이었다. 그러나 결코 화려하거나 현란하게 치장한 것이 아니라, 벽돌담이나 북유럽풍의 나무 껍질을 갖다대는 등 세련미를 느낄 수 있었다.

장례식은 벌써 끝이 났고, 문 앞에는 검은색을 칠한 영구차를 비롯해서 승용차가 죽 늘어서 있고, 상복 차림의 참석자들은 관이 나오는 걸 기다리고 있었다.

검은 양복에 검은 넥타이를 맨 미타무라가 가타야마가 온 걸 보고 다가왔다.

"늦었습니다."

"아, 괜찮아. 그 애인이라던 여학생은 어떻게 됐나?"

"예, 일단 말해 보았습니다. 장례식에는 한번 가 봐야 하지 않겠느냐고요. 그런데……"

"그래, 좋아, 그런 건 상관없어."

"이제 화장터로 갑니까?"

"그래. 자네는 여기서 기다리고 있게. 나중에 나도 유족에게 이야기를 듣고 싶네."

"알겠습니다."

흰 나무로 된 관이 운반되어 나오자, 가타야마는 왠지 모르게 엄숙한 기분이 되어 머리를 수그렸다.

차 행렬이 가 버리자 가타야마는 어디에서 기다리면 좋을까 생각하고 있었다.

"형사님."

뒤에서 말소리가 들렸다. 돌아보니, 체육 교사인 도미다였다. 검은 양복에 검은 넥타이를 매고 있어서 말끔한, 그야말로 우아한 신사로 보였다.

"이 댁에 있는 분에게 뭐 좀 물어 보려고요." 하고 가타야마가 말했다.

"그럼, 안으로 들어가서 말씀하시면 어떻겠습니까?"

"아니, 허락도 없이……."

가타야마가 주저하고 있자 도미다는 가타야마를 끌어당기듯이 집 안으로 데리고 들어갔다.

"아니, 상관없습니다. 들어오세요."

널찍한 응접실에 들어가서 도미다는 천천히 소파에 앉았다.

"자, 앉으시죠."

"예……."

"뭐 좀 마시겠습니까?"

"아, 아닙니다. 저는 됐습니다."

"그렇습니까? 그럼, 실례합니다만, 혼자 마시겠습니다."

"예, 그러시죠."

도미다는 어안이벙벙해진 가타야마를 힐끔힐끔 쳐다보며 성큼 선반으로 다가가서, 죽 나열되어 있는 양주병을 컵에 따르더니 죽 단숨에 마셔 버렸다. 그리고는 한숨을 크게 내쉬었다.

"정말이지, 어이구, 장례식이라는 건 피곤해요. 그런데 가타야마 씨, 뭐 좀 알아내려고 오셨죠?"

"예."

"이 댁의 일로 찾아오신 겁니까?"

가타야마는 당황해하면서 말했다.

"아닙니다. 당신에게 온 것이 아니라……, 이 댁 누군가에게……."

도미다는 장난기 섞인 듯한 웃음을 띠었다.

"내가 이 집에 있는 사람입니다."

"당신이?"

가타야마는 눈이 휘둥그레졌다.

"나는 죽은 모리사키의 동생입니다."

"……동생?"

"예, 모리사키 가즈오라고 합니다."

"그러면 도미다라고 하는 건?"

"결혼하고 나서 아내 쪽 성으로 바꾸었기 때문에 그렇게 됐죠."

가타야마는 다시 도미다의 얼굴을 똑바로 쳐다보았다. 그렇게 듣고 보니 도미다의 얼굴은 모리사키와 많이 닮은 듯했다. 콧수염 때문에 언뜻 봐서는 완전히 다른 인상 같았지만, 수염만 없었다면 모리사키와 상당히 닮았다고 해도 과언이 아니었다.

"어이구, 정말 놀랐습니다."

"오전에 만났을 때 말씀드렸으면 좋았겠습니다만, 이제야 말씀드리는군요."

놀라운 기분이 조금씩 가시자, 가타야마는 잠시 생각에 잠겼다. 도미다는 금방 그걸 알아차린 듯, "상당히 묘한 일이라고 생각했겠지요? 장례식이 있다고 하는데도 오전에는 체육 수업을 하고 있었고, 화장터에는 가지도 않고 이렇게 술을 마시고 있으니……."

"예, 사실은 그렇게 생각하고 있었습니다."

"그렇다고 해서 결코 형의 죽음을 슬퍼하지 않는 것은 아닙니다. 형은 뛰어난 인물이었어요. 나는 형의 지성과, 그 위트에 넘친 센스를 마음속으로 존경하고 있었습니다. 그러나 형은…… 뭐라고 할까—항상 다른 사람들을 한 단 아래에 놓고 바라보았습니다. 동생인 나에게까지도 말입니다. 형에게 있어서 타인이란, 단적으로 말해서 관찰하고, 평가하고, 분류하고, 정리하는 대상에 지나지 않았습니다."

"다시 말하면, 상당히 차가웠다고 하는 겁니까?"

"어떤 의미에서는 그래요."

도미다는 고개를 끄덕였다.

"그러나 그건 형 자신에게도 어떻게 할 수 없는 것이 아닐까요? 형이 천성적으로 가지고 태어난 성격이기 때문에……."

"그렇게 감싸줄 필요는 없어요."

마흔 정도의 야윈 여자가 상복 차림으로 입구에 서 있었다.

"아사코!"

도미다는 눈을 크게 떴다.

"아니, 화장터에는 가지 않았나?"

"예, 꼭 가야 할 것도 없잖아요."

창백한 얼굴이 검은 옷 때문인지 한층 더 하얗게 보였다. 두 눈은 단지 가늘게 갈라진 틈 마냥 아무런 감정도 담고 있지 않았다. 가타야마는 검은 옷 때문인지 몰라도 기분나쁜 마법사를 연상했다.

"나도 한 잔 줘요."

"아아……. 가타야마 씨, 집사람인 아사코입니다."

도미다는 씁쓰레한 표정으로 소개했다.

"당신이 갈 거라고 생각했기 때문에 나는……."

"괜찮아요. 이제 당신이 이곳 주인이에요. 누구에게도 어렵게 여길 필요는 없어요."

"주인이라고 하면……."

가타야마가 말을 걸었다.

"이 집 재산을 이어받는 것은 도미다 선생님입니까?"

"예, 그렇지요."

아사코는 컵에 든 위스키를 한꺼번에 다 들이키고는 우쭐하며 말했다.

"이봐, 아사코, 당신은 가만히 있어."

도미다가 말하자 아사코는 정색을 했다.

"왜요?"

"이쪽은 형사님이셔."

"상관없어요. 저는 이제 아무것도 두려울 것이 없어요. 당신도 그렇잖아요. 형님이 죽어버린 지금은."

"그만해."

'별로 평온해 보이지는 않는구나' 하고 가타야마는 부부를 보며 생각했다.

"형사님, 무얼 조사해 보고 싶은가요?"

아내인 아사코가 갑자기 가타야마 가까이에 앉았다. 가타야마는 깜짝 놀라 옆으로 비켰다.

"아, 예…… 그러니까 판에 박힌 듯한 평범한 질문입니다만, 재산 상속은 어떻게 되는지 뭐 그런……."

"재산을 상속받는 건 남편 한 사람뿐이에요. 부모님은 훨씬 전에 돌아가셨고, 형님은 독신인 데다가 형제는 둘뿐이에요. 그 외에는……."

"예……. 그러면 모리사키 씨를 미워하고 있었던 사람이나 혹은 의심가는 사람은 없는지요?"

"있어요."

"누구입니까?"

"저예요."

아사코는 태연하게 말했다. 도미다는 벌써 체념한 듯이 컵을 만지작거렸다.

"무슨 일이 있으셨는지요?"

가타야마가 물었다.

"아니에요. 아무것도 아녜요. 단지 남편이 형님을 미워하지 않아서, 제가 대신 미워하고 있었죠……."

"예……."

가타야마는 고독에 싸인 듯한 기분이었다. '수수께끼'는 이 정도에서 그쳤으면…….

"형은 항상 우등생이고 영웅이었습니다."

도미다가 어쩔 수 없다는 듯한 표정으로 입을 열었다.

"거기에 비해 나는, 결코 성적이 나빴던 건 아니었지만 항상 형보다 한 단계 밑이었습니다. 형은 무얼 해도 나보다 한 단계 위였어요. 그래서 나는 도저히 형에게는 이길 수 없다고 체념해 버렸습니다."

도미다는 한숨을 내쉬었다.

"형은 처음엔 서양 중세사에 관한 연구로 학위를 받았습니다. 나는 형과 같은 길로 나가면 또 패배감을 맛볼 것 같아서, 형과는 다르게 영문학을 전공해 어느 정도 성과를 이루었습니다. 그리고서 어떤 사립 대학의 조교수로 갔었는데, 그때 형이 하고로모 여자 대학에 교수로 와 있는 것을 알았습니다. 게다가 영문학 교수로 말입니다! 정말이지 나도 그때는 형에 대한 분노를 감출 수 없었습니다. 바로 그 즈음 나는 아내와 결혼했기 때문에 모리사키라는 성을 버리고, 아내 쪽 도미다 성을 따랐던 겁니다. 형은 내가 화를 내고 있다는 걸 알고 깜짝 놀랐던 것 같았습니다. 형의 입장에서 보면, 다재다능한 두뇌를 여러 방면으로 구사하는 것이 지극히 당연한 얘기겠죠. 그러나 형도 영문학을 전공하고 있다는 걸 알고 나는 상당히 기분이 언짢았습니다. 그런 뒤에는 형을 참고 이해하려고 애써 보았습니다만 도저히 연구 생활에 몰두할 수 없어 강의도 하지 않았죠. 그러다가 또 대학 동료와 큰 싸움을 해서 마침내 교수직을 잃어버리게 되었습니다. 그래서 어떻게 하면 좋을지 몰라 쩔쩔매고 있었는데 형이 하고로모 여자 대학으로 오라고 권유했던 겁니다."

"그것도 체육 교사로 말예요!"

아사코가 한숨을 내쉬듯 말했다.

도미다는 미소를 지었다.

"형은 스포츠에서는 내가 늘 두각을 드러냈던 것을 기억하고 있었던 거지요. 게다가 여자 대학 체육 교사이기 때문에 근무할 수 있었습니다. 어쨌든, 나도 먹고 살아야 하니까요. 조그만 굴욕은 참을 수밖에 없죠."

"상당히 여러 가지가 나왔겠구먼."
하야시는 눈살을 찌푸렸다.
"우선 매춘 그룹. 다음으로 피해자가 조사하고 있었다는 부정 행위 관계자. 이 밖에 그의 친동생. 보통 때처럼 생각하면 그 동생이 가장 혐의점이 많다고 보는데, 동기는 막대한 재산과 오랫동안 쌓이고 쌓였던 열등감……. 그 부부는 같이 대학 숙소에 살고 있었기 때문에 마음만 먹으면 기회도 쉽게 잡을 수 있었을 테지. 게다가 알리바이도 사실 부부가 서로의 것을 댄 것이지 제3자가 댄 것은 아니니까……."
가타야마는 고개를 끄덕였다.
"그 부인 혼자서는 모리사키 교수를 살해할 수 없었을 겁니다."
"모든 게 이상해. 그렇게 좋은 저택이 있는데, 무엇 때문에 형제들이 죄다 대학 숙소에서 살았던 걸까?"
"예, 그걸 한번 물어 보았습니다만, 모리사키 교수는 연구를 위해서는 대학에 사는 편이 편리한 것 같았답니다. 도미다는 일단 모리사키의 이름을 단념한 이상 그렇게 간단하게는 돌아가지 않았던 것 같아요. 그래서 그 저택엔 먼 친척에 해당하는 어떤 노부부가 살고 있었을 뿐이랍니다. 앞으로는 도미다가 가서 살겠다고 하더군요."
"음, 그래? 그럼, 부정 행위에 대해서는 도미다에게 물어 보았는가?"
"아뇨."
"잘했어. 그렇게 한 것이 좋아. 그건 만일 그 사람이 거기에 관계되어 있다면 상당히 경계하게 될 테니 몰래 알아보도록. 확실한 이야기라고 생각되면 과장님도 그 쪽으로 집중하게 될 거야."
"알겠습니다."

"수고했어. 내일 또 여자 대학 쪽을 부탁해. 나는 잠시 다른 일이 있어."

"예, 그런데 선배님?"

"응?"

"상당히 피곤한 것 같은데, 괜찮겠습니까?"

"괜찮아. 걱정하지 마."

하야시는 의자에 앉아 기지개를 켰다.

"그럼, 먼저."

가타야마는 경시청을 나왔다. 7시를 넘어서 완전히 어두워진 거리를 걸어 내려갔다.

"가타야마 씨."

부르는 소리가 들려 뒤돌아보니, 몸집이 자그마한 삼십대 중반의 여성이 미소를 지으며 서 있었다.

"아…… 웬일이세요? 하야시 선배님의 부인이 아니십니까!"

"오랜만이에요."

"아, 예. 정말 그렇군요. 선배님은 아직도 안에 계십니다."

"예, 알고 있어요."

가타야마는 하야시 선배의 집에 가끔 놀러 갔었기 때문에 하야시의 부인 아키코와는 안면이 있었다. 나이도 잊어버린 듯 늘 명랑하고 늘 웃음이 끊이지 않는 아키코는 어딘지 아이 같은 데가 있는 사람으로, 상당히 친절했다.

"사실은 가타야마 씨에게 잠깐 할 말이 있어서요."

"저에게 말입니까?"

상당히 심각한 얼굴을 한 부인을 보고서는, 가타야마는 조금 당황한 빛을 띠었다.

"가타야마 씨, 최근 남편의 태도가 어딘가 이상하지 않으세요?"

근처에 있는 다방에 조용히 자리를 잡고서, 아키코는 이렇게 말을 꺼냈다.

"글쎄요……, 좀……."
가타야마는 고개를 끄덕였다.
"왠지 모르게 상당히 피곤해하는 것 같긴 합니다만……."
"그렇죠? 매일 돌아오는 것이 새벽이에요."
"새벽?"
"무언가 극비의 일이라고 하면서……. 그렇지만 저도 옛날에 경찰에 있었던 사람이에요. 그런 텔레비전 영화 같은 이야기는 믿지 않아요."
아키코는 과거에 여자 경관이었던 것이다.
"그렇군요. 저는 아무것도 듣지 못했습니다만."
"지금 맡고 있는 사건으로는 그리 늦을 리는 없죠?"
"예, 제가 알고 있는 한도 내에서는 그렇습니다."
"제 생각인데요, 가타야마 씨. 남편에게 여자가 생긴 것이 아닐까요?"
가타야마는 깜짝 놀랐다.
"선배님은 그럴 사람이 아니에요, 부인!"
"그렇게 생각해요, 정말?"
그렇게 다가서면서 물어 오자 마음 약한 가타야마는 자신을 잃어버리고 말았다.
"아, 예. 아니…… 라고 생각합니다만……."
"봐요. 당신도 확신은 못 하잖아요."
"아, 예…… 그러니까……."
"그런 거예요. 여자의 직감 같은 것이라는 게."
아키코는 골똘히 생각에 잠겼다.
"가타야마 씨, 당신만 믿겠어요. 그 사람 태도에 신경을 써 주세요. 뭐 좀 알아내면 꼭 연락해 주시고요."
"예……."
"부탁해요!"
"예……."

'어째서 나는 이렇게 사람들에게 부탁을 받으면 거절하지 못하는 것일까?'

가타야마는 하야시 아키코와 헤어지고 나서 한숨을 내쉬었다. 가지고 태어난 성격이 우유부단한 것이라 어쩔 수 없었다. 부부 싸움은 개도 간섭하지 않는 것인데. 개도 간섭하지 않을까, 그럼……. 개……. 고양이. 그렇지! 홈스를 잊어버리고 있었다.

장례식에 가기 때문에 유키코에게 부탁하고 와 버렸던 것이다. 어떻게 할까? 벌써 시간도 꽤 되었는데, 오늘 밤 하루는 유키코에게 돌봐 달라고 할까? 그러나 기숙사는 애완용 동물을 기르는 것이 금지되어 있는데……. 게다가 데리고 돌아가지 않으면 동생인 하루미가 귀찮게 굴 것 같기도 하고…….

가타야마는 할 수 없이 하고로모 여자 대학으로 돌아가기로 했다. 택시를 타고 정문 앞에 내려서, 벌써 어둑어둑해진 구내를 급히 지나 기숙사로 향했다.

창구에서 고미네 노인과 얼굴이 마주쳤다.

"아, 형사 양반."

"안녕하세요?"

"고양이를 데리러 왔소?"

"그래요."

"저기에 있소."

가타야마가 바라보니 노인의 뒤에 있는 긴 의자에 홈스가 누워 있었다.

"그녀는? 유키코 양은?"

"나갔소. 여기에 맡겨 놓고. 빨리 데려가시오. 난 살아 있는 건 딱 질색이야."

"야, 홈스!"

홈스는 눈을 떠서 그를 보고는 의자에서 뛰어내려 '음' 하고 크게 기지개를 켰다.

가타야마는 다시 홈스를 어깨에다 올려놓았다.
"어이구, 오랜만이네. 하루 동안 수고 많았지?"
가타야마가 말을 하자 홈스는, "야옹" 하고 대답했다.

5

가타야마는 택시에서 내려 아파트가 보이는 작은 길 입구까지 와서는 발걸음을 문득 멈추었다. 하루미가 아파트에서 급히 발걸음을 옮기며 나오는 것이었다. 말을 걸려고 하자, 하루미는 상당히 심각한 얼굴로 무언가를 골똘히 생각하는 듯이 가타야마를 전혀 의식하지 못한 채 등을 돌리고서 재빨리 걸어가 버렸다. 단순한 일 같지가 않다고 가타야마는 생각했다. 소문을 좋아하는 숙모인 고지마 미츠에가 했던 말이 떠올랐다. 하루미와 어떤 중년 남자와의 일. 가타야마의 귀가가 늦기 때문에 오늘밤은 자고 올 것이라고 생각했는지도 모른다. 순간 좀 망설이고 나서 한번 뒤따라 가봐야겠다고 생각했다.
"이봐, 홈스, 기분 나쁘겠지만 잠깐 여기서 기다려 줘."
홈스는 싫다는 듯이 울었지만 가타야마의 귀에는 들려오지 않았다. 가타야마는 홈스를 내려놓고 하루미의 모습이 사라진 골목길로 급히 발걸음을 옮겼다.
하루미가 빨간 스웨터를 입은 덕분에 밤이긴 하지만 미행은 어렵지 않았다. 하루미는 가까운 역에서 지하철을 탔다. 차내도 그렇게 복잡하지 않았기 때문에 주위에는 그다지 신경쓰지 않는 것 같은 모습이었다.
하루미는 신주쿠에서 내렸다. 신주쿠는 밤에는 상당히 인파가 몰린다. 게다가 비슷비슷한 옷을 입은 젊은 사람들이 어지러이 걷고 있기 때문에 조금이라도 눈을 떼면 놓쳐 버리고 말 것 같았다. 가타야마는 사람이 많이 모인 곳에서 하루미를 급히 뒤쫓아갔다.
재수 없게도 수십 명의 젊은이들 한 그룹이 하루미와 가타야마 사이에 끼여들어 왔다. 게다가 그들은 상당히 취해 있어서 급히 발걸음을 옮기는 가타야마를 방해했다.

"이봐, 잠깐. 좀 비켜 주시지."

"싫은데!"

"급하단 말이야."

"좁은 일본, 그렇게 급히 어디 가시나?"

젊은이들은 교통 표어까지 끄집어내면서 가타야마를 조롱하며 크게 웃어댔다. 겨우 빠져나왔을 때에는 하루미의 모습은 그림자도 볼 수 없었다.

"빌어먹을!……."

오른쪽으로 갔나 왼쪽으로 돌아갔나. 그냥 우두커니 서서 주위를 둘러보고 있을 때였다. 가타야마의 눈에 좀 익숙한 얼굴이 들어왔다.

하야시 선배! 하야시 형사였다. 언제나 입던 그 낡아빠진 양복 차림으로 조금 떨어진 곳에서 급히 걸어가고 있었다. 말을 걸려고 하던 마음이 오늘 아키코 부인에게 부탁받은 일을 생각해 내고는 싹 사라져 버렸다. 아키코 부인의 말이 순간적으로 하루미와 연결되어 버린 것이다.

하야시 선배에게 여자가 생겼다. 하루미에게는 중년 남자의 애인……. 하야시 선배와 하루미가! 설마! 그런 일은 있을 수 없어! 그런!

그러나 현재 하루미와 하야시는 같은 장소에 있지 않은가. 하야시도 이제 서로 기다리기로 한 장소로 급히 가는 건지도 모른다. 아아, 그러면 어떻게 되는 거지? 가타야마는 놀라움을 금치 못하며, 하야시의 뒤를 미행해 보고자 하는 생각을 지워 버렸다. 그저 하야시의 뒷모습이 네온사인 불빛에 사라지는 것을 멍하니 지켜보고만 있었다.

"아아!"

벌써 몇십 번이나 될까? 한숨을 내쉬며 가타야마는 고개를 흔들었다. 옆에서는 홈스가 게걸스럽게 저녁식사를 마치고서 앞다리를 핥으며 얼굴을 씻고 있었다. 고양이식 세수에 정신이 없는 것이다.

제2장 고양이와 형사　127

"아직도 어린애라고 생각한 그 녀석이……. 어쩌자고 처자식이 있는 남자와 연애를 해! 도대체 어쩌자고? 지금까지 그 녀석을 얼마나 귀여워했는데."

가타야마는 홈스를 상대로 욕을 퍼부었다. 대답하지 않는 상대라도 이럴 때는 편했다.

"그리고 하야시 선배도 그렇지! 아무리 그렇기로서니 후배의 여동생에게 손을 대? 도둑 고양이와 다를 게 뭐야. 아!"

홈스는 아무것도 모르는 얼굴이다.

"아아!" 하고 또 한숨을 내쉬었다.

"어떻게 하면 좋지? 이럴 때 아버지가 계신다면……. 그래, 아버지라도 이럴 때는 어쩌실 수 없었을 거야. 그런 분이었으니까. 그래, 그렇지. 하야시 선배의 부인이 있었지. 뭔가 알아내면 알려준다고 약속했지만, 알려 줄 수 없어. 상대는 내 여동생이야, 여동생!"

가타야마는 잠시 생각에 잠겼다.

"그렇지만 그 녀석도 이젠 어린애가 아니잖아. 자기가 직접 말할 때까지 아무 말도 하지 않고 가만히 있는 쪽이 좋을지도 몰라……."

홈스는 얼굴을 씻고 나서 방석 위에 동그랗게 누웠다.

"그래, 넌 만사태평이구나……."

그러나 고양이에게는 고양이 나름대로의 고뇌가 있는지도 모른다고 가타야마는 다시 생각해 보았다. 모리사키도 말했듯이, 고양이는 그 무표정한 얼굴로 무엇을 생각하고 있는 건지 모를 때가 있다.

"뭔가 새로운 철학이라도 생긴 건가? '삼색털 고양이는 이렇게 말했다.' 이런 거야?"

그때 문이 열리고 하루미가 들어왔다.

"돌아왔어! 오빠, 언제 왔어?"

"조금 전에."

"그래? 미안해. 너무 늦어서 돌아오지 않는가 보다 하고 생각해서, 친구 있는데 가서 밥 먹고 왔어."

"아, 괜찮아. 나도 벌써 먹었어."
"그래?"
하루미는 항상 변함 없이 밝게 웃으며 말했다.
"선물 사왔어."
"뭔데?"
"과일 케이크."
"좋아, 하나 줘."
"홍차 끓일게."
따끈한 홍차를 끓여서 케이크를 먹으려고 앉으니 홈스가 가타야마 옆에 와서 울었다.
"왜? 너도 먹으려고? 케이크를?"
"나도 들은 적이 있어. 친구 집 고양이인데, 토스트도 먹고, 홍차도 마시고 그런데."
"뭐? 고양이가? 좋아 한번 먹여 볼까?"
"놀랐어. 홈스는 상당히 고급 취향을 갖고 있네."
하루미가 케이크를 뜯어 먹고 있는 홈스를 바라보며 말했다.
"홍차는 마시지 않나? 야, 모처럼 끓였는데 먹여 보자."
"무리야, 오빠. 고양이는 뜨거운 것은 안 돼. '고양이 혓바닥'이라는 말도 있잖아."
"아, 그런가?"
홈스는 지그시 눈을 감고서 홍차의 향을 음미하듯이 코를 킁킁거리더니 조심스럽게 마시기 시작했다.
"마신다! 마셔!"
가타야마는 싱글거리며 손뼉을 쳤다.
"왜 그래, 애들처럼."
하루미는 남은 홍차를 다 마셨다.
"아, 그렇지. 저녁에 고지마 숙모님이 전화를 했었어."
"왜?"

"오빠 맞선 날짜를 모레 점심시간쯤으로 정했대."
"아, 그래. 모레······. 모레?"
가타야마는 괴상한 소리를 질렀다.
"그래."
"목요일 아니야?"
"오늘이 화요일이니까 그렇지."
"평일이잖아! 이렇게 바쁠 때 쉴 수는 없는데."
"몰라, 나, 그런 건."
"빌어먹을! 정말 숙모님은······."
변변찮은 일은 하고 싶지 않다고 말하려다가 가타야마는 동생을 흘끗 쳐다보았다. 숙모에게서 듣지 않았으면 지금도 하루미와 하야시의 일은 아무것도 몰랐을 것이다. 아니, 차라리 몰랐더라면 어땠을까?"
"상대는 어떤 여자야, 오빠?"
"잊어버렸어. 확실히 알고 있는 건 선을 일곱 번이나 여덟 번 봤다고 하는 것뿐이야."
"우와, 그렇게 많이?"
"어쨌든 그것밖에 몰라."
"잘해 봐!"
"농담 아니야."
가타야마는 떨떠름한 얼굴로 말했다.
"내일 전화해서 일요일로 늦추고자 해. 도저히 요즘은 무리야."
"숙모님이 승낙할까?"
"어쨌든 ······."
가타야마에게도 정말 자신은 없었다.
수요일. 가타야마는 따라오려고 하는 홈스를 겨우 방에 남겨두고 경시청으로 나갔다. 하야시가 책상에 엎드린 채 자고 있었다. 복잡한 생각이 어지러이 가타야마의 가슴속에 소용돌이쳤다. 마음이 흔들흔들해서 괜스레 모든 일에 망설이게 되었다. 눈을 뜬 하야시에게 평상시처럼, '안녕하십니까' 하고 인사를 건넬 자신도 없었다.

"가타야마!"

미타무라가 부르는 소리가 들렸다. 급히 발걸음을 옮겨서 가보았다.

"어째 오늘은 같이 오지 않았나?"

"겨우 떼어놓았습니다."

"그런데 하야시는 상당히 피곤한 것 같더군."

"예……."

"좀 자게 내버려 둬. 자네는 오늘 할 일을 알고 있나?"

"예."

"좋아. 그 부정 행위에 대한 것일세."

"예."

"지금 그 공사를 맡고 있는 A건설과 입찰에서 경쟁한 것은 Y건설이었어. 그쪽 담당자는 '야나기와라'라고 하는 남자인 것 같아. 여자 대학에서의 일이 끝나면 한번 알아보고 나서 보고해 주게."

"알았습니다."

"여대생 살인사건은 확실한 단서를 잡아야 해."

미타무라는 한숨을 내쉬었다.

"목격자가 한 사람도 나타나지 않고 있어. 성격 이상자를 알아내는 것도 그리 가망이 없고. 만일 그렇다면, 그 녀석은 보통의 성격 이상자가 아닐지도 몰라. 평소에는 전혀 구분되지 않는 사람, 평범한 샐러리맨일지도……."

"그래도 그 칼을 사용하는 방법 등은……?"

"그렇지. 상당히 빼어난 솜씨야. 군대를 갔다온 경험자일지도 몰라. 그렇다면 나이도 상당히 들었다고 생각할 수 있어. 게다가 두 번 다 성행위는 하지 않고 죽인 것을 생각해 볼 때, 범인은 성불구자일지도 몰라."

"예, 그렇겠군요."

"아무튼, 더 이상 희생자를 내지 않는 것이 중요해. 자네도 정신 바짝 차리게."

"예, 그럼 나가겠습니다."

"아, 그리고 내일은 쉬는가?"

"예?"

가타야마는 어안이벙벙했다.

"아, 오늘 아침에 자네 숙모님이라고 하는 분에게서 전화가 왔어. 얼마나 바쁜지는 모르지만, 본인의 일생에 관한 중대한 일이기 때문에 꼭 쉬게 해달라고 부탁하던데."

미타무라는 유쾌한 듯이 웃었다.

"저…… 그렇지만…… 가……."

가타야마는 얼굴이 시뻘겋게 달아올랐다.

"아, 좋아. 맞선보는 거 아냐? 범인을 잡을 만큼의 능력은 없는 건가? 여자도 능숙하게 잡아와."

"예……."

가타야마는 재빨리 경시청을 뛰어나왔다.

"아키요시 교수님이시죠?"

가타야마가 물었다.

"경시청의 가타야마라고 합니다. 모리사키 교수가 살해된 사건 때문에 좀."

"아, 그렇습니까? 어서 오세요. 어서 오세요."

유리병이 상당히 많이 쌓여 있고, 테이블 위에서는 플라스크・비커・시험관 같은 것들이 재떨이 놓을 장소도 없을 정도로 늘어서 있었다. 방에 들어서니 약품 냄새가 코를 찌른다.

"실험 중에 찾아와서……."

"아닙니다. 괜찮습니다. 실험중이라고 하면 24시간 항상 실험중인데요, 뭐."

"무슨 실험입니까?"

"고성능 폭탄입니다."

가타야마가 눈을 휘둥그렇게 떴다.

"하하, 농담입니다. 자, 앉으세요."

아키요시가 웃으며 발판 같은 의자를 권했다.

아키요시는 물리와 화학을 가르치고 있었다. 50대 후반쯤 되었고, 바싹 말랐으며, 흰머리가 듬성듬성 새집처럼 나 있고 얼굴은 핼쑥했다. 하지만 눈만은 매우 크고 생생하게 빛나는 듯했다. 가타야마는 괴기 영화에 나오는 과학자를 연상했다. 시체를 파내서 인조 인간을 만들기도 하는 사람들 말이다.

"그런데 내게 무슨……?"

"아닙니다. 일단 교원 숙사에 살고 계신 분들에게 전부 얘기를 나눠 보고 있기 때문에."

"아, 예."

"모리사키 교수와는 어느 정도 사귀셨는지요?"

"가까운 이웃이라고나 할까요. 아시다시피 모리사키 선생은 독신이었기 때문에 가끔 저녁식사에 초대하곤 했지요. 아내는 요리 솜씨만은 상당하거든요."

"그것 참 좋은 일이군요."

"머리가 좋은 분이고, 상당히 낙천적인 분이었죠. 유감스럽게 되었지만."

"오늘 오후에 학교장을 치른다지요?"

"예, 그렇습니다. 그러나 모리사키 선생은 형식주의를 싫어하셨던 분이었습니다. 그런 걸 별로 좋아하지 않았죠."

"범인으로 짐작이 갈 만한 사람은?"

"글쎄요. 짐작이 갈 만한 사람이 없네요. 죄송합니다."

"아닙니다. 천만에요."

"범인의 윤곽은 좀 잡혀갑니까?"

"아뇨, 전혀……. 그런데 판에 박힌 질문 같습니다만, 모리사키 교수가 살해된 밤에 댁에 계셨습니까?"

"예. 그러니까 연극을 보러 나갔었습니다. 11시 조금 지나서 돌아왔죠. 저녁식사를 하고 갔지만, 배가 상당히 고파서 저녁식사를 또 했습니다."

"그렇습니까?"

"된장국을 끓이려고 했는데 된장이 떨어져, 무심코 이웃에 얻으려 갔었죠."

"이웃이라고 하면……?"

"도미다 선생 집입니다. 그렇지만 집이 비어 있어서 얻어오질 못했죠. 그렇게 친한 집은 별로 없었기 때문에 결국 1층으로……."

"잠깐 기다려 주세요."

가타야마는, "도미다 선생 댁이 비어 있었나요?" 하고 물었다.

"예, 아무리 불러도 나오질 않더군요."

'이상하다. 도미다는 확실히 9시경에 집으로 돌아와 죽 집에 있었다고 했는데. 취해서 자고 있다고 해도, 부인까지 불러도 나오지 않았다는 건 이상해.'

가타야마는 나중에 조사해 보기로 마음을 먹었다.

아키요시의 실험실을 나오자, 유키코가 뒤따라와서는 가타야마와 나란히 섰다.

"어머나, 여기 있었네요. 죄송해요. 어젯밤엔 잠깐 친구가 꾀어내는 바람에."

"아니야, 좋아. 오늘은 학교장이잖아?"

"예. 나가고 싶진 않지만, 출석을 부르면 시끄러워지니까 처음에만 갔다가 빠져 나올 작정이에요, 당신은?"

"그 부정 사건으로 오후에 잠깐 갈 데가 있어."

"그런데 뭐 단서라도 잡은 거 있어요?"

유키코는 눈을 반짝거리면서 말을 이었다.

"저, 나도 데려가 줄래요?"

"안 돼, 그건 안 돼. 수사하는 데 일반 사람……."
"나는 특별하잖아요. 좋죠?"
"안 돼. 아무리 그래도."
"싫어요! 뭐라고 하셔도 갈 거예요."
가타야마는 한숨을 내쉬었다.
'어째서 나는 이렇게 마음이 약하지?'
"지금부터는 절대로 떨어지지 않겠어요."
"알았어."
가타야마는 체념했다.
"그럼, 학교장은?"
"1시부터예요. 가능하다면 빠져 나올 테니 그때까지 당신도 함께 있어 주면 좋은데."
"그렇게 빠져 나와도 괜찮은가?"
"괜찮아요."

가타야마는 교원 숙사의 교수들이 참 이상하다고 생각했다. 교원 숙사에서 살고 있는 나머지 교수들에게서는 그다지 흥미 있는 얘기를 들을 수 없었다. 그 정도로 깊게 모리사키와 사귀고 있었던 사람은 없었고, 또 교수들은 사건에 대해서도 특별히 관심을 가지고 있지도 않았다.
"도미다 선생이 모리사키 교수의 동생이라는 걸 알고 있었나?"
점심식사를 들면서 학생 기숙사에서 가타야마가 물었다.
"예, 그분에게 들었어요. 하지만 그러지 않아도 얼굴을 보면 알잖아요. 많이 닮았어요."
'빌어먹을, 이 여자는 얼굴만 보고도 알 수 있는데…….' 하고 가타야마는 자기를 힐책하듯이 중얼거렸다. 하지만 겉으론 아무렇지 않은 듯 고개를 끄덕여 보였다.
"그렇지. 재산은 그 사람이 혼자 물려받을 것 같더군."

"잘됐잖아요. 그 사람은 배금주의예요. 상당히 기뻐할 거예요. 특히 그 부인!"

"싫어하는 모양이지?"

"예, 그 여자는 꼴도 보기 싫어요. 도미다 선생이 그런 식으로 삐뚤어져 버린 건 부인 탓이라고 해요. 나도 동감이지만 말이에요."

"모리사키 교수는…… 저…… 유키코에게는 아무것도 남기지 않았는가?"

"내게요? 남겨 주었죠, 추억을. 가장 훌륭한 거죠."

유키코는 미소를 지어 보였다.

"유키코도 언젠가는 결혼해야겠지?"

"마음이 변하면요."

"나는 마음이 없어도 할 것 같은데."

"어머나! 어떻게?"

"내일 선을 봐."

"어머나! 축하해요!"

"농담이 아니야."

가타야마는 한숨섞인 소리로 말했다.

"시간이 다 되었어요. 가요."

"어디에서 하지, 장소는?"

"강당."

소규모의 홀이라고 해도 좋을 만큼 강당은 차분하고 모든 것이 조용했다. 라이트가 밝은 단상에는 몇 다발의 꽃이 놓여 있고, 검은 리본을 건 커다란 모리사키 교수의 사진이 조금 높게 걸려 있었다. 양쪽 가에는 의자가 나란히 놓여져 있고, 교직원들은 그냥 침묵을 지킨 채 앉아 있었다. 끝에는 아베 학장, 도미다 부부도 얼굴을 나란히 하고 있었다. 학생들은 홀의 경사진 좌석을 거의 채우고 있었으며 상당히 엄숙한 분위기 속에서 무릎에 양손을 가지런히 놓고 있었다. 가타야마는 방관자라고 하는 느낌 때문에 홀 뒤쪽 출입구 앞에 서서 멀리 단상의 모습을 바라보고 있었다. 유키코는 밖으로 나가기 쉽도록 통로 가에 앉아서 가끔씩 가타야마 쪽을 뒤돌아보았다.

그러나 이렇게 조용한 곳에서 도대체 어떻게 해서 빠져 나온다고 하는 것일까? 가타야마는 조금씩 안절부절못하기 시작했다.

스피커에서 오르간 곡이 흘러 나오고, 그것이 끝나자 상당히 나이가 지긋한 교수처럼 보이는 남자가 일어서서 마이크를 쥐었다.

"아, 그러면 지금부터 모리사키 도모 전 문학부장의 장례식을 거행하겠습니다."

상당히 휘청거리는 느낌을 주는 노인으로, 그는 이 말만 겨우 끝내고 나서 숨을 헐떡거리며 풀썩 자리에 앉아 버렸다. 당황해하며 가까이 다가온 젊은 직원 몇 사람이 양쪽을 부축하고 있는 걸 보니, 서 있는 것도 힘들게 느껴지는 노인 같았다.

이어서 사회자처럼 여겨지는 중년쯤 되어 보이는 교사가, "아베 학장님의 추도의 말씀이 있겠습니다." 하고 진행해 나갔다. 아베 학장은 가슴을 활짝 펴고서 사진 앞으로 성큼성큼 걸어나갔다. 그러나 가타야마는 아무리 생각해 봐도 어울리지 않는 것 같아서 쓴웃음을 지었다.

아베 학장은 사진을 향해 절을 하고서는 침묵했다.

'뭘 하고 있는 거지?' 하고 생각하고 있으려니 갑자기 양손을 높이 쳐들었다. 아베 학장을 쳐다보고 있던 사람들은 어안이벙벙해졌다. 틀림없이 무언가 본심을 드러내고 만세라도 부르는 것인지 모두들 아연실색해하고 있는데, "아이! 모리사키 선생!" 하고 아베 학장이 말을 꺼냈다.

"선생님의 죽음은 아무리 슬퍼해도 모자랍니다!"

손을 번쩍 든 것은 만세가 아니라 탄식의 표현인 모양이었다. 그렇다 하더라도, 소녀 가수의 춤쯤은 아니더라도 누군가가 안무를 해준 것인지 상당히 악취미적인 느낌이 들었다.

"우리들은 선생님을 언제나 존경했고, 당신의 학구열은 널리 세상 사람이 알고 있으며…….”
 가타야마는 등을 타고 내리는 싸늘함에 여기에 서 있어도, 몸은 딴데 가 있는 것 같은 기분이었다. 이런 것보다는 변변찮은 신인 가수의 노래를 듣는 쪽이 훨씬 낫겠다!
 학생들도 상당수가 자주 몸을 꼼지락거렸다. 당장이라도 뛰쳐나가고 싶은 모양이었다. 설마 모두 한꺼번에 화장실에 가고 싶은 것은 아닐 테니 가타야마의 기분과 똑같을 것이다.
 “선생의 죽음 소식을 들었을 때 우리들의 가슴에는 슬픔이 흘러 넘쳤고, 눈에는 눈물이 한없이 흘렀습니다.”
 가타야마는 어딘지 모르게 '모성애를 주제로 한 영화' 선전을 듣고 있는 듯한 기분이 들었다. 이제 여기서 결단을 내려야겠다는 생각으로 유키코 쪽으로 눈짓을 줄 때였다.
 '펑' 하고 폭발음이 나고, 바로 단상에 있던 사진 주위에선 흰 연기가 뿜어져 나오며 눈이 뿌려지듯 꽃다발이 여기저기에 흩어졌다. 그리고는 커다란 모리사키의 사진이 흔들거리더니 천천히 떨어지는 것이었다. 바로 그 밑에서 감격적인 대연설을 하고 있던 아베 학장은 도대체 어떻게 된 건가 하고 멍청하게 서 있다가 떨어져 내린 사진에 똑바로 머리를 맞고 그 자리에 쓰러져 버리고 말았다.
 강당 내부는 갑자기 소란스러워졌다. 학생들은 모두 일어서서 아우성쳤다.
 “폭탄이다!”
 “테러야!”
 모두가 외치기 시작했다.
 가타야마가 단상 쪽으로 달려가려고 하는데 유키코가 달려와 팔을 붙잡았다.
 “자, 나가요.”
 “그래도, 지금은.”
 “아녜요, 장난친 거예요.”

"뭐라고! 그럼, 유키코가?"
"학생들이 공모한 거예요. 자, 빨리 도망가요. 어서요."
가타야마는 유키코에게 끌려가듯 강당에서 나왔다.
"그런데 학장은 괜찮을까?"
"사진에 부딪힌 걸 가지고요, 뭐. 괜찮을 거예요."
"그래도 상해(傷害) 사건인데."
"어머나, 사실은 학장님이 조의문을 끝까지 읽게 하려고 했는데."
그렇게까지 말하자 가타야마도 입을 다물 수밖에 없었다.

6

"영업부의 '야나기와라'라고 합니다."
Y건설의 응접실에 나타난 사람은 한눈에도 영업하는 사람 같았고, 작은 키에 사십대가 될까말까한 사람으로, 머리를 곱게 빗질하여 깔끔하게 다듬어 놓고 있었다. 거기에다 가느다란 얼굴에 금테 안경을 낀, 어딘지 모르게 아니꼬워 보이는 인상이었다.
"경시청의 가타야마입니다. 그리고 이쪽은 조수인 요시즈카 양······."
"이쪽은, 이쪽은······."
유키코를 보고 야나기와라는 생글생글 웃는 표정으로 말했다.
"아무리 봐도 경찰 같지는 않습니다."
"방해는 하지 않을 테니, 잘 부탁해요."
유키코가 매력이 넘치는 환한 얼굴로 대꾸하자, 야나기와라의 관심은 완전히 유키코에게 집중되었다. 그는 가타야마에게 전혀 신경도 쓰지 않았다.
"그런데 무얼 알아보고 싶은 거죠?"
야나기와라는 유키코에게 말을 걸었다.
가타야마는 조금 화가 났는지, "하고로모 여자 대학의 새 교사 건설에 대해서입니다만." 하고 커다란 소리로 말했다.

"그 일 말입니까?"

"낙찰은 A건설이 받았지만, Y건설도 입찰에는 참가했었지요?"

"예, 그 외에도 몇몇 회사가 참가했습니다만, 나중에는 우리와 A건설이 남았죠."

"사실은 그 입찰이 어딘가 문제가 있었다는 소문이 있어서 이렇게 사정을 물으러 왔습니다."

"예."

야나기와라는 진지한 표정으로 고개를 끄덕였다.

"당시의 상황은 어땠습니까?"

"그게……."

야나기와라는 잠시 머뭇거렸다.

"글쎄요, 이건 뒤에서 험담이나 퍼붓는 것 같아서 별로 말하고 싶지 않습니다만……."

"그걸 여쭙고 싶은 겁니다."

"그렇게 곤란해하실 필요는 없어요."

유키코가 말을 덧붙이자 야나기와라는 별 수 없다는 표정을 지었다.

"사실 말씀드리자면, 그 일은 십중팔구 우리 쪽에서 맡게 될 거라고 우리들은 생각하고 있었습니다. A건설 쪽에서는 그냥 어림잡은 견적만 내놓았거든요. 그것도 상당히 부정확한 견적이었습니다. 하지만 우리들은 상세하게 견적을 준비한 것은 물론 공사 일정, 공사 진행시 일어날지도 모르는 사고에 대한 대책까지도 조사해서 제출했지요. 게다가 꽤 싼 가격을 제시했기 때문에 자신을 가지고 있었던 겁니다."

"그런 것이 A건설에 낙찰되었군요."

"예, 충격이었어요. 아무리 생각해 봐도 질 이유가 없는 데 말이죠."

"그래서 어떻게 됐죠?"

"일단은 어쩔 수 없었기 때문에 손을 뗐습니다만, 내부에서 상세히 검토하여 왜 그런 결과가 나왔는지 조사해 보자는 의견이 나왔죠. 앞으로의 입찰에도 참고가 될 수 있으니까요."

"예."
"그래서 여러 가지 손을 써서 정보를 수집해 보았더니만……."
"어떻게 되었습니까?"
"결론적으로 뒷거래가 오고간 게 틀림없다고 생각할 수밖에 없었죠."
"무언가 구체적인 사실을 붙잡을 수 있었습니까?"
"아닙니다. 그러나 여러 가지 소문을 모은다면 그렇게밖에……."
"알겠습니다."
가타야마는 고개를 끄덕였다.
"또 하나 여쭙고 싶은 것이 있습니다만."
"그러시죠."
"하고로모 여자 대학의 경우, 건설 회사를 결정하는 데에 가장 커다란 힘을 가지고 있었던 사람은 누구였습니까? 다시 말해서, 돈을 준다고 하면 누구에게 주어야 했을까요?"
"예, 그건 간단하죠."
"그 학교의 경우, 가장 분명한 사람이 있죠."
"누굽니까?"
"당연히 학장입니다. 예, 확실히 그렇습니다. 이사장을 겸임하고 있으니까요."
"잘 알았습니다."
가타야마는 눈을 반짝거리고 있는 유키코와 의미 있는 눈길을 주고받았다.
"잠깐, 좀더 여쭈어 봐도 좋을까요?"
이번에는 유키코가 물었다.
"뭡니까?"
"A건설 쪽 사람 중에서 그러한 부정에 직접 관계하고 있을 법한 사람을 알고 계십니까?"
"글쎄요, 참 어려운 질문이군요."
야나기와라는 머리를 긁었다.

"다른 회사의 일은 분명하지 않은데……, 다만……."

"누구죠?"

"A건설 쪽 중에서 몇 번인가 학장의 집에 출입했던 인물은 알고 있습니다만."

"누굽니까?"

"현장 주임 이마이라고 하는 남자입니다."

"이마이라면 그분의 시체를 발견한 사람이죠?"

"그렇지."

"무언가 있을 것 같아요. 그렇게 생각지 않으세요?"

"음……."

"그 학장에게 꼭 뭔가 있을 것 같아요. 조사해 볼 거죠?"

"그래야겠지."

두 사람은 하고로모 여자 대학 기숙사에 돌아와 있었다.

두 사람은 카펫에 그냥 털썩 주저앉았다. 유키코는 일어서서 창 밖을 내다보았다.

"꽤 어두워요. 이제 겨우 5시를 넘었을 뿐인데."

유키코는 커튼을 닫으며 물었다.

"어떻게 하죠? 저녁식사는 댁에 가서 드실 건가요?"

"음, 동생이 저녁을 해놓을 거야. 내일을 대비해서, 얼굴에 미소를 흠뻑 지으며 스테이크를 굽는다고 했어."

"왁스라도 바르지 그래요?"

유키코는 웃으며, "당신이 어떤 얼굴로 맞선을 보는지 보고 싶은데요, 응?" 하고 말했다.

"놀리지 마."

"어디에서 봐요?"

"K호텔의 레스토랑, 숙모님이 결정했어."

"왜요?"

"호텔 레스토랑은 값이 비싸지만 낮이 되면 '런치 타임'이 있잖아."

"합리적이군요."

가타야마는 쓴웃음을 지었다.

"그럼, 실례. 경시청으로 가봐야 해."

"그래요? 말리지는 않겠어요. 오늘은 내 맘대로 행동해서 미안해요."

"아니, 즐거웠어."

"정말?"

"정말."

가타야마는 유키코와 함께 있으니 전부터 가지고 있던 여자들에 대한 두려움이 누그러지는 것 같은 기분이 들었다. 전에는 독신의 여자 방에 들어가면 상당히 소름이 끼칠 정도로 떨렸는데, 지금은 자신의 아파트에 있을 때와 조금도 다를 바 없었던 것이다. 참으로 이상한 일이었다.

"동생의 요리 솜씨만큼 효력이 없을지는 모르지만……."

유키코는 잠시 고개를 갸웃거리며 말했다.

"그렇지만 이것도 피부를 상당히 생생하게 하는 데 조금이나마 도움이 될 거라고 생각해요."

"뭔데?"

갑자기 유키코는 가타야마를 껴안으며 당황해하고 있는 그의 입에 자신의 입을 포갰다. 도대체 어떻게 되어 가는 거지? 어떻게 하려고? 가타야마는 머리가 혼란스러웠다. 유키코의 부드러운 입술이 포근하게 느껴지고, 또한 가늘게 뻗은 팔이 자신의 등을 휘감고 있다는 것을 의식하자 가슴이 마구 뛰기 시작했다. 믿기 어려운 정도로 가슴이 쿵쾅거렸다. 그 감각이, 말하자면 포옹과 키스라고 하는 하나의 행동이 그의 의식을 뿔뿔이 흩어놓아 그의 머리는 종잡을 수 없는 상태가 되어 버렸다.

그녀가 자신에게 키스했다는 것을 겨우 깨달았을 무렵, 유키코는 벌써 포옹을 풀고 가타야마 앞에서 장난스런 미소를 머금고 있었다.

"당황했어요?"

제2장 고양이와 형사 143

가타야마는 아직도 우주를 유영하는 있는 상태로 대답을 할 수 없었
다. 하지만 이윽고 무사히 착륙하고 나서, "뭔지…… 잘 몰랐어." 하고
중얼거리듯 말했다. 어딘지 모르게 미덥지 못한 애인이군.

"그런데 사건 윤곽이 좀 드러났는지 모르겠네!"
하루미가 저녁식사를 치우면서 물었다.
"동기가 될 만한 걸 좀 포착하긴 했는데……."
"좋지 않은 모양이지?"
"그게 그렇게 됐어."
"왜?"
하루미는 차를 끓이며 말했다.
"오빠, 동기가 발견되면 수사의 3분의 2는 끝난 거나 마찬가지란 얘
기 항상 하지 않았어?"
"그래, 하지만 이번에는 공교롭게도 단서가 될 만한 게 세 가지나 있
어서……."
"그래?"
가타야마는 가끔씩 이런 식으로 누이동생을 상대로 사건 얘기를 꺼
내곤 했다. 하루미와 얘기하고 있노라면 왠지 모르게 생각이 정리되고,
지금까지 느낄 수 없었던 점을 알아차리는 일도 더러 있었다.
"그렇게 큰 원한을 샀어? 홈스를 기른 주인이?"
"그게 이상해."
가타야마는 깊은 생각에 잠겼다. 사실 그렇다. 모리사키는 결코 다른
사람으로부터 깊은 원한을 살 만한 인물이 아니었다. 그런데도 불구하
고 그 정도로 미워하고 있는 인물이 등장한 것은 어딘지 모르게 이상
한 얘기였다.
"더군다나 모리사키 교수가 살해된 방법이 묘하단 말이야."
"밀실에서 어떻게 살해되었다면서?"
"그뿐이 아니야. 매춘 그룹, 부정 관계자들이 누군지는 잘 모르겠지

만 아무리 밀실 트릭을 알고 있었다고 하더라도 그런 방법으로 죽일 필요가 있었을까? 교통 사고로 죽인다든가, 깡패를 고용해서 죽일 수도 있는데, 그게 이상해. 밀실 살인을 할 필요가 어디에 있는 것인지 말야."

"그렇겠네."

"그 살해 방법은 오히려 심각한 원한 관계라든가, 취미적인 살인을 연상케 하거든."

명탐정처럼 가타야마는 고개를 계속 끄덕거리면서 말했다. 그러다가 무심코 홈스를 바라보았다. 홈스는 커다랗게 하품을 하고 있었다. 빌어먹을, 사람을 바보로 만들고 있네.

아키요시 교수는 벌써 30분 가까이 실험실 안을 어슬렁어슬렁 걷고 있었다. 이마에는 굵게 팬 주름살이 새겨져 있고, 핼쑥한 얼굴은 더욱 더 핼쑥해 보여서 마치 괴기 영화의 주인공 마냥 무서운 인상을 주었다. 심야의 실험실. 뽀글뽀글 소리를 내고 있는 플라스크─이렇게 묘한 분위기를 풍기고 있는데, 여기에다 전신에 붕대를 둘둘 말고 있는 요상한 괴물이라도 나타나면 두말할 것도 없이 한 편의 괴기 영화다.

"큰일났네! 정말 큰일났어……. 어떻게 하지? 곤란하게 됐는데!"

아키요시 교수는 빙글빙글 돌아가는 레코드판처럼 걸으면서 몇 십 번이나 같은 말을 되풀이하고 있었다.

"큰일났어…… 큰일났어……."

이렇게 큰일났다고 말하는 걸 보면 벌써 오래 전에 죽었을 것 같았다. 성급하게 마음을 졸이면서 걸어 다니는 발걸음에서는 일이 조금도 수습될 것 같은 느낌이 들지 않았다.

갑자기 문을 두드리는 소리가 나자 아키요시는 뛰어오를 듯이 깜짝 놀랐다.

"누구야!"

드르륵 문이 열렸다. 문 앞에 검은 망토에 몸을 감싼 드라큘라 백작이 창백한 얼굴에 시뻘건 눈을 하고서 소름끼치게 서 있을 리는 없을 테고—문 앞에 서 있는 것은 잔잔한 미소를 짓고 있는 요시즈카 유키코였다.

"안녕하세요? 아키요시 교수님."

"아, 요시즈카 양인가?"

아키요시는 구원이라도 받은 듯 한숨을 내쉬었다.

"불빛을 받아서 제 모습이 꼭 괴물 같아 보였나 보죠?"

"아니야, 그런 말 하지 마."

유키코는 안으로 들어왔다.

"교수님께 오늘 인사를 드리려고 대표로 이렇게 왔습니다."

"인사?"

"학교 장례식 꽃다발에 설치해 두었던 폭탄 말입니다. 교수님의 솜씨는 정말 일품이어서 모두들 감탄하고 있어요."

"아, 그래. 그런 걸 가지고 뭐 인사를 오고 그러지?"

"아니에요, 특히 사진이 떨어져서 학장님에게 맞은 것은 정말이지 걸작이었어요."

"그건 예정에 없었던 거였잖아?"

"그래도 그건 참 멋있었어요. 모리사키 교수님의 기분이 풀렸을 거예요."

"학장의 상처는?"

"그냥 찰과상 정도인데, 충격이 컸던 것 같아요. 양호실의 가네코 씨가 그러는데, 약을 바르는 데도 굉장히 비명을 질렀다나 봐요."

"상당히 화가 났겠구먼."

"경찰에 신고하려고 하는걸, 학교의 명예에 영향을 준다면서 주위에서 말리고 그랬던 것 같아요."

"그 사람은 명예에 약하잖아."

"정말로 고마웠습니다."

"아니야, 모리사키 교수는 나도 존경하고 있었잖아. 학장처럼 속물근

성에 허영심까지 있는 사람에게 이용되어서 나도 참을 수 없었던 참이었는데."

"이 일은 정말이지 일급 비밀로 할 테니 안심하세요."

유키코는 힘주어 말하며 실험실을 빙 둘러보았다.

"그런데 교수님, 이런 시간에 무슨 실험이에요?"

"응…… 좀 곤란한 문제가 생겨서……."

"뭔데요?"

아키요시는 잠시 머뭇거렸다.

"잃어버린 물건이 있어서."

"그럼, 제가 잃은 걸 함께 찾아 드리죠."

"아니야, 아냐. 벌써 몇십 번씩이나 이 방 안을 찾아보았는데, 어디론가 증발이라도 해버렸는지……."

"도대체 무얼 잃어버렸는데요?"

"담배 넣는 담뱃갑."

"그럼, 교수님, 이렇게 하시죠. 이번에 저희들이 인사를 대신해 새 담뱃갑을 선물할게요!"

"아니야, 아니야. 그렇게 하지 않아도 돼!"

아키요시는 설레설레 손을 흔들었다.

"이건 특별한 거야."

"그럼, 상당히 기념이나 추억이 될 만한 거……?"

"그런 건 아니야."

유키코는 어리둥절한 표정을 지었다.

"모양은 담뱃갑이지만……."

"안은 뭔데요?"

아키요시는 깊이 탄식을 했다.

"열면 폭발해."

유키코는 잠시 멍하니 입을 벌리고 있었다.

"그럼 폭탄이군요!"

제2장 고양이와 형사   147

"응. 그렇지."
"그런데 도대체 왜 그런 걸 가지고 계셨어요?"
"내가 만든 거야. 써먹으려고 그런 건 물론 아니고, 그냥 조금 갖고 놀려고만 그랬는데."
"그래도 그렇지……."
"나는 제임스 본드를 좋아하고 있어."
"누구요?"
"본드, 007 있잖아."
아키요시는 비웃음 섞인 엷은 미소를 지어 보였다.
"아무리 닮으려고 해도 닮아지지 않을 테지만, 적어도 소지품이나 취미 정도는 흉내낼 수 있잖은가 하고 생각하고 있었지. 그러다가 갑자기 본드의 소설에 나오는 것 같은 비밀 무기를 하나 만들어 보고 싶어지더구먼. 그래서 1년 걸려서 만든 것이 바로 그 담뱃갑이야."
유키코는 어안이벙벙해서 아무 말도 할 수 없었다.
"물론 어느 누구도 눈치채지 못하도록 했지. 이 실험실 책 선반 안에 열쇠를 걸어서 단단히 보관했거든. 가끔씩 꺼내 보기도 했지만. 오늘도 저녁 때 여기와서, 내 책상에 앉아 새로운 실험 기구를 살피고 있다가 문득 생각나서 담뱃갑을 찾아보았더니―글쎄, 없어져 버렸지 뭐야!"
"그럼, 교수님. 이 방 어딘가에 있겠네요!"
"하지만 벌써 몇십 번이나 뒤졌는데도…… 구석구석까지도 말이야……."
"다시 한번 찾아보세요. 저도 도와 드릴 테니까요, 자!"
"그러지……."
아키요시와 유키코는 한 시간 정도 실험실 안을 샅샅이 찾아보았지만, 마침내 포기하고 말았다.
"그런데 교수님?"
유키코는 숨을 급하게 몰아쉬는 듯 약간씩 떨면서 물었다.
"폭탄이라도 해도 상당한 건 아니죠? 폭발력은 어느 정도 되나요?"

"그래, 그렇게 세진 않아."

아키요시는 우울한 얼굴로 고개를 끄덕거렸다.

"사방 몇 km가 날아가 버리는 것도 아니고, 가스 탱크가 폭발해 버리는 정도도 아니야."

유키코는 무서움으로 입술을 가볍게 떨었다.

"그럼, 담뱃갑을 여는 사람은요?"

"글쎄."

"죽나요?"

"그럴지도 몰라. 머리가 날아가도 살 수 있는 사람이 없는 한."

제3장 형사와 애인

1

"오늘은 상당히 일진이 좋을 것 같은데……."

오전에는 볼 수 없었던, 한껏 모양을 낸 고지마 미츠에의 자신에 가득 찬 인사가 시작되자, 항상 구질구질한 양복 차림의 가타야마는 한숨을 내쉬었다. 맞선 보는 것이 이번이 처음은 아니었지만, 그래도 불편하고 따분한 생각이 들어 괜스레 마음이 편치 못했다. 서로 알랑거리는 인사나 계속하는, 참으로 지루하고 소름끼치는 시간이 시작되는 것이다.

아카사카에서 가까운 K호텔의 레스토랑. 그 한 모퉁이에 칸막이가 쳐져 있는 테이블에 가타야마의 일행이 앉아 있었다.

가타야마 쪽은 가타야마 본인 외에 하루미와 자칭 친부모 대신 이들 남매를 돌봐 주는 숙모 겸 중매인인 고지마 미츠에, 이렇게 세 사람뿐이지만, 상대방은 양친과 오빠, 남동생, 여동생에다 본인, 이렇게 여섯 사람이 나란히 앉아 있어 왠지 균형이 맞지 않았다. 숙모인 미츠에도 그걸 의식했는지, 가타야마의 아버지가 상당히 뛰어난 형사였다며 그의 영웅적인 업적에 대해 의기양양하게 말을 이어 나갔다. 그녀의 말에 조금 박자라도 붙이면 연설 같은 기분이 들 정도였다. 듣고 있는 상대편도 전에 몇 번씩이나 들었을 것 같은데, 마치 지금 처음 들었다는 듯한 얼굴로, "아, 예." "그러세요?" 하고 놀란 표정을 지어 보였기 때문에, 참으로 거북했다.

가타야마에 대한 소개가 끝나자, 이번에는 여자 쪽의 설명으로 들어갔다.

가타야마는 대수롭지 않게 듣고 있었지만 대충 들어보니 재색 겸비한 현모양처형으로 요리, 차, 꽃꽂이, 바느질, 어느 것이나 할 것 없이 '요즘 보기 드문 여자', '뛰어난 여자'였다. 그러나 소위 중매인의 말이라는 것은 과장되기 일쑤이므로, 모든 사실을 빼고 들으면 상대가 여자라는 사실만이 남았다.

맞선 상대는 요코자와 이쿠코라는 여자였다. 덩치가 크고 키가 큰 여자였지만 그저 평범한 여자 같았다. 한편 가타야마는 어젯밤 유키코와 키스했을 때의 충격이 아직도 남아 있어서 조금 어리벙벙한 상태였다. 숙모가 열변을 토하면 토할수록 거기에 반비례해서 가타야마의 기분은 점점 꺼져 갔다. 가족 소개가 끝났을 무렵에는 아무 말이라도 해서 거절해 버려야겠다는 생각이 들었다.

점심식사를 들면서 잡담을 나누게 되자, 가타야마의 일에 화제가 쏠리게 되었다. 권총은 언제나 갖고 다니는지, 흉악범을 쫓아갈 때 기분은 어떤지 등등 대부분이 텔레비전의 형사 프로를 보고 하는 질문들이어서 가타야마는 질려 버리고 말았다.

"형사라는 건 조금도 화려한 일이 아닙니다."

가타야마는 설명했다.

"다리를 막대기 삼아 여기저기 걸어 다니는 것이 대부분의 일입니다. 게다가 그런 일의 대부분은 헛수고가 되어 버리죠."

"예, 그렇군요."

요코자와 이쿠코가 이해한다는 듯한 표정을 지으며 말했다.

"상당히 피곤하시겠어요?"

"예, 그래요."

가타야마는 설레설레 고개를 흔들었다.

"형사는 일찍 늙어버리게 됩니다."

상대방의 싫다는 표정을 기대하며 말했는데, 요코자와 이쿠코는 도리어 눈을 반짝이면서 대답했다.

"저는 어깨나 허리를 잘 주물러요. 제가 주무르면 피로가 싹 풀린답니다."
"야, 그거, 멋진데!"
숙모인 미츠에가 대단히 기뻐하며 말했다. 가타야마는 당황했다.
"게다가 무엇보다도 생활 시간이 불규칙한 것이 제일 큰 문제입니다……."
이 여자에게 주물러 달라고 하면 갈비뼈 한두 개쯤은 부러질 것 같다고 생각하자 가타야마는 소름이 쫙 끼쳤다.
"상당히 커다란 사건이 터지면 일요일이고, 제사 지내는 날이고 없습니다. 가족들도 소란스러워지게 되지요." 하며 자연스럽게 말을 꺼내서 어떻게 좀 해볼 작정이었는데, "그래도 그런 식으로 일에 빠져있는 남자는 상당히 매력적이에요." 하고 요코자와 이쿠코가 말했다. 어이없이 경계선을 돌파당해 버리자 가타야마는 곱게 후퇴를 할 수밖에 없었다. 그리고는 오로지 믹는 쪽에 전념을 했다.
뒷이야기는 미츠에가 이끌어 나갔는데 어느 사이엔가 가타야마는 만능 운동 선수, 곧바로 또다시 지적인 독서가, 근면한 노력가(미타무라 경시가 들으면 뭐라고 할지 모르겠지만), 마치 몇십 명이 지닌 장점을 혼자서 두루 갖추고 있는 듯한 사람으로 되어 버렸다. 될 대로 돼라! 가타야마는 야채 샐러드를 입에다 갖다 쑤셔 넣으며 생각했다.

"유키코?"
"왜?"
"서양사 강의에 안 들어가?"
"기분이 좀 좋지 않아."
"그 과목만은 늘 들어갔었잖아. 왜 그래, 어디 아파?"
옆방의 하타노 야스코가 유키코의 방에 들어오며 물었다. 익살맞게 보이는 둥그런 얼굴, 부리부리한 눈, 거기에 여비서 같은 모양의 안경을 걸치고 있는 것이, 어딘지 모르게 어긋난 듯한 묘한 매력을 풍기고 있었다.

두툼한 책을 가슴에 안고 있는 야스코는 침대에 잠옷 차림으로 누워 있는 유키코를 걱정하는 눈치로 쳐다보았다.
"기분이 안 좋아?"
"그렇진 않아. 그저 일어나고 싶지 않아서."
유키코는 우울한 말투로 대답을 하고서 크게 한숨을 내쉬었다.
"아직 모리사키 교수님이 돌아가신 충격에서 못 벗어난 거로구나?"
야스코가 침대 한쪽으로 앉으며 말했다. 유키코는 천천히 고개를 흔들었다.
"아직 잘 모르겠어. 이제 아무렇지도 않은 것 같기도 하고, 지금이라도 그냥 울어 버리고 싶기도 하고……."
"알았어"
야스코가 잘못 물어 봤다는 듯한 표정을 지으며 고개를 끄덕였다.
"지금 몇 시지?"
"10시 20분."
"그럼, 수업 시간 다 되었네. 혼자서 가, 미안하지만."
"응, 그래."
야스코는 일어섰다.
"천천히 쉬어."
"고마워."
야스코는 방을 나가다 뒤돌아보았다.
"나 같으면 바람 좀 쐬고 오겠어. 이런 방에 틀어 박혀 있으면 기운이 싹 빠져. 적어도 젊은 남자의 얼굴이라도 보면 기분이 좋아질 거라고 생각하는데, 어때?"
야스코는 안녕 하고 손을 흔들고 나갔다. 유키코는 멍하니 침대에 누워서 천장에 붙은 알랑 드롱의 사진을 보았다.
"아아, 귀찮아!"
마음이 개운치 않은 듯 말을 뱉으면서 침대에서 일어났다.
"그렇지…… 오늘은 목요일이군……."

유키코는 책상 위에 있는 탁상 달력으로 눈을 돌렸다. 직사각형의 나무 조각을 움직여서 월, 일, 요일을 맞추는 달력인데, 목요일이라는 '木'자의 흰 글자가 눈부시게 빛나고 있었다. 목요일과 토요일에는 반드시 모리사키의 방에 가서 그와 침대를 같이 썼었다. 그 외의 날에도 같이 자는 일이 있었지만, 목요일과 토요일은 특별히 서로가 마음껏 상대방을 사랑하는 날로 무언중에 정해 놓고 있었던 것이다. 두 사람의, 말하자면 피부에 새겨진 약속이 한때의 정열을 더욱더 불태우게 했던 것이다.

모리사키는 지성인이었다. 섹스라고 해도 상당히 세련되어, 흥분한 나머지 도를 지나치게 하지도 않았다. 그 점이 다른 남자로부터는 맛볼 수 없는 절묘한 쾌감을 유키코에게 안겨 주었다. 결혼이라든가 그런 건 생각하지 않았음에도 불구하고 유키코는 모리사키를 사랑하고 있었다.

오늘은 목요일이다. 하지만 '그'는 한 줌의 재로 되어 사라져 버렸다. 이러한 나른한 공허감은 빈 침대에서 느끼는 공허감일 거라고 유키코는 생각하고 있었다.

외출하는 것이 좋을까……. 정말로 야스코가 말한 대로 밖에 나가 남자들의 얼굴이라도 쳐다보는 편이 좋을지도 모른다. 서양사 강의는 지금 유키코가 좋아하는 프랑스 혁명에 들어가고 있지만, 한 번 정도 빠진다고 해서 어떻게 되는 건 아니겠지…….

유키코는 상당히 점잖은 얇은 핑크빛 투피스를 입어 보았다. 언제나 조잡한 옷차림이라서 조금 기분을 바꿔 보고 싶었던 것이다.

"이렇게 입으면 일류 호텔이라도 가도 되겠는데……."

거울을 보고 중얼거리다가, 갑자기 가타야마 생각이 났다.

"그 형사, 오늘 맞선 본다고 했는데―아카사카의 K호텔이 틀림없지?"

잠시 생각에 잠겨 있던 유키코는 무언가 결정한 듯이 재빨리 핸드백에 필요한 걸 넣고 방을 나섰다.

1층 수위실을 빠져 나오자 고미네 노인이, "야, 멋있는데!" 하고 말을 건넸다.

"선 봐요!"

유키코는 밝게 대답하고서 뛰는 듯한 발걸음으로 기숙사를 나섰다. 순간, 정말로 맞선을 보러 가는 것 같은 기분이 들었다.

점심식사를 마치고 모두가 정원으로 산책을 나갔다.

이것은 맞선 보는 데 있어서 정해진 코스로, 여기에서 처음으로 두 사람만 남게 된다.

"자, 둘이서 조금 산책이나 하세요."

미츠에가 빙그레 웃음을 띠며 말했다.

"예……"

전혀 마음에 내키지 않는 가타야마는 될 수 있는 한 그 주변에서 잔디밭을 걷는 정도로 하려고 했지만, 상대인 요코자와 이쿠코가 선수를 쳐서, "저쪽 오솔길은 어디로 가죠?" 하고 말하며 나무가 우거진 정원으로 이어지고 있는 자갈길을 가리켰다. 자기의 정원도 아닌데 어떻게 알고 있지?

"글쎄요."

"가요."

"예……"

가타야마는 이쿠코에게 끌려가다시피 발걸음을 옮겼다. 정원의 오솔길 어디를 가도 설마 지하철역이 나오지는 않으리라는 생각으로, 그냥 어디로든 나가기로 마음먹었던 것이다.

이 산책로는 맞선보는 남녀가 서로를 품평하는 장소로, 출구로 나올 때는 상대에 대한 평가를 내리는 코스로 되어 있었다. 남은 가족이나 중매인은 오솔길로 사라지는 커플에게 기대와 불안과 호기심이 뒤섞인 시선을 보내며, 잠깐 잡담으로 시간을 보내는 것이다.

가타야마는 옆에서 걷고 있는 여장부에게 짓눌린 듯한 중압감을 계속 느끼면서 아무 말도 하지 않았다.

제3장 형사와 애인

"요시타로 씨."

갑작스레 상대방이 자기 이름을 부르자 가타야마는 엉겁결에 당황하고 말았다.

"아니, 왜 그러시죠?"

"아, 아니에요, 아무것도."

가타야마는 헛기침을 몇 번 하며 말했다.

"그렇게 이름을 불려 본 적이 별로 없었는지라."

"어머나, 그래도 우리 사이에 '가타야마'라고 부르는 것은 좀 이상하잖아요?"

우리 사이라고? 어떤 사이가 될 모양인가?

"저는요, 이쿠코라고 불러 주세요."

"예."

"요시타로 씨는 점을 믿으세요?"

"뭘 말입니까?"

"점 말예요. 트럼프 점이라든가, 꽃점이라든가, 수정 구슬이라든가."

"그래요⋯⋯." 하고 말했다.

"저는 상당히 믿고 있어요."

이쿠코는 대답을 기다리지 않고 계속 말을 했다.

"어젯밤, 저는 트럼프로 오늘의 운세를 점쳐 보았거든요."

"그래요?"

"참 이상했어요."

이쿠코는 고개를 갸우뚱거리며 말했다.

"미래를 결정하는 듯한 중대한 사건이 있다는 결과가 계속해서 두 번이나 나오는 거에요. 저는 이것은 필시 어떤 계시라고 생각을 했지요."

마사지사 다음은 점술가, 예언자.

"그런데 뭔가 중대한 사건이라도 생겼나요?"

"예! 그건 벌써⋯⋯."

이쿠코는 반짝이는 눈빛으로 가타야마를 지그시 바라보았다.
"틀림없을 거라고 생각해요."
가타야마는 혀로 입술을 핥고 있는 이쿠코를 보고, 도망이라도 가고 싶은 충동에 빠졌다.
"아, 바로 저기 벤치가 있네요."
이 정원을 설계한 사람은 상당한 맞선 연구가였음이 틀림없다고 가타야마는 생각했다. 정말이지 적절하게 벤치가 나타났던 것이다. 그것도 흰색의 꽃 모양이 아로새겨진, 연인들이 앉는 작은 벤치였던 것이다. 이 오솔길의 출구는 호텔의 더블 베드로 통하고 있는지도 모른다…….
둘이서 벤치에 앉자, 이쿠코가 천천히 가타야마 쪽으로 다가와서 앉았다. 가타야마는 반사적으로도 도망가고자 했지만, 워낙에 작은 벤치였기 때문에 그럴 수 없었다. 움직였다간 의자 밑으로 떨어질 것만 같았다. 할 수 없이 가타야마는 이쿠코의 중량감에 압도된 듯 벤치 끝에 앉아서 지그시 참고 버텼다.
"요시타로 씨."
"예."
"당신은 어떤 여성을 아내로 맞아들이고 싶으세요?"
가타야마가 정직한 사람이라면, "당신과 정반대의 사람입니다." 하고 대답할 것이고, 거짓말을 조금 하는 사람이라면, "당신 같은 사람입니다." 하고 대답할 것이리라. 그러나 그 어느 쪽에도 관심이 없는 가타야마는 다만 "뭐 특별히……." 하고 말을 흐리며 얼버무렸다.
"아이 딱해!"
이쿠코는 제법 큰 소리로 말을 건넸다.
"딱하다고요?"
가타야마는 무슨 영문인지 몰라 되물었다.
"이상적인 여성상을 갖고 있지 않다는 건 여태까지 여성에게 사랑을 받아 본 적이 없었다는 거잖아요."

무슨 근거로 그렇게 말하는지는 잘 모르겠지만, 가타야마는 누이동생인 하루미가 잘 보살펴 주었기 때문에 특별히 결혼하고 싶다고 생각하진 않았다고 말하려 했다. 그러나 이쿠코는 가타야마에게 전혀 말할 기회를 주지 않았다.

"요시타로 씨! 나는 지금까지 아홉 번이나 선을 봤어요."

"아홉 번? 일곱 번이 아니고요?"

"좀 깎았습니다. 그래도 아홉 번 모두 제 쪽에서 거절했어요. 처음 만나는 남자의 얼굴을 볼 때, 가슴을 울리는 소리가 들리지 않더군요. 이 사람이라면 일생을 바쳐도 좋다고 생각하면, 어딘지 모르게 '핑' 하고 오는 것이 있을 거 아니에요."

"예, 그렇겠죠."

"그것이 오늘 당신의 얼굴을 봤던 그 순간······."

이쿠코의 목소리는 한 옥타브 올라갔다.

"느꼈어요! 아아, 나는 이 사람과 묶여야 할 운명이구나, 숙명적이구나. 눈에 보이지 않는 인연의 끈이 우리들 사이를 묶고 있다는 걸 분명히 느꼈습니다!"

이쿠코의 목소리엔 상당히 고조된 흥분이 맴돌고 있었다. 이대로 나갈 것 같으면, '나비 부인'의 '어느 갠 날에'라는 아리아라도 부를 것 같았다.

"요시타로 씨!"

이쿠코는 부드럽게 가타야마에게 다가섰다.

"우리들은 행복해질 수 있어요, 반드시!"

어떻게 된 건지 모르겠지만 이쿠코는 서서히 가타야마 쪽으로 몸을 좁혀 들어갔다. 가타야마는 당황한 나머지 급히 몸을 비켰다. 드디어 벤치 끝에서 벗어나 털썩 땅에 엉덩이를 떨어뜨리고 말았다.

"어이쿠!"

"요시타로 씨! 괜찮아요?"

이쿠코가 가타야마를 급히 일으켜 세웠다.

"아, 괜찮아요. 괜찮습니다."

가타야마는 순간 머릿속에서 계산을 했다. 양복 드라이 비용이 지금은 얼마나 하지?

그러나 그 대답은 나오지 않았다. 벤치에 다시 앉자, 누군가가 오솔길 반대쪽에서 걸어오는 발소리가 들렸다. 이쿠코는 가타야마와 조금 떨어져서 예의바르게 앉았다. 가타야마는 '후유' 하고 안심이라도 한 듯 한숨을 내쉬었다. 하지만 이내 가타야마는 섬뜩하고 귀가 쫑긋 설만큼 놀라운 광경을 목격했다.

오솔길 반대편에서 유키코가 걸어오고 있었다!

노숙하게 핑크빛 옷을 걸친 유키코는 언뜻 보기에는 우수한 여비서 같은 인상을 주었다. 가타야마는 유키코의 아름다움에 순간 넋을 잃고 있었다. 한심한 얘기 같지만, 실제로 그런 걸 어찌하겠나?

유키코는 가타야마가 마치 마음에 들지 않는 듯 어슬렁어슬렁 걸어와서, 두 사람이 앉아 있는 벤치 바로 앞에서 발걸음을 멈추었다. 그리고 작은 나무 그루터기 위에 수건을 깔고 앉아 다리를 꼬았다.

도대체 어떻게 하자는 건지, 가타야마는 어안이벙벙해서 유키코를 바라보았다. 이 호텔에서 맞선을 본다고 어제 얘기했기 때문에 우연이라고 할 수는 없을 것이다. 그런데 유키코는 도대체 뭘 하려고 이런 장소에 나타난 거지?

가타야마가 멍하니 유키코를 바라보고 있었기 때문에, 옆에 있는 이쿠코는 심통이 났다. 모처럼 좋은 분위기를 방해받은 것만으로도 화가 치밀고 있는데, 아무리 봐도 자신보다 멋진 여자가 눈앞에 똑바로 걸터앉아 있고, 더군다나 가타야마가 그녀를 지그시 바라보고 있었기 때문에 화가 치미는 것도 당연했다.

이쿠코는 우선 크게 한번 기침을 했다. 방해가 된다는 의사 표시였지만 상대방은 못 들은 체했다. 그래서 이번에는, "여기는 정말 조용해서 좋아요. 요시타로 씨!" 하고 애교 넘치게 말을 건넸다. 우리들은 애인 사이라는 걸 강조하고자 했는데 이것도 상대방에게는 통하지 않았다. 여자는 핸드백에서 담배를 꺼내어 불을 붙여 천천히 연기를 뿜기 시작했다.

이쿠코의 인상이 험악해졌다. 상대방이 그대로 머물러 있을 작정이라는 걸 알았기 때문이다. 그래서 이번에는 빈정거리며 큰소리로, "최근에는 여자도 담배 피우는 사람이 늘어나고 있어요. 그래도 저는 싫어요. 그런 여자는 놀기나 좋아하는 형편없는 사람이에요." 하고 말했다.

유키코는 아무렇지도 않은 듯이 주위의 조용한 분위기를 감상이라도 하는 듯이 귀를 기울였다. 이쿠코는 정말 화가 끝까지 치밀었다.

"정말 싫어, 우리들을 방해하다니. 자기가 뭐라고 말이야, 얄밉게."

그러나 이 말은 오히려 자신을 깎아내리는 결과가 될 수밖에 없었다. 왜냐하면 이쿠코 또한 아무리 봐도 그런 여자 같았기 때문에 스스로의 약점을 드러내는 결과가 되었던 것이다.

한편, 가타야마 쪽은 안절부절 어쩔 줄 몰라했다. 유키코가 어떤 생각으로 여기에 왔는지도 모르겠고, 이쿠코는 그녀대로 점점 험악한 모습으로 변해가고 있었다. 게다가 이렇게 두 여자가 마주보고 있는 걸 보니 새삼스럽게 유키코의 매력이 돋보였던 것이다.

드디어 이쿠코가 이성을 잃은 듯, 더 이상 참지 못하고 벌떡 일어섰다.

"그래서 어쩌겠다는 거야? 그런 데 앉아 가지고서! 우리를 방해하지 말아 줘!"

이쿠코는 정면에서 욕을 퍼붓기 시작했다.

유키코는 처음으로 이쿠코를 의식한 듯이 천천히 얼굴을 돌리고서 온화한 어조로 말했다.

"어머나! 여기가 당신 정원이에요?"

"뭐라고? 방해가 되니까 꺼지라고 했잖아!"

유키코는 미소를 지었다.

"무슨 깡패 같아."

"뭐!"

"이런 식으로 말하는 걸 보니, 당신은 맞선 상대로서는 영 형편없군."

"쓸데없이 참견하지 마!"

이쿠코는 여유만만하게 앉아 있는 유키코를 보고 꽤나 버릇없는 여자라고 생각했다.

'차라리 우리들이 물러가는 것이 좋겠군. 기분 나쁘지만…….'

이쿠코는 가타야마의 손을 잡고 끌어당겼다.

"이런 여자와 싸움할 필요 없겠어요. 자, 요시타로 씨, 가요."

그러자 유키코도 동시에 일어나 가타야마의 손을 붙잡았다.

"정말 그래요. 자, 가타야마 씨 같이 가요."

기분나쁜 침묵이 순간 맴돌았다.

한편, 가타야마와 이쿠코를 보낸 일행은 어슬렁어슬렁 잡담을 하면서 잔디밭을 걸으며, 어느덧 오솔길의 출구 쪽으로 향했다. 맞선이 잘 되었는지, 그렇지 않은지 알아보려는 것이었다.

상쾌하게 갠 날로, 공기는 차가웠지만 내리비치는 햇살의 따뜻함은 봄날 같았다.

"하루미!"

미츠에가 슬쩍 말을 건넸다.

"어때, 그 여자?"

"예, 좋은 분 같아요."

하루미는 적당히 받아넘겼다.

"잘되면 좋겠는데, 요시는 말이야, 너무 소심해. 특히 여자들에게 있어선 더욱 그래. 내가 서둘러서 연결해 주지 않으면 평생 혼자 살다가 늙을 거야."

"그래요."

"그런데 하루미, 내가 요시한테 준 사진은 봤어?"

"예? 아, 예. 봤어요."

하루미는 당황한 나머지 그냥 고개를 끄덕거렸다. 오빠가 맞선 사진을 자기에게 보여 줘야 하는 걸 깜빡 잊고 있었던 모양이다. 하루미는 미츠에의 얘기에서 벌써 대강의 사태를 알아차렸다.
"그래 어때? 마음에 드는 사람은 있어?"
"저…… 좋은 사람이라고 생각합니다만, 저는 아직 당분간은……."
"그렇게 얘기하지 마, 나이라는 건 금방이야."
미츠에는 협박처럼 말을 건넸다.
"그래, 누군가 좋아하는 사람이라도 있어?"
하루미는 가슴이 덜컥 내려앉았다.
"아, 아니에요."
중얼거리듯 대답을 했다.
"그래? 그럼 잘 생각해 봐."
미츠에는 하루미의 모습을 바리보면서 아무런 기색도 나타내지 않았다. 하루미는 아무런 대답도 하지 않았다.
"자, 이제 슬슬 요시하고 이쿠코 양이 나올 때가 되었는데."
미츠에는 복권 추첨이라도 보는 듯한 얼굴로 오솔길 출구를 쳐다보았다.
"늦는 모양이죠."
이쿠코의 어머니가 미츠에 쪽으로 다가오면서 말했다.
"재미있는 시간을 갖고 있나 봐요, 그렇죠?"
"그래요."
"늦으면 늦을수록 재미있는 게 아니겠어요?"
그때 갑자기 오솔길 모퉁이에서 이쿠코가 튀어 나왔다.
"가요!"
화가 나서 그런지 불그스름하게 질린 얼굴로 재빨리 호텔 쪽으로 발걸음을 옮겼다. 놀라서 어쩔 줄 몰라 하던 가족들이 뒤따랐다. 미츠에도 그 뒤를 엉겁결에 따랐다.
"어떻게 된 거니?"

이쿠코의 어머니가 겨우 뒤따라와 물었다.
"어쩜 그럴 수가 있어요! 너무해! 모욕이야!"
이렇게 말하고 이쿠코는 울먹거렸다.
"이쿠코 양, 왜 그래요?"
미츠에가 숨을 헐떡거리며 물었다.
"그쪽에 물어봐요! 그런 사람, 정말이지 꼴도 보기 싫어요. 두 번 다시 당신이 권해 주는 선 같은 건 보지도 않을 거예요!"
"이쿠코, 도대체 왜 그래, 응?"
어머니가 설마 그럴 리가 있겠냐는 말투로, "설마, 그…… 그 사람이 이상한 짓을 하려고 한 건 아니겠지?" 하고 물었다.
"이상한 짓?"
이쿠코의 안색이 굳어졌다.
"이상한 짓을 했다면 이렇게 화나지는 않겠어요!"
미츠에는 악몽이라도 꾸고 있는 듯한 기분에 젖어 하루미가 있는 곳으로 되돌아왔다.
"왜 그러죠?"
"잘 모르겠어. 요시가 저렇게 이쿠코 양을 화나게 할 리는 없을 텐데 말이야."
오솔길에서 가타야마가 나왔다. 미츠에와 하루미는 어안이벙벙해졌다. 가타야마가 본 적도 없는 핑크빛 옷을 곱게 입은 아름다운 여자와 팔짱을 끼고, 상당히 즐거운 함박 웃음을 짓고 있는 것이었다.
가타야마는 미츠에와 하루미를 보고 좀 쑥스러운 듯이 말했다.
"아, 숙모님, 상당히 미안하게 됐습니다. 데이트 좀 하고 오겠습니다. 하루미, 저녁은 준비해 놓지 않아도 돼."
두 사람의 뒷모습을 지켜보고 있는 미츠에는 당장이라도 졸도해 버릴 것 같았지만, 하루미는 아무렇지도 않았다. 그녀는 참을 수 없는 웃음을 터뜨리며, "오빠! 잘해 봐!" 하고 성원을 보냈다.

2

그 날 밤, 가타야마는 11시가 넘은 시각에 아파트로 돌아왔다.
"돌아왔어……."
흘끗 현관에서 바라보니 방은 컴컴하고 조용했다.
"아니, 아무도 없는 거야?"
더군다나 문은 잠겨 있지도 않았다.
'이상하다. 하루미, 이 녀석, 벌써 자는 걸까? 그래도 항상 현관의 불은 켜놓고 있었는데…….'
"하루미, 애야!"
어둠 속에서 소리를 지르며 신발을 벗었을 때 갑자기 '펑' 하고 날카롭게 폭발하는 소리가 났다.
"누구야?"
몸을 엎드리려고 했으나, 당황한 나머지 벗어 놓았던 신발에 발이 걸려 쓰러지고 말았다. 첫번째는 빗나갔지만 두 번째는? 가타야마는 일어서야지 하고 생각했다. 그러나 내가 표적이 되어 있는 거 아니야? 하루미는? 하루미는 어떻게 됐지?
"하루미!"
갑자기 불이 켜지고 하루미가 생글생글 웃으며 앉아 있는 모습이 보였다.
"어서 와."
"야! 지금 그 소리는?"
"작년 크리스마스 때 산 딱총이 하나 남아 있었어."
"깜짝 놀랐잖아. 가슴을 쏘는 것 같았어. 그건 그렇고, 뭐 마실 거라도 한 잔 주렴."
"오빠에게 애인이 생긴 거 축하해."
"이 녀석!"
가타야마는 씁쓰레한 웃음을 지으며 방으로 들어갔다.

"차를 줄까?"
"그래."
"오늘 오빠한테 정말 깜짝 놀랐어."
"숙모님은 어때?"
"쓰러지실 뻔했어. 충격 때문에. 오빠가 가고 난 후 잠깐 로비에 가서 쉬셨어."
"큰일날 뻔했네."
"정말 재미있는 분이셔. 당장이라도 죽을 것처럼 말씀하시면서도, 다방에 들어가면 돈 든다고 하면서 로비에 가서 쉬자고 하잖아."
"미안한데. 어떡하지?"
"그래도 그렇게 화내시는 것 같지는 않았어. 오빠를 다시 본 것 같았어."
"너는 어때?"
"나?"
하루미는 미소를 지어 보였다.
"물론 나도 다시 보았지!"
가타야마는 웃으면서 말했다.
"그래? 화낼 거라고 생각했는데."
"아냐. 그런데 그 여자 누구야?"
가타야마는 유키코를 만났던 일을 설명해 주었다.
"야, 잘 밀고 나가. 멋진데! 그건 그렇고, 오늘 어디 갔었어?"
"여러 군데 갔었어. 영화도 보고, 레스토랑에도 가고, 스넥 바에도 가고."
"그렇게 여러 군데를?"
"할 수 없잖아. 콜라만 마시고 있을 수는 없으니까."
"그 사람에게 조금 더 접근해 봐."
"접근?"
"응, 꼭. 정말 미인이야, 오빠에게는 과분하던데."

"이 녀석!"

가타야마는 웃으면서 말했다. 그러나 정말이지 오늘 하루는 그야말로 기분좋은 날이었다. 식사를 하고, 같이 얘기도 나누고, 뛰어 보기도 했다. 그녀를 기숙사까지 바래다주었을 때에는 뒷문에서 키스를 했다. 오랫동안 정열적인 키스를 해서 이번에는 가타야마도 키스를 하고 있는 걸 분명히 느꼈다.

"당신, 정말 좋은 사람이에요."

유키코가 말했다.

"자고 갈래요?"

가타야마의 가슴은 트램플린(운동기구의 하나)이라도 하고 있는 것처럼 마구 뛰었다. 그는 "응" 하고 대답하고 싶었다. 그녀를 껴안고 자신의 애인으로 삼고 싶다고 생각했다. 그러나 입에서 나온 말은, "누이동생이 걱정하고 있어서 가봐야 해."였다.

유키코도 가타야마의 마음을 제대로 살피고 있는 것 같았다.

"그래, 그럼 그렇게 해요. 내일 밤 11시에 여기 와요. 그리고 자고 가요."

"그렇지만……."

"누이동생에게도 그렇게 얘기해 두면 좋잖아요?"

"그렇지. 그래도…… 좋을까?"

"물론이죠! 그럼, 잘 가요."

"잘 있어."

다시 한번 가볍게 키스를 하고 유키코는 뒷문 담을 가볍게 뛰어 넘었다. 그녀는 담 반대쪽에 내려서서 기분나쁜 듯이 말했다.

"그러고 보니 가즈미를 살해한 범인도 이 담을 뛰어 넘었잖아. 아이쿠, 그렇게 생각하니 어쩐지 기분이 나빠."

유키코는 손을 흔들었다.

"그럼, 내일."

그녀는 천천히 반대쪽으로 걸어갔다.

"잠깐, 기다려!"
가타야마는 그렇게 말을 하면서 담 위로 뛰어 올랐다.
"왜 그래요, 갑자기?"
유키코가 깜짝 놀라서 물었다.
"방까지 데려다 줄게. 갑자기 걱정이 되잖아."
가타야마는 펄쩍 뛰어내리면서 말했다.
"또 살인범이 있으면 안 되잖아."
"괜찮은데."
"아니야, 곤란해!"
가타야마는 단호하게 말했다.
두 사람은 평상시처럼 곯아떨어진 고미네 노인이 깨지 않도록 조심하며 수위실 앞을 지나 4층 유키코의 방으로 올라갔다.
유키코가 방문 열쇠를 돌리고 있는데 옆방의 문이 열리고 야스코가 얼굴을 내밀었다.
"왔구나, 유키코. 어머나!"
가타야마를 보고 야스코가 눈을 반짝였다.
"유키코, 그 사람은?"
"응? 아, 형사님이야."
"응, 그래? 그런데 왜?"
"나에게 여러 가지 물을 것이 있나 봐."
"그래?"
야스코는 빙긋이 웃어 보이며 고개를 끄덕였다.
"여러 가지라."
"저…… 난 그냥 여기에서."
"아니, 들어가세요."
야스코가 황급히 말했다.
"방해하지 않을 테니까, 어서. 정말, 심문이든 체포든 아무튼 잘해 봐. 그럼, 유키코, 잘 자."

"잘 자."
유키코는 가타야마를 바라보았다.
"어쩌죠? 역시 내일 할까요?"
"응……. 그렇게 하지."
"그래, 그럼. 즐거운 마음으로 기다릴게요."
두 사람은 다시 한번 입술을 포개었다.
"내일은 상당히 긴 하루가 될 것 같아요."
유키코는 미소를 지었다.
 가타야마는 누구에게 두드려 맞기라도 한 듯 머리가 띵했다. 휘청거리는 발걸음을 옮기며 기숙사를 나왔다. 내일이라고? 내일 도대체 뭘 하자는 거지? 나와 잠을 자자고 하는 건가? 그런 일이 있을 수 있을까? 정말? 꿈은 아니겠지?
 발이 땅에 닿지 않는다는 말은 잘 쓰는 표현은 아니었지만, 가타야마의 경우가 정말 그랬다. 정신이 들었을 때는 학교 바깥을 걷고 있었는데, 뒷문 담을 넘은 기억은 떠오르지 않았다. 가타야마가 지금 학교 밖에 있는 것을 보니 담을 뛰어 넘은 건 당연한 것이겠지만, 그것을 행할 때는 무의식 세계에 있었던 모양이다.
 사랑이라고 하는 건 상당히 중요한 거라고 가타야마는 무의식 세계를 걷는 기분으로 생각했다. 사람이 세상에 태어난 것은 틀림없는 사실인데…….
"오빠!"
하루미가 부르는 소리에 가타야마는 정신을 차렸다.
"응? 왜?"
"오늘 숙모님이 내 맞선 상대 사진이 어땠느냐고 묻잖아……."
"아, 그래, 깜빡 잊었어. 양복 주머니에 있을 거야."
가타야마는 천천히 일어섰다.
"됐어, 그냥 거절해 버릴 거야."
"그래도 일단 한번 봐야지."

"싫어."

"거절하더라도 뭔가 그럴 듯한 이유를 붙여야 하잖아. 그렇지? 자, 이거야."

일류 사립대학의 경제학과 졸업, 26세. 은행원. 직접 보지 않고 사진으로 얼굴만 보아도 그 정도는 알 것 같은 타입이었다.

"숙모님 마음에 들 것 같은 사람이야."

"딴 소리 할 만한 데가 없는 사람인데."

"그게 바로 최대의 결점이야."

하루미는 분명히 자기 의사를 밝히면서 말했다.

"기분 나빠하시겠지만, 숙모님에게 돌려 줘."

"뭐라고 하면서 거절하지?"

"적당히 얘기해. '이런 훌륭한 분에게 하루미는 어울리지 않습니다.' 라든가. 아니면 시치미를 떼……."

등뒤에서 무언가 바드득바드득 긁어대는 소리가 나서 돌아보니, 방 구석에서 자고 있던 홈스가 일어나서 나무 기둥에다 발톱을 갈고 있었다.

"어이구, 기둥에 거스러미가 일어났는데."

"할 수 없지 뭐. 고양이에게는 그게 필요한 거야."

그렇게 듣고 보니 어쩐지 요즘 다다미에도 보풀이 일어난 것 같았다.

"주인이 뭐라고 하겠는데?"

"내가 잘 얘기하면 괜찮아. 그렇지, 같은 매장에 있는 애한테 들었는데, 고양이가 발톱을 갈기 위한 판 같은 것도 시중에서 판대. 내일 애완용 동물을 위한 판매장에 가서 보고 와야지."

"허어, 그것 참! 별게 다 상품이 되는 세상이구나."

가타야마는 뒷다리로 부지런히 귀 뒤를 긁고 있는 홈스를 바라보며, 고양이도 점점 야성미를 잃어가고 있다는 생각을 했다. 통조림을 먹고, 인공판에다가 발톱을 간다. 쫓아가야 할 쥐도 많이 없어져 버려, 고양

제3장 형사와 애인 169

이는 따분하게 잠만 자고 있을 뿐이다. 홈스의 동작이나 표정에서 조금씩 인간적인 표정을 읽을 수 있는 것도, 그런 문명화된 고양이의 모습에서 집에서 빈둥빈둥 잠만 자고 텔레비전이나 보고 있는 부인들이 연상되어서인지도 모른다.

"그럼, 이제 어서 목욕 해."
"안 할래. 난 벌써 목욕 다했어."
"고양이같이 살짝살짝 씻으면 어떻게 해."
"어이구 참!"

가타야마는 그렇지 않다고 엉겁결에 변명을 했다.

몸에 맞지도 않는 알코올이 아직 남아 있는 탓인지, 탕 안에 몸을 깊숙이 담그고 있으니 잠이 슬슬 찾아들었다. 조금 꾸벅꾸벅 졸고 있는 사이에 얼굴이 반 정도 탕 안에 잠겨 버려 물을 마시고 말았다. 물을 마신 탓에 숨이 콱 막혀시 정신이 든 가타야마는 당황해하면서 탕에서 엉금엉금 기어 나왔다. 목욕탕에서 익사한다는 것은 정말 요상한 얘기다.

시원스럽게 목욕을 하고 나온 기분이야 고양이가 어찌 알겠느냐 하며, 가타야마는 그야말로 당치도 않은 이상한 우월감에 빠져서 방 안으로 들어갔다.

"피곤하지, 오빠?"

하루미가 심각한 얼굴로 쳐다보며 물었다.

"왜?"

"잠깐 씻고 있는 사이에, 아까 그 맞선 사진 있잖아. 여기에 두었는데 홈스가 발톱으로 상처를 내 버렸어."

"뭐? 그래도 괜찮을 거야. 사진 같은 게 뭐 한 장뿐이겠어?"

가타야마는 빙긋이 웃으며 농담조로 말했다.

"홈스도 여자니까 그 사진에 신경을 쓴 거잖아."

"설마. 취미가 그 정도로 나쁘냐, 응, 홈스?"

그때 홈스는 방 구석에서 자고 있었다. 이제는 완전히 거기가 자기 장소라고 알고 있는 것 같았다.
"그래도 좀 이상해. 저 상처를 한번 유심히 봐."
사진을 보고 가타야마는 깜짝 놀라고 말았다. 사진 속의 남자의 얼굴의 코 밑에 두 가닥의 콧수염처럼 발톱 자국이 나 있었다.
"우연히 그런 것치곤 잘 그렸는데."
"그래? 정말이지 일부러 그런 것 같아."
그건 그렇다 치고, 가타야마는 사진을 유심히 바라보면서 생각했다. 수염을 붙인 것만으로도 사람의 인상이 달라보인다는 것이 어딘지 모르게 이상했기 때문이다. 예를 들면, 그 모리사키와 도미다 형제의 경우에도 그렇다. 수염이 없으면 정말 너무너무 많이 닮았는데.
갑자기 무언가가 가타야마의 마음을 끌기 시작했다.
"잠깐만."
수염……? 그 수염이 진짜가 아니라면? 가타야마가 눈총을 주자 홈스는 눈을 뜨고 지그시 이쪽을 바라보았다. 무언가를 묻는 듯한 눈빛이었다. 전에도 그런 걸 느낀 적이 있었다. 유키코의 방 창문에서 공사현장을 내려다보고 식탁과 의자의 행방을 알았을 때였다. 그때도 홈스는 저런 눈빛을 했던 것이다.
도대체 이 녀석은 어떻게 하려고 이러지? 정말 뭔가 가르쳐 주려고 하는 것일까?
홈스는 또 눈을 감아 버렸다. 그렇게 감아 버리니 평범한 고양이일 뿐…….
"수염이 만일 붙인 것이라면……?"
"어머, 왜 그래?"
하루미가 이상하다는 듯 물었다. 가타야마는 갑자기 큰 소리를 질렀다.
"알았어! 그래, 알았어!"
"왜 그래? 깜짝 놀랐잖아."
"놀란 건 나야. 하루미, 홈스가 좋아하는 음식 같은 거 없어?"

"왜?"
"아무튼, 먹을 것 좀 많이 해줘! 알았지! 그 밀실의 비밀이 풀렸어."

"뭐라고?"
미타무라는 깜짝 놀란 모습으로 가타야마를 바라보았다.
"그 밀실의 수수께끼가 풀렸단 말이야?"
"그냥 생각입니다만."
"말해 봐."
"그걸 위해서는 확실히 해두지 않으면 안 될 것이 있습니다."
"뭔데?"
"하나는 도미다의 수염이 진짜인지 가짜인지 그걸 밝혀야 하는 겁니다."
"수염, 콧수염?"
"또 하나는 현장 주임인 이마이와 함께 시체를 발견한 이시카키라는 경비원이 어느 만큼 시체를 분명히 봤는가 하는 점입니다."
미타무라는 눈을 가늘게 떴다.
"음, 무슨 말인지 알겠어."
"도미다는 콧수염이 없으면 모리사키 교수와 너무도 닮았어요. 게다가 모리사키 교수의 옷을 입고 그 어둑어둑한 식당 구석에 쓰러져 있으면, 모리사키 교수가 쓰러져 있는 것처럼 보이겠죠?"
"그렇지. 그리고 이마이는 학장의 집에 자주 출입했었다지?"
"그렇습니다."
"그럼, 이렇게 한번 생각해볼까? 아베 학장과 도미다와 이마이가 한패가 되어 부정에 대한 증거를 포착하고 있는 모리사키를 살해했다?"
미타무라는 눈살을 찌푸렸다.
"그러나 도미다가 정말로 부정과 관계가 있을까?"
"도미다는 부정에는 관계가 없을 겁니다. 그래도 형인 모리사키 교수를 오랫동안 원망하고 있었으며, 또 형이 죽으면 막대한 재산이 자기에게 돌아오지 않습니까? 학장이 그것을 알고 도미다를 중간에 끌어들인 것은 아닐까요?"

"음, 그렇겠구먼. 그러면 도미다는 수염을 떼어 버리고 모리사키 교수와 똑같은 옷을 입고 그 식당으로 들어가, 안에서 빗장을 걸고 구석에 누워 있다. 그때 이마이가 경비원을 데리고 와서 둘이서 문을 부순다. 그러나 과연 경비원의 눈을 감쪽같이 속일 수 있었을까?"

"처음 시체를 봤을 때, 그렇게 냉정할 수 있을까요? 그리고 시체에 손을 대고 싶은 마음은 누구라도 없을 겁니다."

"그건 그렇지."

"경비원은 결국 시체가 모리사키 교수라는 것을 확인시키기 위해 데려온 사람입니다. 아마도 경비원은 시체가 눈앞에 있었기 때문에, 경찰을 불러 달라는 소리를 듣고 얼른 시체에서 떨어져 나와 그러겠다고 해 버린 것일 겁니다."

"경비원이 나가고 없었을 때 도미다가 일어나서 가 버리고, 진짜 모리사키의 시체를 들여놓았다는 거지? 그러면 모리사키는 다른 장소에서 살해되었다는 건데."

"그렇죠. 단지 이 생각은 아까 말씀드린 두 가지 점이 확실하지 않으면 성립되지 않습니다만."

"아니야. 나도 그 이마이라고 하는 남자의 얘기에서 뭔가 이상하다고 느낀 것이 있었어."

미타무라가 말했다.

"아무리 대학 근처에 살고 있다 하더라도 새벽 6시에 공사 현장에 오는 건 정말 이상하지. 하지만 날이 훤해지면 누군가에게 들킬 염려가 있었기 때문이라고 생각하면 이해가 가. 사실 자네가 Y건설에서 얻어낸 정보를 토대로 어제 아베 학장의 주변을 조사해 보았네."

"왜요?"

"어쨌든……. 정말이지 구제하기 어려운 사람이더구먼, 그 학장 말이야."

"왜 그렇죠?"

"입찰이 결정됨과 거의 동시에 새 차를 사고, 별장을 사고, 근처에 있는 땅을 샀어……. 눈에 띌 만한 일이야. 세무서 쪽에서도 학장에게는 탈세 혐의가 있어서 주목을 하고 있는 것 같아."

"정말입니까? 그럼, 틀림없는 사실 같은데요."

"모리사키는 무언가를 포착하고 있었던 거야. 만일 학장이 A건설에서 뇌물을 받았다는 사실이 이사회에서 공표되면 사임을 면할 수 없게 되고, 동시에 탈세로 적발되는 것도 피할 수 없는 거지. 그래서 A건설의 이마이와 짜고서 도미다를 중간에 끌어들였던 걸 거야. 어때 그럴 듯하지?"

"문제는 도미다의 콧수염입니다만."

"그건 자네와 하야시에게 맡기겠네."

미타무라는 의자에 천천히 앉았다.

"나는 연속 살인사건이 해결되면 좀 휴가 겸 여행이라도 갈까 생각하고 있어. 이렇게 서둘러 일을 하니 몸이 피곤해. 두통도 있고."

"괜찮겠습니까?"

"대단한 건 아니야."

미타무라는 미소를 지었다.

"그런데 어제 맞선 본 건 어떻게 됐어?"

"예……. 저…… 그냥 여러 가지 일이 있어서요."

"마치고 나서 둘이서 나갔는가?"

"나가긴 나갔습니다만…… 다른 상대였어요."

가타야마는 허둥지둥 일어섰다.

"그럼, 하고로모 여자 대학에 다녀오겠습니다!"

고독에 잠겨 있는 듯한 얼굴을 하고 있는 미타무라를 뒤로 하며, 가타야마는 하야시 형사에게로 갔다.

"하야시 선배님."

"응, 왜?"

"나가시죠. 하고로모 여자 대학입니다."
"아, 그래. 뭐 좀 알아낸 거라도 있나?"
"가면서 말씀드리죠."

가타야마는 완전히 피곤에 절어 있는 하야시의 모습을 보고 복잡한 마음이 들었다. 하루미의 애인은 정말 하야시일까? 그렇다고 하면 하루미의 오빠인 나를 이렇게 자연스럽게 대할 수 있을까? 가타야마는 어떻게 된 건지 도대체 알 수가 없었다.

"뭐야, 또 따라오는 거야?"

하야시가 가타야마의 발 밑에 있는 홈스를 보고 말했다. 오늘은 택시비를 큰 마음 먹고 내려고 했기 때문에 데리고 온 것이다.

"주인의 원수를 토벌하려고 하는 모양입니다."
"충성스런 개라는 말은 들어봤어도, 충성스런 고양이란 말은 금시초문이야."

순찰차를 한 대 불러 타고 하고로모 여자 대학으로 향했다. 차 안에서 가타야마는 하야시에게 수사가 돌아가는 형편을 설명해 주었다.

"그건 좋은 아이디어인데. 그런데 정말 자네가 그런 걸 생각해낸 건가?"
"왜요?"
"아니야, 아무것도."

가타야마는 조금 기분이 나빠져서 뾰로통해진 채 밖을 내다보았다. 밖에는 시월의 따뜻한 햇살이 제법 싱그럽게 비치고 있었다.

"하야시 선배님, 도미다에게 어떻게 말을 꺼내면 좋을까요?"

고개를 돌려 쳐다보니, 하야시는 벌써 곤히 잠들어 있었다.

정오 무렵에 하고로모 여자 대학에 도착했다. 여자 대학생들이 여기저기에서 넘치고 있었다. 어딘가 모르게 축제장 안으로 깊숙이 들어가는 것 같은 기분이 들었다.

사무실에 물어 보니 도미다는 오늘은 연구일이라 집에서 쉰다고 했다. 가타야마와 하야시는 숙소로 발걸음을 옮겼다. 물론 홈스도 함께.

207호실의 벨을 누르자, 잠시 뒤 도미다가 얼굴을 내밀었다. 대청소라도 하고 있는 건지, 도미다는 지저분한 반바지 차림으로 머리에 수건을 두르고 있었다. 도미다는 가타야마의 얼굴을 보자, "아, 형사님이시군요. 웬일이죠?" 하고 물었다.

"잠깐 드릴 말씀이 있어서……. 그런데 지금 무슨 일을 하고 계십니까?"

"모리사키 형님 집으로 이사하려고 그 준비를 하고 있어요. 어수선합니다만, 들어오시죠."

짐을 꾸린 포장이 여기저기 흩어져 있는 방으로 들어가자, 앞치마를 두른 아사코 부인이 냉담한 표정을 지으며 가타야마에게 가벼운 인사를 했다.

"잠깐 기다려 주세요."

도미다는 신바람 난 표정을 지었다.

"지금 정리하고 있는 중이라서. 저기에 좀 앉으시죠."

"아, 예. 괜찮습니다."

하야시가 말했다.

"두세 가지 물어 보고 싶은 것이 있어서요. 그것만 끝나면 금방……."

"그렇습니까?"

"부인도 같이."

아사코는 걸레질을 하다 젖은 손을 앞치마에 닦으면서 다가왔다. 검은 옷을 입고 있지 않은 그녀는 장례식 때처럼 기분나쁜 표정은 아니었다.

"그럼, 무슨 얘기죠?"

"모리사키 교수가 살해된 날 밤 말입니다만, 9시쯤 귀가해서 죽 여기에 계셨다고요?"

"예."

"사실은 옆방의 아키요시 교수님이 그 날 밤 11시 조금 지나 여기에 일이 있어서 왔는데, 아무도 안 계셨다고 하더군요."
"그래요? 그런 일이 있었다고요?"
도미다의 얼굴에 불안한 빛이 감돌았다.
"아마 자고 있었던 모양입니다."
아사코가 중간에 끼여들었다.
"그 날 밤, 둘이서 술을 마셨기 때문에 어쩌면 술에 취해서 초인종 소리를 못 들었을 거예요."
하야시는 고개를 끄덕였다.
"그렇습니까? 아, 예 알았습니다. 뭔가 맞지 않는 게 있으면 확실히 해두어야 하기 때문에 그러니 기분 나쁘게는 생각지 마십시오."
"아, 예. 그건 잘 알고 있습니다."
겨우 한숨 돌렸다는 표정을 지으며 도미다가 말했다.
"아이쿠, 이거 실례 많았습니다."
"아닙니다. 수고하셨습니다."
하야시는 갑자기 생각이 났다는 듯 말했다.
"아, 그렇지. 한 가지 부탁이 있습니다만."
"뭔데요? 제가 할 수만 있다면……."
"뭐, 그렇게 어려운 일은 아닙니다."
하야시는 아무렇지도 않은 듯이 말했다.
"그 콧수염을 한번 봤으면 해서요."
마음을 풀어놓고 나서 정곡을 콕 찌르는 것은 베테랑 형사만이 할 수 있는 일이다. 도미다는 갑작스레 정곡을 찔린 듯 새파랗게 얼굴이 질려 당황해하면서 손으로 콧수염을 눌렀다.
"도대체 무슨 얘기를 하는 겁니까?"
남편보다도 머리가 잘 돌아가는 아사코가 재빨리 남편 앞에 우뚝 섰다.
"그런 실례는 용서할 수 없어요!"
"그럼, 그 콧수염이 붙인 거라고 인정하는 겁니까?"

"그건."
"아니야! 아니야! 이건 진짜야!"
"당신!"
"그러면 확인해 봐도 좋습니까?"
"무슨 권리가 있어서 그런 짓을 할 수 있다는 거죠? 절대로 그럴 순 없어요!"
아사코는 끝까지 물러서려 하지 않았다.
"어지간히 해 두시지?"
하야시가 쏘아붙이듯 한마디하자 도미다는 10cm나 펄쩍 뛰었다.
"당신이 수염을 떼어버리고 모리사키 교수의 시체 대신 누워 있었다는 건 이미 다 알고 있어! 아베 학장과 A건설의 이마이에게 부탁을 받고, 모리사키를 살해하는 데 끼여들었겠지. 그들은 뇌물을 받은 사실이 모리사키 교수에게 들킨 것이 두려웠어. 당신은 형을 오랫동안 미워하고 있었고. 게다가 형이 죽으면 재산도, 집도, 대지도 모두 당신 것이 되는 거고."
"거짓말이야! 거짓말!"
도미다는 소리쳤다. 하야시는 그런 것에는 아랑곳하지 않고 계속 말했다.
"아베 학장은 탈세 혐의로 이미 체포되었고, 이마이도 뇌물을 준 혐의로 체포되었어. 두 사람이 모리사키 살해를 실토하는 건 시간 문제야. 이제 단념하고 똑바로 말하시지!"
물론 이것은 으름장이었다. 그러나 효과가 있었다.
"아아…… 이젠 틀렸어…… 이젠……."
도미다는 신음소리를 내며 털썩 주저앉아 버렸다.
"당신, 정신 차리세요!"
아사코가 필사적으로 소리질렀다.
"아무 말도 하지 말아요! 가만히 있어요!"
그때였다. 가타야마의 발 밑에 웅크리고 있던 홈스가 눈에 보이지 않을 정도로 재빨리 뛰어 오르더니 도미다의 얼굴로 날아올랐다.
"아, 아악!"
얼굴을 가리고 도미다가 엉겁결에 소리를 질렀다. 그의 얼굴에는 콧수염이 사라지고 없었다. 놀랄 만큼 모리사키와 닮은 얼굴이었다.
"좋아, 잘했어. 고양이 씨."
하야시는 홈스가 떼어낸 수염을 주워 들고 엄포를 놓듯 말했다.
"자, 함께 가실까?"
"빌어먹을!"
그렇게 소리치고 도미다는 갑자기 방 안쪽으로 달려들어갔다.
"서!"
하야시가 뒤를 쫓아가 방으로 뛰어 들어가자, 도미다의 모습은 창 밖으로 사라지고 없었다. 여기는 2층이다. 밑으로 뛰어내리는 것이 어렵진 않으리라. 게다가 도미다는 체육 교사였다.
"가타야마, 밑으로 내려가! 도망갔어!"
가타야마는 현관에서 뛰어내렸다.
헐레벌떡 창 밑으로 쫓아가자, 창에서 하야시가 몸을 불쑥 내밀며,
"저기야!" 하고 손으로 가리켰다. 도미다는 학생들이 많이 모여 있는 운동장 쪽으로 달려가고 있었다. 가타야마는 그 뒤를 쫓아갔다.
그러나 원래 가타야마는 운동 신경이 예민한 편이 아니었다. 학생들 사이를 교묘하게 빠져나가는 도미다의 모습이 점점 작아졌다. 학생들은 무슨 경주라도 보는 듯 재미있게 두 사람을 바라보았다.
운동장 한 쪽 구석에서 학생 몇 명이 배구를 하고 있었다.
"자, 간다!"
"힘껏 쳐!"
"자!"
배구를 하고 있던 여학생들이 함성을 질렀다. 공이 전혀 다른 방향으로 엄청난 속도로 날아갔다. 똑바로 달려가다가 도미다는 머리에 배구공을 얻어맞고 쓰러졌다. 그러나 비틀비틀 다시 일어났다. 머리가 어

지러운지 제대로 달리지 못했다. 하지만 이렇게 있어서는 안 된다는 생각이 들었던지 발을 간신히 내딛으며 걷기 시작했다. 술에 취해서 걷는 갈지(之) 자 걸음이었다.

가타야마는 학생들 사이에서 도미다의 모습을 놓쳐 버렸다. 어디로 도망쳐 버렸는지는 몰라도 아무튼 필사적으로 달렸다. 갑자기 유키코가 어딘가에서 보고 있을지도 모른다는 생각이 들었다. 그렇게 생각해서 그런지, '가타야마 씨, 힘내요!' 하는 소리가 들리는 것 같아 기운이 용솟음쳤다.

그렇다. 오늘 밤 그녀가 기다리고 있지. 여기서 그 녀석을 놓쳐 버리면 부끄러워서 그녀의 방에 갈 수가 없다. 힘내라! 오늘 밤 그녀와 근사한 밤을 보낼 거잖아! 그녀의 입술, 그녀의 하얀 피부, 부드러운 유방.

추적을 하면서도 그런 생각이 실감 있게 떠올랐다. 번쩍 정신이 들었을 때는 비틀비틀 걷고 있는 도미다의 뒷모습이 눈앞에 보였다. '아차' 하고 생각했을 때는 이미 늦었다. 맹렬한 기세로 가타야마는 도미다를 들이받고 말았다. 두 사람은 한 덩어리가 되어 엉겨붙었다가 둘다 정신을 잃어버렸다. 하야시가 쫓아왔을 때에도 두 사람은 여학생들에게 둘러싸인 채 나란히 쓰러져 있었다.

3

"자네 머리도 대단하던데."
하야시가 소파에서 일어나면서 가타야마에게 말했다.
"도미다는 가벼운 뇌진탕을 일으켰던 것 같아."
"아이쿠, 정말 깜짝 놀랐습니다."
"놀란 건 나야."
하야시는 미소를 지었다.
"그러나 자네의 근성만큼은 인정해주지."

"여긴?"

"대학 응급실이야."

가타야마는 욱신욱신 쑤시는 머리를 꾹 누르면서 소파에 앉았다.

"도미다는 실토했습니까?"

"지금 다른 방에서 죽 뻗어 있어. 아직 조사해 보진 않았지만, 도망친 걸 보면 틀림없지 뭐."

"그럼, 이마이와 아베 학장도?"

"알고 있어. 아직 아무것도 조사하진 않았지만, 일단 감시는 하고 있어. 서두를 것 없어. 30분만 쉬어. 그리고 나서 나가도록."

"예, 그럼."

"이 녀석도 상당히 잘하던데."

고개를 돌려 바라보니 홈스가 문 옆에 반듯하게 앉아 있었다.

"도미다의 콧수염을 쥐어 뜯을 때는 꼭 원한을 품은 고양이같이 보이더구먼."

"그래요."

"그럼, 조금 쉬게. 나는 잠깐 나갈 테니까."

하야시는 일어나서 나갔다. 곧이어 약속이나 한 듯이 유키코가 들어왔다. 가타야마는 깜짝 놀라 유키코를 불렀다.

"유키코……."

"지금 그 사람이 보살펴 준 모양이죠?"

"하야시 선배? 응, 아주 세심한 사람이야."

"일어날 수 있으세요?"

"아직 머리가 많이 아픈데."

가타야마는 얼굴을 찌푸리며 말했다.

"유키코가 키스해 주면 꼭 나을 것 같은데."

"좋아요."

유키코는 웃으며 소파에 나란히 앉아 입술을 내밀었다.

홈스는 눈치를 챘는지 한 바퀴 뱅그르르 돌아 두 사람에게서 등을 돌렸다.

"그런데 도미다 선생님은 왜 쫓아갔죠?"

"응 그건……."

가타야마는 사정을 설명했다.

"놀랐지? 그렇게 됐어. 좀 끔찍하지. 응?"

가타야마는 조금 거북해하며, "그러니까, 음." 하고 중얼거리듯 말을 이었다.

"유키코는 내가 쫓아가는 걸 보지 못했어?"

"나는 보지 못했지만, 옆방에 있는 야스코가 봤어요. 그 애가 가르쳐 주길래 이렇게 달려왔죠. 당신이 도미다 선생과 싸우고 있다고 하길래……."

"그래……. 도망가 버리는 바람에 그렇게 된 거지. 조금 꿈속에서……."

가타야마는 적당하게 얼버무렸다.

"형사 그만두고 미식 축구 선수라도 되면 어떨까?"

"농담하지 말아요. 태클할 때마다 기절해 버릴 것 같던데요 뭐."

이건 진심이었다.

"이마이 씨는 어디에 있습니까?"

공사 현장으로 얼굴을 내밀며, 가까이에서 작업하던 일꾼에게 하야시가 말을 걸었다.

"어, 지금 위에 있는 것 같은데."

"불러 주시겠습니까?"

"아, 예. 그런데 여긴 잠깐이라도 손을 뗄 수가 없어서요. 선생이 직접 올라가시는 편이 빠를 겁니다."

하야시와 가타야마는 서로 얼굴을 마주 보았다.

"왜 그래?"

"나는 높은 곳은 질색이라서……."

"그렇다고 저쪽이 내려오길 기다린다면 언제가 될지 모르잖아."
"금방 내려 오겠죠."
"어떻게 알아?"
가타야마는 쩔쩔맸다.
"그건 그 그러니까……."
"가지."
"예."
가타야마는 조금 머뭇거리며 대답했다.
"너는 여기에서 기다려."

홈스에게 말하고 나서 하야시와 가타야마는 작업용 엘리베이터에 몸을 실었다. 버튼을 찾아 누르자 덜컹덜컹하는 소리가 났다. 엘리베이터는 흔들리면서 조금씩 올라가기 시작했다. 말이 엘리베이터이지 완전한 상자 모양이 아니라, 허리까지 올라오는 난간밖에 없는 곤돌라 같은 모양이었다. 위험해 보이긴 하지만 경치 하나는 일품이었다. 4층까지 올라가자 가타야마는 머리가 조금씩 어지러웠다.

5층에 도착해서 엘리베이터에서 나왔다. 주위에는 아무것도 없었다. 널찍한 풍경만 펼쳐 있었다. 바람이 불어와서 넥타이가 깃발처럼 펄럭거렸다.

가타야마는 발이 '징' 하고 저려오는 걸 느꼈다. 다리가 오들오들 떨리면서 발에서 무릎까지, 또 무릎에서 허리까지 저림이 전해오는 듯해 좀처럼 발을 내디딜 수가 없었다.

"아, 저기에 있는 사람 같은데."
하야시는 높은 곳에 올라와도 별로 무섭지 않은 듯 성큼성큼 걸어갔다.
"저, 하야시 선배님……."
가타야마가 떨리는 목소리로 말했다. 하야시가 뒤돌아보았다.
"뭐야? 왜 그래? 얼굴이 새파랗게 질려 가지고."
"예…… 저…… 발이 떨어지지 않아서……."

하야시는 씁쓰레하게 웃음을 지었다.

"아까 도미다에게 힘쓰던 힘찬 기개는 다 어디에 가 버렸나? 그럼, 밑에 내려가서 기다려. 나 혼자라도 괜찮으니까."

"미안합니다."

가타야마는 쩔쩔매며 엘리베이터를 돌아가려고 했다.

돌아올 때는 발이 이상하게 가볍게 움직였다.

엘리베이터를 타고 '후유 이젠 안심이다' 하고 버튼을 누르려다 손을 멈췄다.

그렇지. 하야시 선배는 하루미를 엉뚱한 관계에 끌어들였어. 아무것도 모르는 순진한 누이동생을 불행한 사랑에 울게 하고 있는 거야. 그 하야시에게 이런 나약한 모습을 보여 주면 안 돼!

가타야마의 가슴에 불굴의 투지 같은 것이 끓어올랐다. 도미다도 가타야마가 체포한 것이다. 정확하게 말하면 조금 의문이 있지만—이마이도 이 손으로 연행해야지. 그렇게 되면 유키코도 상당히 감격할 거야.

도미다의 추격 사건을 생각하면서, 가타야마는 유키코를 생각하지 않으려고 했다. 아까처럼 기절하는 것은 괜찮겠지만, 그야말로 여기에서 떨어지면 모든 것이 끝나 버리는 것이다.

어쨌든 이런 의욕이 오랫동안 계속되지 않을 거라는 것을 스스로도 알고 있기 때문에 가타야마는 마음이 변하기 전에 서둘러 엘리베이터를 나와 하야시의 뒤를 쫓았다.

하지만 하야시가 무턱대고 심문을 할 리가 없었다. 아마도 의심을 품지 않도록 해서, 이마이를 밑으로 데리고 내려갈 것이다.

그리고 이마이는 속으로 겁을 잔뜩 집어먹게 될 것이다. 아무 내색도 하진 않겠지만, 하야시에게서 뭔가를 느끼고 불안해하리라.

하야시와 이마이가 이야기하고 있는 쪽으로 반 정도 다가갔을 때였다. 이마이가 갑자기 가타야마 쪽을 향해 달려왔다. 그 모습을 보고 하야시가 가타야마를 향해 "붙잡아!" 하고 소리쳤다. 엉겁결에 우뚝 멈춰서 버린 가타야마는 하야시의 목소리에 정신을 차리고서 "그래, 좋다."

하고 두 손을 펼쳐서 이마이의 앞을 가로막았다.

"멈춰!"

가타야마에게 그런 위엄이 있었는지 어땠는지는 잘 모르지만 이마이가 멈칫 하며 멈춰 섰다. 그렇지만 그것이 이마이를 막다른 곳까지 몰아넣게 한 원인이 되었는지도 모른다. 이마이는 앞뒤의 형사로부터 도망가고자 무작정 옆으로 달려갔다.

"위험해!"

하야시가 소리쳤지만 이미 늦었다. 이마이는 발판도 놓여 있지 않은 좁은 철골 위로 5~6m나 나아가서 우뚝 멈춰 섰다. 가타야마는 오싹 소름이 끼쳤다. 몇십 미터의 높이다. 불과 폭 10cm 정도의 철골 위에서 이마이는 도망가려고 허둥거리고 있는 것이다. 공사 현장에서 일하는 사람이라면 그런 장소에 익숙해 있을 테지만, 이마이는 마음이 흐트러진 상태여서 어찌 해야 좋을지 몰라 쩔쩔매고 있었다.

"이봐, 돌아와! 돌아와!"

하야시가 소리질렀다.

"걱정할 것 없어. 다만 있는 사실을 그대로 얘기해 주면 되는 거야."

작업하던 사람들이 무슨 일인가 하고 몰려왔다. 하야시는 손으로 다른 철골을 꼭 붙잡고 발판 끝까지 나아가서 몇m 앞의 철골 위에서, 감각이 마비되어 버린 듯 멍하니 우뚝 서 있는 이마이에게 될 수 있는 한 부드럽고 온화한 말로 얘기를 했다.

"이봐, 당신이 좋아서 그런 행동을 한 게 아니라는 것을 잘 알고 있어. 당신은 정직한 사람이야. 아베 학장에게 뇌물을 준 것도 어쩔 수 없었잖아. 회사를 위하고, 가족을 위해서 그랬던 것 아닌가? 어느 누구라도 다 그랬을 거야. 당신이 양심의 가책을 느껴야 한다고 생각하는 사람은 아무도 없어. 그래, 그래. 나쁜 건 말이야, 당신에게 그런 일을 시킨 녀석들이야. 자, 이리로 와. 자세히 좀 털어놔 봐."

하야시 뒤에서 가타야마는 숨을 죽이고 있었다. 그들을 에워싸고 있는 작업 인부들도 사정을 눈치 챈 듯, 호기심 어린 얼굴로 몸 하나 까딱하지 않고, 숨을 죽였다. 그러나 하야시가 아무리 말을 걸어도 이마이의 귀에는 아무것도 들리지 않는 것 같았다. 모두 다 끝나 버렸다는 표정을 지으며, 힘없이 간신히 몸을 지탱하고 있을 뿐이었다.

"이봐, 걸어 와, 천천히. 한 발 한 발씩······."

몇 번인가 되풀이해서 부른 끝에 이마이는 겨우 하야시를 똑바로 쳐다보았다.

"좋아, 아, 괜찮아. 당신을 해치고 싶지는 않아. 아무것도 아니야. 자, 이리로 와."

이마이는 하야시의 말을 알아들었는지 어쨌는지 그냥 멍하니 고개를 돌려, 죽 늘어서서 구경하고 있는 인부들을 쳐다보았다. 하야시는 모여 있는 사람들 쪽으로 고개를 돌려 말했다.

"자, 모두들 일하러 가세요. 아무것도 아닙니다. 자!"

조금이라도 이마이를 자극하고 싶지 않다는 기분이 말투에 절실하게 담겨 있었다. 듣는 사람들에게도 그것이 통했는지 모두들 금방 뿔뿔이 흩어져서 작업을 시작했다.

"하야시 선배님!"

가타야마가 엉겁결에 불렀다. 그 절박한 어조에 하야시가 휙 뒤돌아보았을 때, 이마이의 모습은 이미 철골 위에서 사라져 버리고 없었다. 그리고 바로 그 순간, 발 밑에서 아득히 사람들이 외치는 소리가 들렸다.

"왜 그래?"

"누가 떨어졌어요!"

밑에서 웅성거리는 소리가 들리자, 흩어져 일하던 사람들도 달려 내려가 밑을 바라보며 급히 계단을 뛰어내려갔다. 하야시는 밑을 바라보며 맥없이 털썩 주저앉아서는 아무 말 없이 고개를 설레설레 흔들었다. 가타야마도 겁없이 끝에서 몸을 쑥 내밀어 큰 대(大) 자로 보이는 이마이와 그 주변에 고리처럼 동그랗게 몰려든 인파를 내려다보았다.

두 사람은 말없이 서로 얼굴을 마주보았다. 하야시의 얼굴은 딱딱하게 굳어 있었다.

"서툰 일을 했어."

하야시는 감정을 죽인 듯한 목소리로 멍하니 말했다.

"가자."

하야시가 가타야마를 재촉해서 엘리베이터로 되돌아갔다.

"예, 뭐라고 할 말이 없습니다."

하야시는 수화기를 놓았다. 미타무라에게 이마이의 죽음을 보고한 것이다. 용의자를 죽음으로까지 몰고 간 것은 역시 경찰의 실수였다.

"착실한 남자였어요."

가타야마가 말했다.

"언제 들킬지 조마조마해하고 있었던 것이 틀림없어. 아마 노이로제에 걸렸겠지. 그래서 내가 뭐 좀 물어 보고 싶은 것이 있다고 말하자마자 충격을 받아 버렸던 거야."

두 사람은 경비실에서 전화를 걸고 있었다. 경비실은 몇 평 되지 않는 작은 사무실이었다. 양복 차림의 경비원 이시카키가 이마이의 죽음을 전해 듣고 믿기 어려운 사실을 접한 얼굴로 앉아 있었다. 하야시는 이시카키 쪽으로 고개를 돌렸다.

"그러면 다시 한번 묻겠습니다. 당신은 모리사키 교수의 시체를 확실하게 확인한 것은 아니죠?"

이시카키는 머뭇거리며 대답했다.

"저…… 보기는 봤습니다만…… 그냥 슬쩍 보고, 아, 모리사키 교수님이구나 하고……. 그런데 그땐 좀 주변이 어슴푸레했죠. 약간 어두웠었고, 게다가 시체 같은 건 처음 보는 것이라서……."

"가까이에서 보지는 않았습니까?"

"예……."

"만져 본 적이 있다고 했는데 어느 정도입니까?"

"저…… 이마이 씨가 만져 보자고 해서 팔을 조금……."

"맥을 짚어 본다든가, 심장에 귀를 대보지는 않았나요?"
"예……."
하야시와 가타야마는 서로 눈을 마주쳤다.
"갈까?"
"예."
가타야마는 하야시가 이렇게 험상궂은 얼굴이 되는 것을 처음 보았다. 하야시는 마음속으로 상당히 거칠게 숨을 쉬고 있을 것이다. 소심한 이마이를 죽음으로 몰아 넣은 책임감과, 아베 학장에 대한 노여움이 가슴속에 소용돌이치고 있는 게 틀림없으리라.
두 사람은 학장실로 향했다. 도중에 하야시는 뒤따라오는 홈스를 뒤돌아보며, "그래, 좋아. 도망가려고 하면 마구 물어뜯어 버려." 하고 말했다.
학장실 입구기 보이는 복도에 형사가 한 사람 서 있었다. 그는 하야시와 가타야마를 보고 히죽 웃어 보였다.
"어때?" 하고 하야시가 물었다.
"안에 있습니다. 지금까지 나오지 않고 있습니다. 손님도 없는 것 같고."
"좋아. 여기서 동태를 살피게. 만일 도망가려고 하는 낌새를 보이면 잡아버려."
"알았습니다."
하야시와 가타야마 그리고 홈스는 학장실 문을 열고 안으로 들어갔다. 학장실은 조그만 방이었다. 안쪽 문 옆에 있는 책상에서 노처녀인 듯한 비서가 흘끗 가타야마 일행을 노려보았다.
"어디서 오셨습니까?"
말은 정중했지만, 만일 물건을 팔러 온 세일즈맨이라면 당장이라도 내쫓을 듯한 태도였다.
"경찰입니다만."
하야시가 경찰 수첩을 내보였다.

"아베 학장님을 만나고 싶어서요."

"약속은 하셨나요?"

"하지 않았습니다."

"학장님은 선약이 없는 분하고는 만나시지 않아요."

하야시는 성을 내며, "공적인 일이오!" 하고 되돌려 말했다.

여비서는 쉽게 물러서지 않고 시치미를 떼는 듯한 얼굴로 말했다.

"학장님은 상당히 바쁘시기 때문에 곤란합니다."

"우리도 바쁩니다."

하야시는 지지 않겠다는 듯, 책상 위에 놓여 있는 인터폰의 버튼을 눌렀다.

"뭐야?"

학장의 소리가 들려왔다.

"경찰에서 오신 분이 만나 뵙고 싶다고 합니다만."

"그래? 아, 잠깐 기다리시라고 해. 하던 일을 정리해 놓을 테니까."

"예."

비서는 고개를 돌리며, "들으셨죠? 잠깐 기다리세요." 하고 말했다.

하야시는 지금 당장 문을 부숴 버리고 들어가고 싶은 얼굴이었다. 하지만 아직 영장을 받지 않았기 때문에 참고 기다리는 수밖에 없었다. 2,3분이 지났다. 하야시는 더 이상 참을 수 없다는 표정을 지으며 말했다.

"빨리 만나고 싶은데! 그렇게 말해 주시오!"

"그런 무례한 행동은 허락되지 않습니다! 허가 없이 여기에……."

그때였다. 홈스가 갑자기 귀를 쫑긋 세우고, "야옹!" 하고 큰 소리로 울며, 앞으로 달려가 앞다리로 학장실 문을 박박 긁어댔다. 하야시가 깜짝 놀라며 말했다.

"뭔가 들리는 모양인데! 이봐, 가타야마, 들어가 봐!"

"예."

"안 돼요! 허가 없인……."

비서가 말렸다.
"방해하면 공무 집행 방해죄로 체포할 거요!"
가타야마가 윽박지르자 비서가 하는 수 없다는 듯이 물러섰다.
"문이 잠겼어!"
"설마!"
비서가 깜짝 놀라 소리쳤다.
"열쇠를 가지고 있소?"
"아닙니다. 안쪽에서 문을 잠근 건 여태껏 한번도······."
"지금은 잠겨 있단 말이야."
하야시는 문을 쾅쾅 두드렸다.
"이봐요! 문 여시오! 부수고 들어가겠소!"
안에서는 아무런 대답도 없었다. 하야시는 가타야마와 얼굴을 마주 보았다.
"어떻게 하려는 걸까요!"
"도망간다고 해도 여긴 4층이야."
가타야마는 선뜻 집히는 데가 있었다.
"설마, 비상용 밧줄 같은 걸로······?"
"뭐라고?"
"모리사키 교수의 방 구석에 그런 물건이 든 상자가 놓여 있었던 기억이 납니다. 그러면 당연히 여기에도 그런······."
"그런 게 있소?"
하야시가 비서에게 물었다.
"예, 있습니다. 그래도 학장님이 그런 물건을······?"
"밖에 나가 보자."
하야시가 가타야마를 재촉했다. 비서가 조금 당황한 빛을 띠며 물었다.
"저······ 학장님이 무슨 일을 저지르셨나요?"
"그래, 상당히 큰일을 저질렀어."

하야시가 말했다.

"살인을 했어!"

어찌된 영문인지 오늘은 계속 이렇게 뛰어다니기만 하는지……. 가타야마는 1층까지 계단을 뛰어내려가면서 생각했다. 1년치 운동을 하루에 왕창 해버리는 모양이구나. 그렇지. 그리고 오늘 밤엔. 괜찮을까? 이렇게 지쳐 가지고 유키코의 상대가 되지 못하면? 가타야마는 아무래도 자신이 없었다. 피곤해서 침대로 들어가는 순간 곯아떨어져 버릴지도 모르기 때문이다.

그래, 지금은 그런 일을 생각지 말자. 계단을 헛디디면 크게 다칠지도 몰라. 무릎이 상당히 욱신거리는 바람에 간신히 1층으로 내려왔다. 가타야마는 현관을 나와 건물의 바깥쪽을 빙 둘러보았다.

"보인다!"

밧줄이 학장실 창에 늘어져 있었다. 숨을 헐떡거리면서 바라보다가 하야시와 가타야마는 엉겁결에 웃어 버리고 말았다.

밧줄 사다리 중간쯤에 아베 학장이 한 발 한 발씩, 정말이지 슬로모션 영화처럼 느릿느릿 내려오고 있었다. 본인으로서는 그래도 필사적으로 빨리 내려갈 작정이었으리라.

"이렇게 급하게 계단을 뛰어내려오지 않아도 괜찮았는데."

"정말이야. 엘리베이터로 내려와도 될 걸 그랬어."

"그런데 왜 경찰이라는 말을 듣고 도망갔을까요?"

"도미다가 체포되고, 이마이가 죽은 걸 누군가에게서 들었겠지. 그래서 당황해서 증거가 될만한 서류는 처분해 버렸는지도 몰라."

"예, 그래요."

아베 학장은 발 밑을 보는 데만 신경을 쓰고, 밑에서 기다리는 가타야마와 하야시에게는 전혀 신경을 쓰지 않았다.

"빨리빨리 내려와."

"기다리다가 지치겠어요."

무엇을 생각했는지 홈스가 종종걸음으로 뛰어나가서 밧줄 사다리에 붕 뛰어올라 발톱으로 오르기 시작했다.
"이봐, 저 고양이 쓸 만한 녀석이야."
하야시가 눈을 크게 뜨며 말했다.
"아베가 내려오는 것보다 훨씬 빨리 올라가는데."
아베 학장은 겨우 땅에서 2m 정도 되는 데까지 내려왔다. 거기까지 올라간 홈스가 한쪽 앞다리 발톱으로, 겨우 내려온 아베 학장의 발을 확 할퀴어 버렸다.
"아악!"
아베 학장은 비명을 지르며 양손으로 발을 부둥켜안으려고 했다. 결과는 뻔했다. 학장은 '붕' 하고 땅에 떨어져, 짧은 신음 소리를 내며 쓰러져 버렸다.
"정말이지 저 고양이를 부하로 삼고 싶은데."
하야시는 웃으면서 말했다.
"얼른 학장의 눈을 뜨게 해야지. 어서 가자고, 빨리 메고 가야지. 그렇지 않으면 견디지 못할 거야."

4

"말을 꺼낸 건 학장입니다."
도미다가 내뱉듯이 말했다.
"전(前) 학장이라고 해야 하나."
그는 비꼬는 듯한 웃음을 지었다.
"그렇겠군."
메모지를 쥐고 있던 하야시는 얼굴을 들며 말했다.
"아베 학장은 모두 당신의 계획이라고 하던데?"
"그 자식! 빌어먹을!"
도미다는 얼굴을 붉혔다. 아베가 그렇게 말했다는 것은 물론 거짓말이었다. 학장은 아직 다른 방에서 뻗어 있었다. 하야시는 일부러 그렇게 말을 해서 도미다를 화나게 만든 것이다.

"그럼, 학장이 무슨 얘기를 했다는 거야?"

"지난 주 금요일 밤이었습니다. 학장이 나를 자기 집으로 부르더군요. 나는 또 무슨 일인가 생각을 했죠. 나도 학장 같은 녀석은 상당히 싫어해서, 개인적으로 상대한 경우는 거의 없었거든요. 아무튼 거기에 가 보니 어쩐지 분위기가 이상하더군요. 비싼 위스키를 따라주기도 하고, 보수는 충분한지, 어려우면 조금 더 올려줄 수도 있다는 둥 아무튼 그런 말을 장황하게 늘어놓는 거였습니다. 무슨 꿍꿍이속이 있다는 건 삼척동자도 다 알 만하더군요. 그래서 도대체 무슨 일이냐고 물어 보았지요. 그랬더니, '자네는 형님을 미워하고 있지?' 하고 말을 꺼내는 것이었습니다. 내가 형하고 사이가 좋지 않다는 것을 알고 있었고, 그 밖에도 형이 죽으면 내가 형의 재산을 전부 상속하게 되어 있다는 것도 조사해 두었던 모양입니다. 그래요. 그 녀석은 이사장도 겸하고 있었으니 당연히 알 수 있었겠죠. 그래서 나는 형이 밉기는 밉지만 당신에게 무슨 관계가 있느냐고 반문했습니다. 그랬더니 학장은 갑자기 이번 새 교사 건축을 둘러싼 부정 얘기를 꺼내더군요. A건설에서 뇌물을 받아 다른 이사에게 손을 썼으며, 건설 허가를 받기 위해 A건설이 도청이나 시의 공무원에게도 손을 썼다고 말입니다. 또 자신이 그 돈을 잘 아는 유력자에게 건네 주었고 그 대가로 상당한 액수를 받았다고 얘기했습니다. 그런 얘기를 나에게 거침없이 털어놓는 걸 보고 나는 어안이벙벙했지요. 학장은 말을 다 끝내고 나서, '자, 이제 나는 자네에게 모든 걸 얘기해 줬으니까 꼭 좀 협력해 주게.' 하고 말했습니다. 그래서 무얼 도와주느냐고 물어 보았습니다. 그러자 학장은 이마에 송글송글 맺힌 땀방울을 닦으면서, '자네의 형을 죽이는 걸세' 하고 말하더군요. 나는 무척 당황해서 아무 소리도 못 하고 있는데, 그때 다른 손님이 오더군요. 처음 본 남자였는데, 그가 바로 이마이였습니다."

도미다는 한숨을 내쉬었다.

"이마이는 죽었다고 했지요? 자살입니까?"

하야시는 고개를 흔들었다.
"뭐라고 말할 수 없소."
"그래요? 하지만 이마이라면 언젠가는 경찰에 자수하러 갈 거라고 생각했었습니다. 그 녀석은 신경이 꽤나 예민해 있었지요. 상당히 정직한 사람이었던 모양인지, 학장에게 뇌물을 준 것만으로도 양심의 가책을 크게 느꼈던 것 같아요. 그 날 밤 살인하는데 도와 달라는 말을 들었을 때 얼굴이 새파랗게 질려 가지고, 졸도하는 게 아닌가 생각될 정도였거든요. 학장은, '걱정할 것 없어. 아무도 자네에게 사람을 죽였다고 하지는 않을 테니까. 잠시 경찰에게 적당한 말만 하면 되니까. 죽이는 건 나와 이 도미다 선생이야.' 하고 말하더군요. 나는 깜짝 놀라 항의하려 했습니다만, 학장은 아랑곳하지 않고 이마이를 설득했지요. 그런데 어떻게 해서 그렇게 되었는지는 몰라도 우물쭈물하다 보니까 나도 거기에 끼게 되어버렸지요. 그리고 최초의 충격이 지나가 버리자, 그렇게 나쁜 얘기도 아니다라는 생각이 들더군요. 상당히 끔찍한 동생이라고 생각하시겠죠? 그러나 사실 나 스스로도 깜짝 놀랐던 겁니다. 형을 살해한다는 생각을 두말 없이 그대로 받아였던 자신을 말입니다, 아아, 그래, 이렇게도 형을 미워하고 있었단 말인가 하고 곰곰이 생각했지요. 이마이는 조금도 끼여들려고 하지 않았습니다. 상당히 겁을 집어먹고서 도저히 그럴 순 없다고 반대하더군요. 그러자 마지막에 가서 학장이, '그렇다면, 뇌물을 준 죄로 감옥에 가도 좋은가!' 하고 협박하자 그제서야 승낙을 한 것입니다. 그래서 나는 처음으로 형이 부정 사건에 대한 조사를 진행하고 있었다는 사실과 당시 우리 학교 학생이 살해된 사건으로 형이 경찰에 형사를 파견해 달라고 했다는 이야기를 들었던 겁니다. 그 때 당신이 왔었다지요?"

도미다는 가타야마에게 고개를 돌리고서 말했다. 가타야마는 아무 말 없이 고개를 끄덕였다.

"학장은 형이 형사를 부른 것이, 표면상으로는 매춘에 대한 수사이지만, 그것은 말 그대로 표면상일 뿐, 사실은 학장의 부정 사건과 탈세에 대한 조사를 하기 위한 것이라고 생각했던 겁니다. 그래서 형을 그냥 둬서는 안 되겠다는 생각을 한 끝에 살인 계획을……, 그래요. 어쨌든 이마이를 억지로 끌어들여 살인 계획을 세웠던 겁니다."

"그럼 아이디어를 제공한 사람은 누구요?"

"납니다. 학장의 생각은 단순해서……. 그 사람 머리로는 그것도 당연합니다만, 단지 형을 한밤중에 어딘가 인기척이 없는 곳으로 불러내어서 나와 둘이 죽이고, 이마이에게 그 시간의 알라바이를 진술케 하는 단순한 생각이었습니다. 그러나 나는 그건 너무 단순해서 금방 들통이 나 버린다고 했지요. 갑자기 나는 내가 콧수염을 떼어버리면 형하고 너무도 많이 닮았다는 사실을 기억해냈습니다. 실제로 젊었을 때는 잘 분간을 못했을 정도였으니까요. ―그래서 콧수염을 기른 것입니다만― 이 대학 사람들은 수염이 있는 나밖에 모르기 때문에 내가 수염을 떼어내고 어둑어둑한 곳에 쓰러져 있으면 완전히 형이라고 생각할 게 틀림없다고 생각했습니다."

"그런데 왜 그런 엄청난 계획을 세웠소?"

도미다는 잠시 눈을 내리깔고 씁쓰레하게 웃었다.

"형에 대한 보복입니다. 형의 두뇌에 대한 보복이라고나 할까요. 형은 항상 우수해서, 나는 늘 열등감에 고민해 왔어요. 그 고양이만해도 그렇습니다. 홈스란 이름을 붙여 머리 좋은 고양이라고 자랑하며 다닐 정도였습니다. 그 형을 아무런 특별한 데가 없이 평범한 치정 범죄처럼 단순한 방법으로 죽인다면, 나는 또 형에게 지는 것이 된다……. 알겠습니까?"

가타야마는 표현할 수는 없었지만, 알 것 같은 기분이 들었다.

"그래서 나는 밀실을 만들고자 생각을 했죠. 글쎄요, 그렇게 새로운 방법은 아니겠지만, 2인 1역이지요. 그래서 우선 형에게 '부정 사건으로 꼭 둘이서 얘기하고 싶다'라는 편지를 학장이 쓴 것처럼 보내어 형을 학장 집으로 불러 놓고 죽이기로 했습니다. 학장의 가족들은 마침 여행 중이었고 파출부도 밤에는 없었기 때문에 좋은 기회였죠. 그리고 나서 나와 학장 둘이서 형의 시체를 밤중에 대학으로 옮겨 공사 현장 안에 몰래 숨겨 놓는 겁니다. 그리고 아침 6시가 되면 형의 옷을 벗겨 내가 갈아입고, 그 임시 식당 안으로 들어가 안쪽에서 빗장을 거는 겁니다. 그리고는 식당 구석의 어두운 장소에 쓰러져서 죽은 시늉을 하고 있으면, 이마이가 경비원을 데리고 와 현장을 확인하게 하도록 각본을 짰지요. 이시카키가 얼굴을 보고 형이라고 믿게끔 말이죠. 그 뒤, 이시카키가 경찰을 부르러 가는 동안에 나는 형의 시체에 옷을 입히고서 숨어 버리면 됩니다. 바로 그렇게 계획을 세웠었지요."

"혼자서 학장의 집으로 간 것이 그로서는 부주의한 행동이었군."

"글쎄요. 형은 학장을 멍청하다고 생각했던 것이 아닐까요? 사실, 학장은 겁쟁이여서 자기 혼자서는 살인 같은 걸 할 수 없는 사람이에요."

도미다는 말을 끊으면서 코밑에 난 상처에 슬쩍 손을 대보고는 얼굴을 찡그렸다. 홈스가 콧수염을 잡아 뗄 때 난 상처였다.

"음, 그렇겠군."

하야시가 말했다.

"그러나 아직도 의문이 풀리지 않는 것이 있소. 예를 들면……."

"형사님."

도미다가 말 중간에 끼여들었다.

"그 전에 또 한 가지 말하고 싶은 게 있습니다."

"뭐요?"

"당신은 한 가지를 착각하고 있어요."

"무슨 얘기요?"

"확실히 우리들은 형을 죽일 계획을 세웠습니다. 그러나 실행은 하지 않았습니다."

"뭐라고?"

하야시와 가타야마는 눈을 휘둥그렇게 떴다. 도미다는 재미있다는 듯이 웃으며 말했다.

"알겠습니까? 실제로 학장은 형에게 편지를 보냈고, 나도 학장의 집에서 형이 오기를 기다리고 있었습니다. 그런데 형은 오지 않았습니다."

하야시는 어안이벙벙해진 채 물었다.

"그런 말도 안 되는 말을 해서 빠져나가려는 건 또 처음 겪어 보는데……."

"아니, 정말입니다."

도미다는 울화가 치미는 듯이 말했다.

"그래서 이마이에게 계획은 깨어졌다고 연락하려고 했습니다만, 그가 도대체 어디에 있는지 알 수가 없어서 결국에는 연락을 못 했습니다……."

"그럼, 이마이가 다음 날 아침 그곳에 가 보았을 때 어째서 당신은 그 안에 쓰러져 있었소?"

"아니, 그건 내가 아니었습니다. 정말로 형이 죽어 있었던 겁니다."

"그럼?"

"누군가가 우리들보다 먼저 형을 살해했던 겁니다."

"누가?"

"그건 모릅니다."

하야시는 크게 웃어버렸다. 그러다가 웃음을 뚝 그쳤다.

"이봐! 우리들을 깔보는 것도 어지간히 하시지!"

조금이라도 기분이 나쁘면 큰소리를 내는 하야시가 서슬이 퍼런 목소리로 야단을 쳤다. 도미다는 하얗게 질려 버렸다.

"누가 그런 얘기를 믿어 줄 것 같아? 계획은 했지만 실행에 옮기지 않았다? 그런데도 다른 누군가가 같은 날, 같은 장소에서, 같은 사람을 죽였단 말이야?"

"그래도 그게 사실인데……."

도미다가 약하게나마 항의를 했다.

"그러면 도대체 왜 당신은 죽을 힘을 다해 달아났지? 이마이가 노이로제에 걸려 버린 건 왜 그래? 말해 봐!"

"날 믿지 않을 거라고 생각했기 때문이죠. 사실 믿지 않잖습니까?"

"당연하지."

"우리들도 상당히 놀랐습니다. 이마이는 특히 더 그랬죠. 아무것도 모르고 그 임시 식당 안에 들어가 내가 죽은 시늉을 하고 있다고 생각하고 있었는데, 진짜 시체였으니까요. 그래서 크게 충격을 받아 버렸던 겁니다."

"그걸 말이라고 하시오?"

하야시는 상당히 차가운 표정이었다.

"정말입니다……."

도미다는 계속 되풀이했지만 목소리가 점점 작아져 거의 들리지 않을 정도였다.

"좋아, 아베에게서 천천히 얘기를 듣지. 그러나 크게 기대하진 마시오. 만일 아베가 똑같은 얘기를 한다고 해도 당신들이 말을 맞출 시간은 많았으니까."

"그건 알고 있습니다."

도미다는 "역시 믿어 주지 않는군." 하며 중얼거리면서 다른 형사에게 연행되어 갔다.

"그런데 학장은 정신이 좀 들었는가?"

"아직도 정신을 차리지 못했다면, 홈스가 잠깐 발톱을 세워서 일으켜 주지 그래. 자, 홈스!"

"야옹." 하고 홈스가 대답했다.

아베는 뒤뚱거리는 걸음걸이로 허리를 어루만지며 응접실로 들어왔다.

"아이쿠, 이제 정신을 차리셨군요?"

하야시가 고개를 들자, 아베 학장은 "이, 이건 너무해! 폭력을 휘두른다는 건 말도 안 돼! 고소할 거요!" 하고 변함 없이 불그스름한 얼굴로 말했다.

"그렇게 소리 지르지 말고 앉으시오."

"뭐라고!"

아베는 하야시가 정중한 말투로 대하지 않았기 때문에 따르지 않으려고 했지만, 허리도 다리도 모두 쑤시고 또 그 이상 화를 낼 기운도 없는지 어쩔 수 없다는 듯 털썩 소파에 앉았다.

"아이고! 아, 아파! 이봐, 의사를 불러, 의사!"

그렇게 호소한다고 해서 들어 줄 하야시가 아니었다. 하야시는 아베의 호소를 무시해 버리고 본론으로 들어갔다.

"그럼, 지금부터 몇 가지 물어 보겠소. 대충은 도미다에게 들었지만 일단 당신 입으로도 직접 들어 보고 싶소."

"도미다가 뭐라고 했소?"

아베는 조금 불안한 듯 물었다. 하야시는 시치미를 뚝 떼고 말했다.

"살인 계획과 실행은 모두 당신이 중심이었고, 도미다는 부분적으로 도왔을 뿐이라고 했소."

"그런 거짓말이 어디 있어!"

아베는 소리를 지르며 벌떡 일어섰지만, 다시 손으로 허리를 누르며, "아, 아아…… 아……." 하고 털썩 주저앉아 버렸다.

"아니란 말이오?"

"그렇소. 나는 모리사키를 죽이지 않았소."

"그러나 죽이려고 생각했잖소."

아베는 씁쓰레한 표정을 지으며 고개를 끄덕였다.

"그렇지. 그러나 계획을 세운 것은 도미다였소. 그 녀석은 모리사키의 동생이오."

"알고 있소."

"도미다는 모리사키를 무척이나 미워했고, 또 형의 재산도 탐내고 있었소. 그래서 나에게 살인 계획을 세우러 왔던 거요."

"왜 거절하지 않았소?"

"그건……."

아베는 말문을 닫아 버렸다. 하야시가 대신 말을 이었다.

"A건설에서 뇌물을 받은 걸 도미다가 알고 있어서?"
"그래요."
아베는 힘없이 고개를 끄덕였다. 살인을 주도했다는 사실보다, 뇌물을 받은 것과 탈세를 인정하는 쪽이 더 유리하다고 생각한 것이리라.
"게다가 모리사키가 그 사건을 조사하고 있었고." 하고 말하며 아베는 힐끔 가타야마를 쳐다보았다.
"한 가지 좋은 걸 가르쳐 드릴까?"
가타야마가 말했다.
"모리사키 선생이 나를 부른 것은 매춘 행위에 대해서 조사하기 위한 것이었죠. 그는 내게 부정 사건 같은 건 언급도 하지 않았습니다."
"설마…… 그게 정말이오?"
아베는 크게 한숨을 내쉬었다.
"그래서? 어떻게 계획을 짰소?"
하야시가 재촉을 하자 아베는 떨떠름한 표정을 지으며 말하기 시작했다. 그 내용은 도미다의 이야기와 거의 다를 바 없었다. 하야시는 몇 번이나 으름장을 놓으며 다그쳐 보았지만, 아베는 불그스름한 얼굴로 필사적으로 아무것도 모른다고 말했다.
"좋아, 연행해."
하야시가 체념한 듯 말했다.
"나는 병자야! 의사에게 진찰받게 해주시오!"
아베의 말에 하야시가 젊은 형사를 향해 말했다.
"이봐, 가다가 가축병원 간판이 보이면 그 사람을 진찰해 줘."
"알았습니다."
젊은 형사는 싱글싱글 웃으며 고개를 끄덕였다. 얼굴이 새파랗게 질린 채 아베가 연행되어 가자, 가타야마는 하야시에게 물었다.
"하야시 선배님, 어떻게 생각하세요?"
"응, 뭘?"
"그 두 사람 얘기 말입니다. 실제로는 죽이지 않았다고 하는데……."

"빌어먹을!"

하야시는 화를 냈다.

"난처해지니까 그렇게 말을 해서 피하려는 거겠지."

"그럴까요?"

"아베의 집을 철저하게 수색해 봐. 모리사키를 죽인 증거가 반드시 나올 거야."

"알겠습니다."

가타야마는 생각해보았다. 도미다와 아베 학장이 범행을 저질렀다고 해도 설명할 수 없는 것이 있다. 그 의자와 식탁이다. 거기에서 의자와 책상을 운반해낸 건 도대체 무슨 이유에서일까? 누가 죽인 것일까? 그러나 모리사키를 살해할 만한 사람들은 아베 학장 일행밖엔 없다. 그래야만이 밀실의 수수께끼가 풀리는 것이다.

가타야마는 홈스를 바라보았다. 무얼 생각하고 있는지 홈스는 몸을 움츠리고 앉아 있었다.

"예, 지금 돌아가겠습니다."

하야시는 미타무라에게 전화로 보고하고 나서 가타야마에게 말했다.

"이봐, 갈까?"

"예, 미타무라 경시님은 연속 살인 사건이 해결되면 좀 쉬시겠다고 하더군요."

"휴가를? 그렇게 말했었나? 경시님이?"

"예."

"음……. 나이가 들었어, 그분도."

가타야마는 짐짓 아무런 표정도 짓지 않고서 말했다.

"하야시 선배님도 요즘 상당히 피곤한 것 같아요."

"내가? 그렇게 보이나?"

하야시는 시치미를 떼는 듯한 목소리로 말했다.

"조금 쉬는 것이 좋지 않겠습니까?"

"이렇게 바쁜데 도저히 무리야. 그렇지 않은가?"

"하긴 그렇죠."
거의 4시가 다 되어 가고 있었다. 푸른 하늘에 엷은 베일이 씌워져 있었다. 황혼이 가까워지고 있는 것이다.

5

"이상한 녀석이야, 넌."
가타야마는 그 날 밤 아파트에서 홈스를 바라보면서 말했다.
"모리사키 교수도 아니면서, 넌 도대체 무얼 생각하고 있는 거야? 그 사진에 상처를 낸 것도 정말 우연이었나? 도저히 그렇게는 생각할 수가 없어. 마치 모든 걸 다 알고 있는 것 같아."
홈스는 가타야마의 얘기를 듣고 있는 것인지, 그렇지 않은 건지 그냥 방 구석에 동그랗게 앉아 있었다.
"그런데 말이야, 그 사람들 얘기, 어떻게 생각해? 얼토당토않은 말을 늘어놓으면서 혐의를 벗어나려고 하는데, 그게 너무 어이없어서 오히려 진짜인 것 같은 기분이 들거든……."
가타야마는 한숨을 내쉬었다.
"그래, 모두 다 괘씸한 사람들이야. 아베 학장도 도미다도……. 적어도 모리사키 교수를 살해할 계획을 세운 것만으로도 그래. 그러니까 그 두 사람도 대가를 받아야 해. 도미다라는 사람은 아마도 두 번 다시 교직에 몸담을 수 없을 거야. 너도 만족해?"
가타야마가 손을 뻗어서 홈스의 머리를 쓰다듬으려고 하자, 홈스는 코를 벌름벌름거리며 다른 쪽으로 고개를 돌려 버렸다.
"아, 냄새가 나? 화장품 냄새?"
가타야마는 겸연쩍게 얼굴을 붉혔다.
하루미가 목욕탕에서 나오는 소리가 들렸다.
"아, 목욕 한번 잘했네."
목욕 수건을 보기 좋게 몸에 둘둘 감고, 얼굴은 벌겋게 된 채 방으로 들어온 하루미는 오빠가 또 양복을 입고 있는 걸 보고 깜짝 놀라 물었다.
"어머나? 또 사건?"
"응, 응……. 잠깐, 그냥……."
"꼭 해결해야 되는 거야? 그럼, 오늘 밤은 안 들어오는 거야?"
"아마."
"그래? 좋아, 그럼 홈스가 좋은 친구가 되어 주겠군."
그렇게 말하고 나서 하루미는 살짝 눈썹을 치켜세웠다.
"화장실 문이 열린 거 아니야?"
"왜?"
"방향제 냄새가 나잖아."
가타야마는, "향수야." 하고 말했다. 하루미는 잠시 멍하니 오빠의 얼굴을 바라보다가 금방 환하게 미소지었다.
"그래! 그렇구나!"
"그래."
가타야마는 이번에는 걱정스러운 듯이 누이동생의 얼굴을 살펴보았다.
"저…… 나도 모르게 그렇게 되어 버렸어. 화났어?"
"아니, 왜 화를 내? 멋진걸! 그러면 어디, 모텔에라도 가는 거야?"
"아니, 그녀의 기숙사 방이야."
"그럼, 기숙사로 숨어 들어가는 거잖아?"
"그렇지……."
"가택 침입죄로 체포한다! 그런데 오빠가 사람을 죽이지는 않겠지만, 그 모습으로는 좀……."
하루미는 나무라는 눈초리로 양복에 넥타이를 맨 가타야마를 쓱 훑어보았다.
"어디가 이상해?"
"범인을 체포하러 가는 게 아니잖아. 좀 멋지게 꾸미지 그래?"

제3장 형사와 애인 **203**

"그래도 언제나 이렇게 했잖아."
"내가 사다 준 색깔 있는 셔츠는?"
"그 화려한 오렌지 색?"
"그래, 그게 좋아. 잠깐 기다려. 내가 골라줄 테니까."
하루미는 재빨리 옷을 갈아입고, 양복이 있는 장롱에서 차례로 셔츠, 바지, 트위드 윗도리, 머플러, 양말 등을 꺼냈다.
"자, 이걸로 바꿔 입어."
"전부?"
"그래, 팬티는 고무줄이 끊어지지 않은 걸로 잘 입었어?"
"물론이지!"
팬티까지 갈아입으라고 하면 곤란할 것 같아서 가타야마는 당황한 빛을 띠며 대답했다.
오렌지 색 셔츠로 갈아입고, 목 언저리에는 검붉은색 비단 머플러를 매자, 그야말로 눈 깜짝할 사이에 플레이보이가 탄생했다.
"좀 이상한 것 같은데."
거울을 보고 가타야마가 자신없다는 듯 말했다.
"아냐! 보기 좋은데!"
가타야마에게는 아무리 봐도 그렇게 생각되지 않았다. 그러나 시계를 보니 벌써 나갈 시간이었다.
"그럼, 갔다 올게."
"잘해 봐."
누이동생에게 격려를 받자 왠지 이상한 기분이 들었다.
"혼자인데 괜찮겠어?"
가타야마가 문을 나서며 말했다.
"괜찮아."
"친구 집에 갈래?"
"너무 늦었어."
"그래."

가타야마는 다시 한번 괜찮은지 물었다.
"오빠, 그녀와 결혼할 생각이야?"
"글쎄."
가타야마는 웃는 얼굴로 머리를 흔들었다.
"나는 그러고 싶어도, 그쪽에서 그럴 마음은 없다고 거절해 버릴 걸."
"그럼, 결혼할 마음이 들도록 확실히 해 놓고 와."
"고마워."
가타야마는 아파트를 나섰다. 하늘에는 흔하지 않게 맑은 별빛이 흐르고 있었다.

11시 조금 못 되어 뒷문에 도착하자, 유키코는 벌써 낮은 담 안쪽에서 기다리고 있었다.
"어서 오세요. 명탐정님."
유키코는 가타야마의 스타일을 둘러보며 말했다.
"이야, 상당히 멋진데요."
"누이동생이 인형처럼 옷을 갈아입혀 놨어."
"그래요?"
유키코가 웃었다.
"어쨌든 들어오세요."
가타야마는 낮은 담에 올라가 안으로 뛰어내렸다. 기분 탓인지 몸이 가볍게 느껴졌다.
유키코는 데님(굵은 무명실로 짠 튼튼한 면직물)으로 된 긴치마에, 성근 그물코로 짜여진 푸른 스웨터를 입고 있었다. 너무 커서 남에게 빌려 입은 게 아닌가 생각될 정도였지만, 그래도 조금도 어색하지 않았다. 그것이 바로 젊음의 센스라고 생각되었다.
방으로 들어가자마자 유키코가 물었다.
"뭘 마실래요? 칵테일? 커피?"

"아무거나 좋아."
"커피가 좋을 것 같네요. 술을 마시고 취해 버리면 곤란하니까."
유키코는 미소를 지었다.
"사건은 전부 해결됐어요?"
커피를 마시면서 유키코가 물었다.
"그렇다고 생각은 하는데……."
"뭔가 이상한 게 있어요?"
"몇 가지 아직 확실치 않은 것이 있어서."
가타야마는 도미다와 아베의 공범 사실을 말해 주었다.
"다만, 식탁과 의자가 없어진 것이 어떻게 된 건지 모르겠어."
"아무런 관계가 없을지도 모르잖아요. 누군가의 단순한 장난일지도……."
"그렇다면 문제될 건 없지만."
"그렇게 너무 신경쓰지 마요."
유키코는 가타야마의 얼굴을 손끝으로 부드럽게 어루만졌다.
"그리고 또 하나 있어."
가타야마는 가슴의 고동이 갑자기 빨라지는 것을 느끼면서 말했다.
"뭔데요?"
"매춘 그룹 말이야."
"아!"
"그게 정말로 존재하고 있을까? 내가 모리사키 교수에게서 부탁받은 건, 그걸 조사하는 것이었어. 그렇지만 어느 사이엔가 살인사건에 휘말려서……."
"그 수사도 계속할 거예요?"
"그럴 작정이야."
"그래야 명탐정이죠."
유키코는 한숨을 들이켰다.
"그래도 오늘 밤은 자고 가요."

"물론이지."

유키코는 컵과 설탕 병이 놓여 있는 쟁반을 저쪽으로 밀고 가타야마 쪽으로 가까이 다가왔다.

"키스해 줘요."

유키코가 눈을 감고 말했다. 가타야마는 쭈뼛거리며 입술을 포개었다. 그 순간 감전이라도 일어날 것 같은 기분이 들었지만, 그런 일은 없었다. 오히려 상쾌한 자극을 주며 가벼운 전류가 흘렀다.

"아, 그렇지!"

유키코가 몸을 떼면서 말했다.

"뭔데?"

"당신에게 얘기해 주려고 한 것이 있어요. 깜박 잊어버릴 뻔했네."

"무슨 얘기? 설마 또 살인사건이 터진 건 아니겠지?"

"그런 건 아니지만……."

유키코는 잠깐 말을 하려다가 머뭇거렸다.

"폭탄 얘기예요."

가타야마는 귀를 의심했다.

"아니, 아키요시 교수가? 정말이야?"

유키코의 말을 듣고 가타야마가 머리를 내저으며 말했다.

"정말, 엉뚱한 일을 했군."

"교수님도 무척 떨었어요. 만일 누군가가 그걸 주워들고 열기라도 하면……."

"없어진 게 확실해?"

"나도 같이 찾아봤지만 찾을 수가 없었어요."

"도난당한 건지도 모르잖아."

"맞아요. 교수님은 아니라고 얘기했지만……. 그래도 혹시 모르죠. 그런 건 생각도 안 해보았지만……."

"아키요시 교수는 그 담뱃갑 얘기를 다른 사람에게 꺼내지는 않았겠지?"

"네, 그렇게 말하던데요……."

"끔찍한데. 술에 취해 있을 때라도 잠시 그 얘기가 튀어나올 수도 있잖아."

"그건, 그래요."

유키코는 잠시 사이를 두고 말했다.

"어떻게 하죠?"

"우선 어떤 담뱃갑인지 들어 보고 나서 학교에 있는 사람들에게 알려야지."

"그래요. 만일 누가 주워 갖는다면 큰일이야."

"그래, 빨리 아키요시 교수에게 가봐야겠어."

"지금?"

일어서다 말고 가타야마는 생각을 고쳐먹고 도로 앉았다.

"내일 할까?"

"그래도……. 만일 오늘 밤 누가 그걸 주워서……."

"설마."

가타야마는 웃었다.

두 사람은 깊은 침묵 속에 빠져들었다.

"갈까?"

"그래요."

아키요시는 밤중에 자다가 일어나 당황한 듯했지만, 가타야마의 옷을 보고 정신을 차린 것 같았다.

가타야마는 아키요시에게 문제의 담뱃갑을 그려달라고 했다. 보통 것과 같은 극히 평범한 물건이었다.

"어쩌면 좋겠소?"

"벽보를 만들어서 교내 여기저기에 붙이세요. 희생자가 나오기 전에……."

"예, 그렇게 하지요. 내일 속히."

"지금!"

"지금?"

"내일 아침부터 모든 사람들이 볼 수 있도록 하는 겁니다."

"이 밤중에 쓴단 말입니까?"

"지금 누군가가 그걸 주울지도 모르잖아요! 그리고 만일 그 사람이 죽으면 당신은 살인범입니다."

"알았어요!"

아키요시는 조금 떨며 대답했다.

가타야마와 유키코도 함께 거들었다. 벽보 열 장을 간신히 만들었을 때는 벌써 2시 가까운 시각이었다. 빨간 매직으로 '주의!' 하고 위에 커다랗게 쓰고, 그 밑에 담뱃갑 그림을 그려 넣고서, 또 '이 담뱃갑을 발견하는 사람은 결코 손대지 말고, 즉시 경비원에게 연락해 주십시오. 폭발 위험이 있습니다.'라고 썼다. '폭발'은 붉은 글자로 진하게 썼다.

"겨우 열 장을 만들었군."

"아, 이건 안 되겠는데!"

"왜?"

"'폭발'을 붉은 글자로 쓰는 걸 잊었어."

"괜찮아. 한 장 정도는."

"그래도…… 만일 그것 때문에 모르고 담뱃갑을 열면……."

"다시 만들자."

15분 걸렸다.

"그럼, 아키요시 교수님. 이걸 지금부터 교내에 눈에 띌 만한 곳에 붙이고 오세요."

"그럽시다."

"그리고 내일…… 아니, 오늘 오후에라도 경시청으로 와 주세요."

"알겠습니다."

"그럼, 편히 쉬십시오."

붙이는 것까지 도와줄 수는 없었다. 두 사람은 기숙사로 돌아왔다.

"2시 반이야."

"엉뚱한 해프닝이었군."

가타야마는 침대에 몸을 던졌다.

"피곤하죠?"

"응……."

"자요?"

가타야마는 크게 한숨을 내쉬었다. 이런 데서 힘내는 것이 남자다! 벽보 만드는 정도로 쓰러져서야 남자라고 할 수 있을까? 가타야마는 자신을 격려하면서 일어났다.

"누워 있긴 했지만 자지는 않았어."

"괜찮겠어요? 무리하지 말아요."

"유키코를 위해서하면 어떤 무리라도 할 수 있어."

가타야마는 유키코의 허리를 껴안으며 자기 쪽으로 끌어당겼다. 두 사람은 오랫동안 키스를 주고받으며 침대로 쓰러졌다.

"유키코는 멋져."

다른 말은 없을까 하고 계속 생각했지만 결국 가타야마는 평범한 말을 내뱉었다.

"고마워요. 끝난 뒤에도 그렇게 말해줘요."

유키코는 미소를 지으면서 속삭였다.

가타야마는 유키코의 위로 몸을 겹쳤다. 그때 똑똑 문을 두드리는 소리가 들렸다. 그리고 뒤이어, "요시즈카 양, 요시즈카 양, 나야, 아키요시!" 하는 아키요시 교수의 늙수그레한 목소리가 들려왔다.

"그냥 자는 체해."

가타야마가 조용히 말했다.

"알았어요, 그런데…… 만일……."

"담뱃갑으로 누군가가 죽었다면? 에이 빌어먹을!"

가타야마는 침대에서 뛰어내려 재빨리 문을 열었다.

"아! 여기에 계셨습니까?"

아키요시는 가타야마를 보고, 눈을 휘둥그렇게 떴다. 손에는 벽보를 한 장 쥐고 있었다.

"무슨 일입니까?"

"아니, 이 기숙사에도 붙이고 싶은데, 어디가 좋을지 잘 몰라서……."

"교수님, 1층 엘리베이터 정면에 게시판이 있잖아요. 거기가 가장 눈에 잘 띌 거예요."

유키코가 나와서 얼굴을 내밀었다.

"휴강 게시는 거기에 붙이기 때문에 모두들 꼭 볼 거예요."

"아, 그래? 고마워. 아, 그럼 실례 많았어요……."

아키요시는 의미 있는 미소를 지어 보이며 돌아갔다.

"어이구."

가타야마는 문을 닫았다.

"이제는 방해할 만한 사람은 오지 않겠지?"

"이번에는 또 누가 오더라도 모른 체하고 그냥 누워 있죠 뭐."

"그래."

가타야마는 선 채로 유키코의 몸을 껴안았다. 입술을 포개면서 스웨터의 옷자락을 걷어올렸다. 유키코의 피부가 직접 손에 닿자 가슴이 울렁거렸다. 유키코는 가타야마게서 몸을 떼면서, 그대로 두세 발자국 뒤로 물러서서 천천히 스웨터를 벗었다. 속에는 아무것도 입고 있지 않았다. 젊음이 팽팽히 넘치는 유방을 눈앞에서 바라보며 가타야마는 눈부실 정도로 홍분이 되었다. 꿀꺽 침을 삼켰다.

"나머지는 벗겨 주세요."

유키코가 침대에 누우면서 말했다.

가타야마는 천천히 침대로 가까이 가서 떨리는 손으로 유키코의 가슴을 살짝 감싸안았다. 온몸의 피가 부글부글 끓어오르며, 눈에서는 붉은 불빛이 피어나는 듯했다.

유키코가 양팔을 뻗어 가타야마를 끌어 안자, 가타야마도 단숨에 끌려 들어가듯 유키코의 몸을 바싹 껴안았다. 피가 머리로 몰리는 것 같은 기분을 느끼며 가타야마는 정신이 아득해지는 것을 느꼈다.

그렇게 뛰어난 기술은 아니었지만, 그래도 유키코는 가타야마의 애무에 숨을 헐떡거렸다. 유키코가 가타야마를 잘 리드해 가고 있었던 것이다. 처음인데도 불구하고 두 사람의 리듬은 잘 맞았다. 유키코는 가타야마의 애무를 방해하지 않도록 세심하게 신경쓰면서 그의 옷을 하나하나 죄다 벗겼다.
"이제 하고 싶은 대로 하세요!"
유키코가 속삭이며 가타야마에게 모든 걸 맡기고 눈을 감았다. 이제 결정적인 순간인 것이다! 가타야마는 온 세계가 자신을 성원하고 있는 것 같은 기분에 들떠서 단숨에…….
유키코가 눈을 떴다.
"저게 뭐죠?"
"……뭐?"
돌격 태세로 준비하고 있었던 가타야마는 멍한 상태에서 물었다.
"왜 그래?"
"지금 소리가 났잖아요?"
"아무 말도 하지 않았는데."
"당신말고, 누가 비명을 지른 것 같아요."
"난 듣지 못했는데……."
가타야마는 조금 화난 기색이었다.
"그렇지만, 분명히……."
유키코의 표정은 진지했다.
"어디에서 들렸지?"
"모르겠어요. 복도 저쪽 편에서 난 것 같았는데……."
"어떤 소리?"
"글쎄…… 비명 소리였던 것 같……, 그러니까……."
"아악!"
문 밖에서 갑자기 비명이 들려 왔다.
"누가 저러지?"

"저거야! 저 소리!"
"정말 비명 같은데."
겉돌기만 하는 것처럼 멍해 있던 머리에 이윽고 엔진이 걸리는지 가타야마는 벌떡 일어났다.
"비명이야! 무슨 일이지?"
가타야마는 침대에서 뛰어내려서 문 쪽으로 달려갔다. 유키코는 당황해하며 황급히 말했다.
"그렇게 하고서 어딜 가요?"
"앗!"
가타야마는 소리를 지르며 옷을 더듬더듬 찾아 아무렇게나 걸쳐 입고 방을 뛰쳐나갔다. 유키코도 가까이 있던 잠옷을 걸쳐 입고 그 뒤를 따랐다.
복도로 나온 가타야마는 좌우를 이리저리 살펴보았다. 하지만 어디에서 비명이 들려왔는지 알 수가 없었다. 좌우를 두리번거리고 있으려니 갑자기 네 번째 앞의 방문이 열리고 젊은 여학생이 복도 쪽으로 구르듯이 나왔다. 여학생은 얼굴이 하얗게 질린 채 몸을 부들부들 떨었다. 그야말로 죽음으로 치닫고 있다는 느낌이었다.
"괜찮소? 어떻게 된 겁니까?"
가타야마가 물었지만 여학생은 입만 우물거릴 뿐 대답이 없었다. 그녀는 열려진 문 쪽을 가리켰다. 가타야마는 최악의 사태를 예감하면서 조심조심 열린 문 안을 들여다보았다. 그리고는 뜻밖의 상황에 깜짝 놀라 문 입구에 우뚝 섰다.
남자 한 사람이 문 입구의 카펫 위에 쓰러져 있었다. 배에는 칼이 꽂혀 있었고 거기에서 흘러나오는 피가 카펫에 부채꼴 모양으로 넓게 스며들고 있다. 남자의 손 가까이에는 권총이 떨어져 있었다. 그 장면 자체는 예상했던 대로였기 때문에 그다지 놀라지 않았지만, 쓰러져 있는 남자가 뜻밖의 인물이어서 가타야마는 멍청하게 서 있었다.
"……가타야마 ……자넨가?"

남자가 숨을 헐떡이며 겨우 들릴락말락한 소리로 말했다. 가타야마는 겨우 정신을 차리며 물었다.

"하야시 선배님! 도대체 이게?"

문 쪽에서 짤막하게 비명이 들려왔다. 잠옷 바람으로 쫓아온 유키코였다.

"형사님 아니세요? 당신과 같이 행동했던……?"

"그래. 구급차를 불러 줘. 빨리!"

"예, 대학 의사를 부를게요! 숙소에 있어요."

"부탁해!"

유키코가 달려나가자 가타야마는 하야시의 머리를 손으로 떠받쳐 주었다. 그리고 그 다음엔 어떻게 하면 좋을지 몰라서 쩔쩔맸다. 어설프게 움직이면 더 많은 출혈이 있을 것 같았다.

"……가타야마."

하야시는 심하게 콜록거리며 말을 꺼냈다.

"말하지 마세요, 하야시 선배님! 가만히 있어요."

"버……, 범인…… 봤어(見た)…… 봤어(見た)……."

"범인을? 뭐라고요?"

그렇지만 하야시의 귀에는 가타야마가 묻는 소리가 들리지 않았다. 하야시는 두세 번 격하게 헐떡거리며, "……봤어(見た)." 하고 중얼거리며 최후의 숨을 내쉬었다.

"하야시 선배님! 하야시 선배님! 선배님……!"

기운을 잃어버린 듯 가타야마는 하야시의 머리를 살며시 바닥에 내려놓았다. 죽어버린 것이다. 하야시 선배가……. 정말이지 실감이 나지 않았다.

"봤다고……?"

무엇을 본 것일까? 범인을……? 도대체 무슨 범인을? 그렇게 생각하다가 갑자기 여기가 여학교 기숙사라는 것이 생각났다. 하야시 선배가 여기엔 무엇 때문에 있었을까?

가타야마는 일어나서 실내로 눈을 돌렸다. 지금까지 등을 돌리고 있었던 쪽에 침대가 있었다. 문 있는 곳에서 안쪽으로 쑥 들어가 있어서 그렇게 잘 눈에 띄지 않는 장소였다. 침대 위에는 한 아가씨가 고개를 젖히고 위를 향해 누워 있는 모습으로 죽어 있었다. 나체의 여자는 배가 무참하게 찢겨져 있고, 피는 새하얀 시트를 붉은 색으로 물들이고 있었다.

하야시는 그 여대생 살인사건의 범인을 추적하고 있었던 것이다. 그러다가 여기에서 범행 현장을 포착했지만, 거꾸로 범인에게 당하고 만 것이다.

마비되어 있던 감각이 되살아나자, 방 안 가득히 배어 있는 피 냄새와 끔찍한 광경에 가슴이 메슥거렸다. 가타야마는 문 밖으로 나왔다. 유키코가 달려왔다.

"구급차를 불렀어요. 의사도 금방 올 거예요. 어떻게 됐어요?"
"죽었어."
가타야마는 토할 것 같은 기분을 참으면서 말했다.
"아! 그럼?"
유키코는 반사적으로 방으로 들어가려고 했다.
"들어가지 마!"
가타야마는 유키코의 팔을 잡고 말했다.
"왜요?"
유키코가 물었다.
"왜 그래요?"
"또 한 사람이 죽었어."
"누가?"
아까 비명을 지른 아가씨가 떨리는 목소리로 말했다.
"기요코야! 기요코가 죽었어!"
말릴 틈도 없이 방으로 뛰어들어간 유키코는 눈 깜짝할 사이에 튀어나왔다.

제3장 형사와 애인 215

"괜찮아? 들어가지 말라고 했는데."

"괜, 괜찮아……."

백짓장처럼 하얗게 질려버린 유키코는 복도에 털썩 주저앉았다. 가타야마도 그 옆에 털썩 주저앉았다.

한밤중의 소란으로 잠을 깬 여대생 두세 명이 문에서 얼굴을 내밀며 하얗게 질려 있는 세 사람을 이상하다는 듯이 바라보았다.

제4장 종말과 시작

1

"끔찍한 일이에요."

유키코는 잠옷 위에 나이트 가운을 걸쳤지만, 그래도 아직 추운 기색이었다. 아니, 얼굴이 새파랗게 질려 있기 때문에 그렇게 보이는 것일지도 모른다.

복도에는 형사와 감식반 사람들, 게다가 쫓아내 버려도 집요하게 파고드는 보도진들로 북적였다. 마치 병원의 응급실 같았다.

"정말……, 하야시 선배님이…… 설마……."

가타야마는 가끔씩 중얼거렸다.

"죽 계속해서 함께 행동했는데."

"사건에만 관계했지만, 그래도 좋은 선배였어."

여러 가지 생각이 가타야마의 가슴속에 소용돌이치고 있어서 스스로도 어떻게 해야 할지 모르는 기분이었다. 모리사키 살해사건을 담당하고 있어야 할 하야시가 왜 여대생 살인사건의 현장에 있었던 것일까? 우연이 아니라면, 무언가 특별한 명령을 받고 있었던 것일까. 미타무라 경시에게 확인해보려고, 두 번씩이나 전화를 했지만 아무도 받지 않았다. 미타무라는 몇 년 전에 병으로 고생하던 아내를 잃고 혼자 살고 있었다. 어디에 외출이라도 한 모양이었다. 벌써 새벽이 밝아오고 있었다. 나중에 또 한 번 전화해 보자. 그런데 베테랑 형사인 하야시가 당했을 정도라면 범인은 도대체 어떤 남자일까?

"하야시 선배님이 무언가 한마디라도 범인에 대한 얘기를 남겨주었더라면……."

가타야마는 무의식적으로 말을 꺼냈다.
"아무것도 말할 시간적 여유가 없었어. '범인을 봤다'라고 하는 말밖엔 남기지 못했어. 그 밖의 것은 하나도……."
가타야마는 몇 번이나 한숨을 내쉬었다.
"비상경계를 친다고 해도, 어떤 남자인지 전혀 알 수가 없으니……. 뜬구름을 잡는 것 같은 얘기야."
"확실한 것은 남자라고 하는 거야……. 그래!"
갑자기 이상한 생각이 맴돌았다. 범인은 정말로 남자일까? 바보같이! 당연하지. 여자를 살해해 갈기갈기 찢어버리는 행동을 여자가 할 리 없잖은가? 그러나 날카로운 칼은 많은 힘을 필요로 하지 않는다는 사실과, 또한 죽은 여자들에게서 섹스의 흔적이 발견되지 않았다는 사실로 미루어 범인이 여자가 아니라고 단정할 수는 없었다!
만일 범인이 어자라고 하면 하야시가 찔린 것도 이해할 수 있었다. 범인이 여자라면 하야시가 한순간 방심했을 수가 있기 때문이다.
"왜 그래요?"
유키코가 걱정을 하듯 말을 건넸다.
"응? 아니, 아무것도 아니야. 그냥, 생각 좀 했어. 여러 가지 이런 저런……."
가타야마는 말을 얼버무렸다. 상당히 엉뚱한 생각이었다. 이 생각은 당분간 가슴에 묻어 놓자.
또 하나 신경쓸 일이 있었다. 하루미다. 만일 정말로 하루미의 상대가 하야시였다고 하면, 그가 살해되었다는 사실은 하루미에게 상당히 큰 충격일 것이다. 가타야마는 왠지 자신이 직접 알려 주고 싶은 생각이 들었다. 뉴스를 듣고 아는 것보다는 직접 가타야마에게 듣는 것이 훨씬 충격이 덜하리라!
"잠깐 나는 아파트에 갔다올게."
가타야마는 유키코에게 말했다.
"잠깐이면 돼. 옷 입은 게 이런 꼴이어서……."

"그래요. 난 괜찮아요."

"금방 돌아올 테니까."

"그럼 나는 얌전하게 방에 들어가 침대에서 떨고 있을게요."

유키코는 보내기 싫은 듯한 얼굴을 하면서 웃음을 지어 보였다.

가타야마는 가까이에 있는 형사에게 전화를 걸고 나서 기숙사를 나왔다. 뒷문 앞에 서 있던 순찰차의 무선 전화를 사용해 또 한 번 전화를 걸었다. 잠깐 기다리다가 포기하려고 했을 때 상대가 나왔다.

"네, 미타무라입니다."

"가타야마입니다. 아침 일찍 죄송합니다."

"아, 괜찮아. 무슨 일이 있나?"

가타야마는 그 순간 할 말을 잃어버렸다.

"하야시 선배가…… 범인에게 당했습니다."

"뭐, 거기가 어디야?"

"하고로모 여자 대학 기숙사입니다. 전에 일어났던 여대생 살인사건의 범인이 저지른 것 같아요. 학생도 또 한 사람 살해당했습니다."

"하야시의 상태는?"

가타야마는 꿀꺽 침을 삼켰다.

"죽었습니다."

잠시 침묵이 흘렀다.

"하야시의 부인에게는 연락했나?"

"아니, 아직 연락하지 않았어요."

"내가 가서 전하지. 곧 가겠네."

"예."

미타무라는 그렇게 거북한 일은 결코 남에게 시키지 않았다.

가타야마는 새벽의 쌀쌀한 공기에 몸을 떨면서 밖으로 나갔다. 5분 정도 기다리자 택시가 왔다. 자리에 앉자마자 잠이 쏟아졌다. 그러고 보니 어젯밤은 한잠도 자지 못했다.

즐거운 사랑의 밤이 될 것이라고 생각했는데, 전혀 엉뚱한 밤이 되어 버렸군.
 가타야마는 씁쓰레한 웃음을 지으며 가볍게 눈을 감았다. 그리고 그대로 곯아떨어져 버리고 말았다.

 운전사가 겨우 깨워서 눈을 떴다. 얼마 되지 않은 시간이었지만 눈을 붙였기 때문인지 훨씬 몸이 가벼웠다. 손목 시계를 보니 6시 조금 전이었다.
 하루미에겐 어떻게 말을 꺼내야 하는 거지? 기분이 무겁게 가라앉았다. 현관 버튼을 눌렀다. 기다릴 사이도 없이 하루미가 나왔다.
 "어머나, 오빠!"
 "돌아왔어."
 "상당히 일찍 왔네."
 하루미는 이상한 듯한 얼굴로 가타야마에게 물었다.
 "싸움이라도 하고 왔어?"
 "아니야, 그런 만사 태평한 소리는 하지 마. 또 그 기숙사에서 여대생이 살해됐어."
 "아니!"
 "옷 갈아입고 금방 나가야 돼."
 "그래도 뭘 먹고 가야지?"
 "아니야, 됐어."
 "안 돼. 금방 토스트 구워 줄게. 달걀도. 알았지?"
 "그래."
 바쁘게 이리저리 움직이는 누이동생을 바라보며 가타야마는 어떻게 말을 꺼내야 할지 생각했다.
 "그럼, 어젯밤은 그 여자와 같이 있었던 게 아니야?"
 "같이 있었긴 있었지만……."
 "그런데 아무 일도 없었어?"
 "응, 아무 일도."

가타야마는 얘기를 꺼내기 위해 잠시 심호흡을 하며 동생을 불렀다.
"하루미."
"왜?"
"너…… 하야시 선배님을 알고 있지?"
"하야시 선배님? 응, 그래. 몇 번인가 놀러가서 봤잖아. 그분이 왜? 어떻게 되기라도 했어?"
아무런 표정도 짓지 않고 있는 누이동생의 태도를 어떻게 해석하면 좋을지 망설이다가, 가타야마는 불쑥 이렇게 말했다.
"그 여대생 살인사건의 범인에게 찔렸어."
"그래?"
하루미가 고개를 돌렸다.
"죽었어."
가타야마는 눈을 떼지 않고 하루미의 표정을 살폈다. 하루미는 조용히 머리를 흔들었다.
"안됐어. 부인도 자식도 있는 사람이었지?"
"그래."
"오빠도 조심해."
"그래……."
하루미는 아무런 표정도 짓지 않았다. 가타야마는 잠시 멍하니 있다가 자기도 모르게 중얼거렸다.
"하야시 선배가 아니었나?"
그러면 그 신주쿠에서 하야시를 발견했던 건 그냥 우연에 불과한 것이었을까?
하야시에게 미안하다는 생각을 하면서 가타야마는 '후유' 하고 안도의 한숨을 내쉬었다. 그러나 사실은 안심할 수만은 없는 일이었다. 또다시 하루미의 상대가 누구인지 전혀 알 수 없는 상태가 되어 버린 것이다.
따끈한 달걀 프라이와 토스트, 그리고 커피를 먹자 잠이 싹 달아나 버렸다. 양복으로 바꿔 입고 나가려고 하는데, "오빠!" 하고 하루미가 불렀다.
"왜?"
"무리하게 범인을 잡으려고는 하지 마."
"야, 난 형사야."
"죽을지도 모르잖아."
"괜찮아."
"정신 차려, 똑바로……. 그리고 조심해!"
가타야마는 방을 나오면서 하루미에게 물었다.
"홈스는?"
"자고 있을지도 몰라. 그런데 그 녀석 참 이상한 고양이야. 어젯밤 늦게까지 자지 않고 성냥 상자 속에서 놀지 않겠어, 글쎄."
"고양이는 올빼미 족이야. 그럼 갔다올게."
그때 홈스가 안방에서 나와 가타야마의 얼굴을 보며 크게 하품을 했다.

"내 생각이 모자랐어."
미타무라는 표정을 엄숙하고 딱딱하게 지으며 말했다. 현장에서는 이미 시체가 운반되어 없었지만, 엄청난 핏자국은 아직도 남아 생생하게 현장의 참혹함을 던져 주고 있었다.
"경시님, 왜 하야시 선배님이 여기에 있었을까요? 무슨 명령이라도 내리셨습니까?"
가타야마는 미타무라에게 물었다. 미타무라는 침울한 표정으로 고개를 끄덕거렸다.
"내가 매일 밤 여기를 지켜보라고 명령했어. 범인은 머리가 좋은 녀석이야. 형사가 많이 잠복하고 있을 때는 모습을 드러내지 않아. 그래서 혼자서 눈에 띄지 않도록 살피라고 명령했지."
"교체하지도 않고 혼자서 말입니까?"

"나도 그렇게 말을 했지만, 하야시는 자기 혼자서 하겠다고 고집하더군. 꼭 자기에게 맡겨달라고 하길래, 그러면 좋도록 하라고 말했지……. 지금 생각하면 참 어리석었어. 연일 계속되는 잠복 근무에 상당히 피곤해져 있었기 때문에, 범인에게 살해당했던 걸 거야."

"적어도 제가 교대라도 했다면……."

"너도 살해당했을지도 몰라."

"예……."

"어찌됐던 상사로서 부하를 잃은 것은 범인을 놓친 것보다 더 중대한 실수를 한 셈이야. 어떻게 해서든지 꼭 범인을 찾아내야 해."

"예."

한 형사가 다가와 비상 경계령을 내렸으나 의심이 갈 만한 남자는 걸려들지 않았다고 보고했다.

"알았어. 비상 경계령은 철회해도 좋아. 이 주변을 철저하게 찾아봐. 범인이 뭔가 남겨 놓거나 뭔가 떨어뜨리지 않았는지 조사해."

"알았습니다."

"절대로 빠뜨리지 마!"

"예!"

미타무라는 눈을 감고 손으로 관자놀이를 눌렀다.

"괜찮겠습니까?"

"아, 괜찮아. 잠깐 두통이 일었을 뿐이야."

"쉬는 편이……. 그렇지, 이쪽으로 가시죠."

가타야마는 유키코의 방문을 두드렸다.

"누구세요?"

"나야."

갑자기 문이 열리고 스웨터와 바지 차림의 유키코가 달려나와 가타야마에게 달려들어 키스했다. 가타야마는 당황해하며 유키코를 떼어놓았다.

"어, 어, 이봐, 잠깐."

"어머나!"

눈을 휘둥그렇게 뜨고 있는 미타무라를 향해 유키코가 말했다.

"죄송합니다."

미타무라는 슬쩍 미소지었다.

"아니, 아니에요. 계속해도 괜찮습니다, 아가씨."

가타야마는 헛기침을 했다.

"이분은 미타무라 경시님이야. 잠깐 머리가 아프시다길래 쉬게 해드릴까 해서 왔는데……."

"예, 어서 들어오세요."

"지금 받은 충격으로 두통이 깨끗이 나은 것 같은걸."

미타무라는 가타야마를 슬쩍 보고서, 농담조로 말했다.

"하지만 이번에는 혈압이 좀 오른 것 같은데."

유키코가 끓여준 홍차를 마시고서 미타무라는 조금 기분이 좋아진 것 같은 눈치였다.

"범인을 잡을 만한 단서는 있는지요?"

유키코가 불안한 듯 물었다.

"유감스럽지만, 아직까지는 아무것도."

"그러세요? 두려워요. 모두들 여기를 나가겠다고 해요."

"당연한 반응입니다. 내 딸이 여기에 있다면 당장 집으로 데리고 가겠습니다."

"그런데 참 모를 일이에요. 왜 모두들 범인을 방으로 데리고 오는 거죠? 그런 사건이 계속 터지고 있는데도……."

미타무라가 고개를 끄덕였다.

"확실히 그 점이 이상합니다. 가타야마, 그 매춘 그룹에 대해서는 무언가 정보를 좀 얻었나?"

"아뇨, 그건……."

"그렇겠지. 연달아서 여러 가지 사건이 터지고 있으니 별 수 없겠지."

"그런데 그 살해된 아가씨도 손님인 줄 알고 범인을 방으로 데리고 들어왔을까요?"

"그렇겠지. 그렇지 않으면 뭐 생각할 만한 거라도 있나?"

가타야마는 곰곰이 생각했다. 유키코가 혼잣말로 중얼거리듯, "내가 매춘을 한다 해도, 이럴 때는 절대로 하지 않을 거야. 적어도 범인이 잡힐 때까지는……." 하고 말했다.

"그래서 생각할 수 있는 건데, 아마도 범인은 정말이지 그럴 것 같지 않은 사람이라고 생각해."

미타무라가 말했다.

"누가 봐도 수상하지 않은 사람. 하긴 사실 수상한 사람이라고 해도, 언뜻 봐서는 그렇게 보이지는 않지……."

미타무라는 크게 한숨을 내쉬었다.

"모리사키 교수를 살해한 범인은 어느 정도 윤곽이 잡혀가지만, 이쪽 사건은 아직도 오리무중이니……, 빨리 해결하지 않으면 매스컴에서 총공격을 퍼부을 거야."

"아베 학장의 집에서는 뭔가 나왔나요?"

"아니야, 아직. 그러나 시간이 문제야. 그 녀석들이 뭔가 털어놓아야 되는데."

미타무라는 벌써 모리사키 살인사건을 해결한 것처럼 말했다. 그러나 가타야마는 여전히 한 가지 뭔가 후련하지 않은 것을 느끼고 있었다.

"아이고, 이거. 편히 쉬고 갑니다, 아가씨."

미타무라가 일어섰다.

"아닙니다. 천만에요."

"이 기숙사는 지금부터 엄중한 경계에 들어갈 겁니다. 그러니 걱정하지 마세요."

"알겠습니다. 안심하고 잘게요."

미타무라는 가타야마를 보며 말했다.

"자네도 잠복 근무를 하도록 해."
"예."
"이 아가씨만 살펴보라는 것은 아니야."
미타무라는 가벼운 웃음을 지어 보이며 방을 나갔다.
"좋은 사람이야."
"그래, 좀 무섭긴 하지만 좋은 분이지. 내 돌아가신 아버지의 친구분이야. 옛날부터 상당히 많이 돌봐 주셨어."
"그래요. 괜찮은 분 같아요, 멋진 분이에요."
"그래? 애인을 바꿀 마음이 드는 모양이지?"
"그러지 마세요."
유키코는 웃으며 다가와서 입술을 내밀었다. 입을 맞추며 유키코는 소곤소곤 속삭였다.
"오늘 밤에도 죽 일해요?"
"그래. 여기에서 잠복 근무를 하더라도 교대해야 되니까……. 몇 시에 교대할지는 아직 몰라."
"만일, 오늘 밤 시간이 생기면……."
"꼭 올게."
"그래도 여기서는 안 돼요. 싫어요. 자꾸 방해거리가 생기고, 또 형사들이 여기저기에서 지켜볼 테니까……."
"그렇군."
"어디 호텔이라도 가는 건 어때요."
"제국 호텔?"
"거기까진 가지 않아도 돼요. 당신 월급에 어울리는 곳으로 가야죠."
가타야마는 아픈 데를 찔렸다는 듯 피식 쓴웃음을 지었다.

미타무라가 눈치를 챘는지 어쨌는지, 가타야마의 잠복 근무는 밤 10시까지라고 정해져 있었다. 빨리 끝마치고 나서 유키코를 만나러 갈 약속을 한 가타야마는 마음이 가벼웠다.

낮에는 교직원 숙소의 도미다의 방을 수색해 보았다. 모리사키 살인의 증거가 될 만한 것이 없을까 하고 휘둘러보며 찾아보았지만 그럴 만한 건 나오지 않았다. 아베와 도미다는 변함 없이 모리사키를 죽이지 않았다고 진술하고 있었다. 가타야마로서는 해결할 수가 없었다. 두 사람과 죽은 이마이가 틀림없이 범인이라는 것에는 확신이 들었지만, 살인 계획만 했지 실제로는 죽이지 않았다는 진술에 이상한 기분이 들었던 것이다. 두 사람이 거짓말을 했다고 하더라도 왠지 모르게 그 거짓말에는 진실이 포함되어 있을 것 같은 기분이 들었다.

실제로 가타야마는 그 두 사람이 그런 엉뚱한 거짓말을 할 사람들이라고는 생각하지 않았다. 그 두 사람은 정말 사실을 이야기하고 있는 것이 아닐까? 그러나 그렇게 되면 범인이 따로 있는 것이 되고, 밀실의 수수께끼 또한 해결되지 않은 채 또 다른 수수께끼로 남아 버린다.

오늘은 토요일. 밤이 되어 기숙사 뒷문을 지켜볼 수 있는 곳에서 잠복 근무에 들어갔던 가타야마는 갑자기 벌써 1주일이 흘렀다는 생각을 했다. 식당에서 기숙사를 살피고 있다가 유키코 방의 창 밖에서 오도가도 못하게 된 오나카를 도우며 진땀을 뺀 것이 지난 토요일. 이 1주일 동안 상당히 여러 가지 사건이 터졌던 것이다. 우선 일요일 아침, 식당의 식탁과 의자가 흔적도 없이 자취를 감춰 버려서 놀랐고, 또 오후에는 숙모의 입에서 하루미에게 중년의 남자 애인이 있다고 들어서 충격을 받았다. 그 날 밤, 아니 월요일 새벽 3시경 모리사키는 살해되었다. 밀실이라고 하는 기묘한 상황 하에서.

이어서 월요일 깊은 밤, 사사키 가즈미가 연속 살인 사건의 두 번째 희생자가 되었다.

수요일은 모리사키의 학교 장례식에서 폭탄 소동이 일어났고, Y건설에 가서 아베 학장의 부정을 알아냈다.

목요일은 휴일이었지만, 호텔 정원에서 유키코와 맞선 상대가 다투는 바람에, 그렇게 여유 있게 보낸 하루는 아니었다. 그리고 그 날 밤, 홈스가 사진에 상처를 낸 것이 동기가 되어서 밀실의 수수께끼가 풀렸다. 몇몇 의문점이 남긴 했지만…….

 금요일, 도미다와 아베를 체포—이마이의 불운한 죽음은 슬픈 일이었지만, 모리사키 살인사건은 일단 표면상으로는 해결이 된 것 같았다. 또 밤에는 유키코와 하룻밤을 보내고자 기숙사에 와서 멋진 사랑을 나누려고 했으나, 결국 이상한 화학 교수가 만들어낸 담뱃갑 폭탄 장치로 밤늦게까지 잠을 자지도 못했다가 겨우 유키코와의 사랑이 무르익으려 했을 때…… 세 번째 여대생의 희생자가……. 그리고 잠복 근무하고 있던 하야시 형사까지 범인의 손의 의해 목숨을 잃어버리고 말았던 것이다.

 지금은 토요일 밤. 이렇게 연속 살인을 일으킨 범인이 나타나기를 기다리며 잠복 근무를 하고 있다.

 가타야마는 이렇듯 사건으로만 중첩된 1주일이 아마 앞으로는 생기지 않을 거라고 생각했다. 게다가 지난 1주일은 형사로서 뿐만 아니라, 오빠로서도, 애인으로서도 상당히 바쁜 나날이었던 것이다.

 이렇게 밤의 고요한 적막 속에 잠시 서 있으니, 정말 오랜만에 혼자만의 조용한 시간을 가진 듯한 기분이 들었다. 그렇지만 생각해 보니, 완전히 해결된 사건은 하나도 없는 것 같았다. 모리사키 살인사건의 범인도 아직 확실히 풀리지 않고 있으며 연속 살인사건의 범인도 아직 잡지 못하고 있었다. 담뱃갑 폭탄은 찾지도 못했다. 유키코와의 관계도 아직 어중간하게…….

 손목시계를 보니 10시를 가리키고 있었다. 교대할 형사가 오면 빨리 유키코와 호텔로 직행해야겠다. 그래서 적어도 한 가지 일만은 확실히 해놓는 게…….

 가타야마는 어젯밤 자신의 팔 안에서 숨을 헐떡였던 젊고 싱싱한 나체를 떠올리며 가슴이 뛰는 걸 느꼈다. 오늘 밤은 그녀가 자신의 것이 된다. 누구에게도 방해받지 않고 그야말로 마음껏 서로 사랑할 수 있는 것이다.

 "저…….”

갑자기 뒤쪽에서 소리가 나서 가타야마는 벌떡 일어섰다.
"누구야!"
가타야마가 소리를 지르며 뒤돌아보자, 깜짝 놀란 얼굴의 아키요시가 서 있었다.
"아, 납니다. 아키요시입니다."
"아, 예……."
가타야마는 마음을 놓았다.
"깜짝 놀랐습니다. 웬 일이시죠? 담뱃갑은 발견했습니까?"
"아닙니다. 당신이 어젯밤에, 오늘 낮에 경시청으로 오라고 하지 않았습니까?"
"아, 예. 그랬었죠."
"오늘 낮에 가 보니 자리에 없더군요."
아키요시는 불쾌했던 모양이었다.
"어젯밤에 살인사건이 있었습니다. 모르셨나요?"
가타야마가 변명을 했다.
"그거야 물론 알고 있죠. 하지만 당신이 없어서 그냥 돌아오고 말았습니다. 괜히 다른 형사에게 폭탄 때문에 왔다고 하면 무슨 과격파하고 관계가 있나 하고 생각할 것 같아서……."
가타야마는 알겠다는 듯 말했다.
"예, 이젠 됐습니다. 아무튼 다시는 그런 물건은 만들지 마십시오."
"이젠 지긋지긋합니다. 그런데 그건 그렇고, 그 물건이 발견되지 않고서는 안심하고 잘 수가 없어요."
아키요시는 정말 지친 듯한 표정이었다.
"그렇지. 아키요시 교수님, 어제 여쭤 보려다가 깜박 잊었는데, 그 담뱃갑 말입니다. 교수님 이외에 알고 있는 사람은 한 사람도 없는 겁니까?"
"없습니다."
"그래도 예를 들면, 친구와 약주 같은 걸 하시다가 말을 꺼냈다던

가……."

"나는 술은 안 마십니다!"

아키요시는 벌컥 화를 내며 말했다.

"그럼, 부인은 알고 계신지요?"

"천만에! 아직 몰라요. 거기에는 내 이름이 들어가 있지 않아요. 그렇기 때문에 설마 내가 만든 물건이라고는 꿈에도 생각하지 않을 겁니다. 그리고 경비원에게는 발견했다고 하는 소식이 있으면 나에게 연락하라고는 했습니다만, 내가 만들었다고는 하지 않았어요."

"아, 예, 그러세요."

그러면 누군가에게 도둑맞았을 가능성은 거의 없는 것이다. 물론 아키요시가 모르고 있는 사이에 누군가가 그 비밀을 캐내지 않았다고는 할 수 없지만…….

이키요시가 나가자 형사가 교대하러 와서, 가타야마는 잠복 근무에서 벗어났다.

유키코는 밝은 크림색 판탈롱을 입고 기다리고 있었다. 가타야마는 유키코에게 가볍게 키스를 하고 같이 방을 나섰다.

"어디로 갈까요?"

"신주쿠에 있는 P호텔은 어때?"

"정말? 비싼데……."

"그 정도면 괜찮아."

"그래, 그럼, 칵테일이라도 한 잔 해요."

가타야마는 뒷문을 열고 그녀를 먼저 내보내며 잠복하고 있는 형사에게, "이봐, 여기 문 좀 닫아 줘." 하고 말했다.

형사가 다가와, "이봐, 네 심부름이나 하려고 여기서 지키고 있는 건 아니라고." 하고 불만스럽게 말했다.

"잘 좀 봐줘, 잘."

가타야마는 유키코의 팔을 잡고 걸어나갔다. 지켜보고 있던 형사는 혀를 차며 문을 닫았다.

"자, 택시를 타고 가자고."

"호호, 대단한데요."

잠시 기다리자 택시가 왔다. 두 사람은 택시를 타고 P호텔로 향했다. 두 사람이 탄 택시의 뒤를 한 승용차가 일정한 간격을 두고 뒤따르고 있었다.

2

"건배!"

가타야마와 유키코는 샴페인 잔을 가볍게 서로 부딪쳤다.

"너무 많이 마시지 말아요."

"아무리 마셔도 이건 괜찮아."

가타야마는 잔을 기울이며 한꺼번에 다 마셔 버렸다. 가슴이 확 달아 오르고 눈을 떴다 감았다 하는 사이에 갑자기 얼굴이 시뻘겋게 되었다.

"너무 취하지 마세요."

유키코가 웃으면서 말했다.

"괜, 괜찮아……. 마시는 동안에 다 깨어 버릴 거야."

호텔 가장 위층에 있는 레스토랑은 11시가 되었는데도 시끌벅적했다. 연주자들이 피아노, 플루트, 첼로의 3중주로 클래식 멜로디를 연주하고 있었고, 각 테이블에 놓인 빨간 촛불이 희미한 빛을 발하며 흔들리고 있었다. 괜찮은 분위기였다.

한 달치 월급이 다 날아가 버린다고 해도, 그런 건 이미 각오했다. 가타야마는 유키코와 마주 앉아 스테이크를 썰며 그 정도의 돈쯤은…… 하고 생각했다. 희미한 불빛에 비친 유키코는 숨이 막힐 듯 아름다웠다. 가타야마는 비로소 자신이 정말 그녀를 사랑하고 있다는 걸 느꼈다. 그것은 달콤하고 들뜬 기분이었다. 그러나 동시에 스스로를 비웃는 생각이 꼬리를 물고 늘어졌다. ─네가 아무리 그녀를 좋아한다고 해도, 그녀에게 있어서 너 따위는 단순한 유희 상대에 불과한 거야. 그렇잖아. 이런 변변찮은 일개 가난뱅이 형사에게 어떻게 그녀가 반할 수 있겠어?

"모리사키 교수와는 자주 이런 곳에 왔었나?"

"가끔씩. 그래도 그분은 딱딱한 것은 좋아하지 않았어요. 왜 그런 걸 묻고 그래요?"

"아니야……. 아무것도."

"이제 죽은 사람 얘기는 그만해요."

유키코가 조용히 말했다.

"그러지."

가타야마는 지금은 모리사키가 죽고 없는 것이라고 자신에게 타일렀다. 괜스레 죽은 사람과 이것저것 비교해서 열등감을 느끼고 괴로워할 필요는 없는 것이다. 바보, 바보같이! 나는 살아 있고, 그리고 지금부터 그녀를 안으려 하고 있고, 또 가슴속에 새겨 두려고 하고 있지 않는가. 이상한 자신감 같은 것이 가타야마의 가슴에서 용솟음쳤다.

"음, 유키코에게 잠깐 물어 보고 싶은 것이 있는데."

"뭘?"

"유키코는 날 어떻게 생각하고 있어? 일시적인 유희 상대?"

유키코는 깜짝 놀란 듯한 표정을 지으며 가타야마를 쳐다보았다.

"어떻게 할 거예요, 만일 그렇다면?"

"만일 그렇다면 나도 그렇게 행동하고, 미련이 남을 만한 얘기는 하지 않을 거야."

"아니라고 하면?"

"유키코가 대학을 졸업하면 결혼하지."

애절한 마음을 담은 플루트의 소리가 아베마리아의 멜로디를 연주하고 있었다. 두 사람은 더욱더 그 음악에 몰입했다.

침묵을 깨뜨린 건 유키코였다.

"고기가 차가워요."

"그래."

두 사람은 서로 눈을 마주보면서 눈짓을 주고받으며 고기를 씹었다. 입을 다물고 우물우물 씹고 있는 걸 보면서 둘은 재미라도 있는 듯 씩 웃어 보였다.

"고기가 맛있어."

"그래."

"잘 먹어야 되겠어. 당분간은 먹을 수 없을 것 같은데."

"왜?"

"당신 월급으로는 자주 이런 걸 먹을 수 없잖아요."

유키코는 미소를 지으며 덧붙였다.

"같이 살게 되면."

"아니!"

가타야마는 양복 안주머니에 손을 넣고는 얼굴이 새파랗게 질려 버렸다.

"왜?"

"지갑이 없어."

"아니, 아까 택시비는 냈잖아요?"

"동전은 있었지만, 지폐를 넣은 지갑이……. 그렇지! 오늘 아침에 아파트에 돌아갔을 때 옷을 갈아입고……."

취했던 정신이 번쩍 깨어 버렸다.

"괜찮아요. 식사비 정도는 내가 가지고 있으니까."

"미안해."

가타야마는 겸연쩍은 듯한 얼굴로 물었다.

"결혼 약속을 깰 거야?"

"당신의 그런 면이 매력적인걸요." 하고 유키코는 성긋 웃었다.

로비로 나와 가타야마는 손목시계를 보았다.

"12시야. 내일 아침에 빈털터리여서 여기서 쫓겨나겠는데……, 잠깐

제4장 종말과 시작 233

아파트에 가서 돈을 가지고 올게."

"빨리 와요."

"그래, 가까운 걸. 30~40분이면······. 기분이 좋진 않겠지만, 먼저 방에 들어가 있을래?"

"빨리 오지 않으면 혼자서 잘 거야."

유키코가 장난스럽게 말했다.

"하늘로 날아갔다 올게!"

가타야마는 그렇게 말하고는 로비를 가로질러, 현관에 서 있는 택시로 뛰어갔다. 호텔 앞에 서 있던 보이가 멍하니 지켜보고 있었다.

"결혼······."

그렇게 갑작스럽게 실감할 수는 없었지만, 유키코는 가슴이 이상하게 두근거렸다. 남자를 모르는 아가씨처럼, 그와의 하룻밤을 앞에 두고 가슴이 두근거렸다.

그 사람이 좋아졌어. 유키코는 생각했다.

조금 떨어진 잡지 판매대에서 누군가가 엘리베이터에 타고 있는 유키코를 바라보았다. 엘리베이터의 층수를 표시하는 램프가 '10'에서 멈추자, 그 남자는 천천히 엘리베이터를 향해 걸어 나왔다.

유키코는 문을 열고 안으로 들어갔다. 트윈 룸으로, 작은 응접세트도 놓여 있었다. 창에 가까이 가서 잠시 신주쿠의 야경을 보고 난 뒤 커튼을 치고 잠시 뭘 할까 망설이다가, 가타야마가 돌아오면 금방 침대로 들어갈 수 있도록 해야지 하고 생각했다.

판탈롱을 벗어 옷걸이에 걸고 욕실에 들어갔다. 완전히 알몸이었다. 거울에 비친 자신의 몸을 보고 잠시 포즈를 취해 보았다.

왠지 모르게 웃음이 떠올랐다. 정말로 붕 뜬 기분이었다. 마치 아이 같았다. 내일부터 여름 방학이라고 할 때의 기분이었다. 유키코는 뜨거운 욕조에 몸을 던졌다.

수위실에서 고미네는 소파에 앉아 아픈 머리를 두 팔로 감싸 쥐고선 신음 소리를 냈다. 빌어먹을, 나도 이젠 정말 약해져 버렸어. 얼마 전까지만 해도 그 정도 마셔서는 끄떡도 안 했는데 말이야. 언제 이 방으로 돌아왔는지 조금도 기억나지 않았다.

시계를 보니 밤 12시 15분이었다. '한잠 잤으면 좋겠는걸' 하고 고미네는 소파에 누워버렸다. 내일 아침에 온몸이 쑤셔와도 어쩔 수 없는 노릇이지…….

"소변이라도 보고 잘까?"

고미네는 아픈 머리에 신경을 쓰면서 어슬렁어슬렁 걸어 나가다가 갑자기 창문 쪽에 시선을 두었다. 어라? 저게 뭐지?

창문턱에 금빛으로 빛나는 것이 놓여 있었다. 가까이 가 보니 담뱃갑이었다.

"이야, 이거 좋은 건데."

고미네는 담뱃갑을 손에 쥐고 물끄러미 바라보았다.

'어디서 본 것 같지는 않은데. 어디에 있던 거지? 그건 그렇고, 누가 이런 데에 놔두고 갔을까?'

고미네는 복도를 휘둘러보았다. 사람의 모습은 하나도 보이지 않았다. 아마 학생이 어디에선가 주워 놓고 갔을 거야.

'주워? 그러면 이 담뱃갑에 들어 있는 게 있겠지. 눈이 나빠서 제대로 읽을 수는 없지만, 누군가 떨어뜨렸다면 반드시 찾고 있을 거야. 내일이라도 사무실에 신고해야겠군…….'

담뱃갑을 책상 위에 놓고 용변을 보고 와서 고미네는 '그럼, 이제 잘까.' 하고 하품을 했다. 그리고는 다시 한번 금색의 담뱃갑에 신경을 썼다.

'자기 전에 담배 한 대를 피워 볼까. 담뱃갑만 신고하고 알맹이는 가져도 괜찮을 거야. 그래, 담뱃갑만 돌려주자.'

소파에 다시 앉아 고미네는 손을 뻗어 담뱃갑을 쥐고 뚜껑을 열었다.

가타야마는 택시를 기다리게 해놓고 아파트로 달려갔다. 창의 불빛이 꺼져 있는 것이 보여, 어쩌면 하루미가 없을지도 모른다는 생각이 들었다.

'친구 집에라도 가야겠다고 했었지.'

그 녀석하고 차근차근 얘기해 보지 않으면 안 되겠다고 가타야마는 생각했다. 때가 늦기 전에…….

생각한 대로 초인종을 눌러도 아무도 나오지 않았다. 단념하고 직접 문을 열고 안으로 들어갔다. 불을 켜고 서둘러 올라가 보니, 장롱 위에 가지런히 놓인 지갑이 눈에 띄었다.

"에이 빌어먹을! 이젠 됐네."

주머니에 넣으려고 하다가 갑자기 손을 멈추어 지갑을 열어보았다. 지갑은 텅텅 비어 있었다.

"설마!"

저도 모르게 소리를 질렀다.

"그런 짓을 할 리가 없는데……?"

아무리 생각해 봐도 이 지갑에 1만 엔을 넣어둔 것은 확실했다. 당황해하며 지갑을 뒤져보았지만 역시 텅 비어 있을 뿐이었다.

"어떻게 된 거야……?"

하루미가? 설마! 그런 일을 할 리가 없어!

어쩔 줄 몰라 당황하고 있을 때 전화가 울렸다.

"여보세요. 가타야마입니다. 뭐? 뭐라고?"

가타야마는 소리를 쳤다.

하고로모 여자 대학에서 잠복 근무하는 형사 한 사람이 당황한 목소리로 말했다.

"폭탄이야! 폭발했어!"

"누가? 어떻게?"

"수위 아저씨야. 기숙사 수위."

"고미네 씨가? 죽었어?"

"머리가 날아가 버렸어! 지금 기숙사는 큰 소동이 벌어졌어. 그 밖에는 부상자가 없는 것 같아."

"나도 금방 갈게!"

때려부술 듯이 전화기를 내려놓으며, 가타야마는 손에 쥐고 있던 빈 지갑을 내던졌다. 돈의 행방이 마음에 걸렸지만, 지금은 그런데 신경을 쓸 형편이 아니었다. 고미네 노인은 담뱃갑을 주워서 아무런 생각 없이 그냥 열어 보았을 것이다. 그런 물건을 만든 아키요시도 머리를 감싸쥐고 있을 게 틀림없었다. 가타야마는 벽보를 함께 만들었기 때문에, 아키요시의 입장이 이해되었다.

이런 사실을 잘 알고 있다는 듯 홈스가 일어나서 가타야마의 얼굴을 지그시 바라보았다.

"홈스, 기분 나쁘겠지만 난 또 나가야겠어. 집 좀 부탁해."

홈스가 가타야마의 어깨로 붕 뛰어올랐다.

"이봐, 안 돼! 급하단 말이야. 내려와, 어서."

어깨에서 내려오라고 했지만 홈스는 완강하게 어깨에 매달렸다. 가타야마는 단념했다.

"멋대로 해라! 그럼, 택시를 타고……. 그렇지! 아래에 기다리게 해놓았지!"

가타야마는 아파트를 뛰어 내려가 운전사에게 다급히 말했다.

"이봐요, 후추에 있는 하고로모 여자 대학. 아주 급해요! 공무입니다."

가타야마는 경찰수첩을 내보였다.

"예!"

시원한 소리로 대답하고 운전사는 급히 차를 출발시켰다. 가타야마는 홈스가 앞다리로 팔을 두드리고 있는 것을 보고, "왜 그래? 무슨 일이야?" 하고 물었다. 순간, '앗' 하고 소리를 질렀다. 유키코!

"이봐요! 먼저 P호텔로 돌아서 가요."

"예."

"상당히 급해!"

"빨리 돌아와야 하는데……."

유키코는 침대에 누워 중얼거렸다.

유키코는 엷은 청색의 네글리제를 입고 있었다. 아름다운 몸이 죄다 들여다보였다. 오늘 밤을 위해서 낮에 급히 산 것이다. 조금이라도 멋진 모습을 그에게 보여주고 싶었기 때문이다. 몸은 깨끗하고 윤이 나는 듯했다. 보일 듯 말 듯 자연스럽게 화장을 하고서 향수를 가볍게 뿌렸다. 가타야마뿐만 아니라, 유키코를 보고 반하지 않을 남성은 없을 것이다.

그건 그렇고, 이제 돌아올 때가 되었는데. 방을 잊어버린 것일까? 그럴 리는 없다. 가타야마가, "10층 10호실. 1010이어서 기억하기 좋은데……." 하며 피식 웃기까지 했기 때문이다.

아파트에 전화해보려고 생각하고 나이트 테이블에 있는 전화기로 손을 뻗었을 때 문을 두드리는 소리가 났다.

"왔구나!"

안심과 노여움으로 힘껏 문으로 뛰어가고 있는데 문이 저절로 열렸다.

"왜 저러지?"

끝까지 말할 사이도 없었다. 누군가 덩치 큰 남자의 모습이 앞에 서 있는 것을 알아차린 순간, 갑자기 배에 주먹으로 일격을 맞고 유키코는 '앗' 하고 짧은 신음소리를 내며 바닥으로 쓰러지고 말았다. 고통으로 눈앞이 보이지 않았다.

남자는 정신을 잃어버린 유키코를 들어서 침대로 던졌다. 유키코는 다시 아랫배를 두드려 맞고 몸을 구부린 채 신음소리를 냈다. 남자는 완전히 뻗어 버린 유키코를 위로 향하게 한 다음 유키코의 눈을 가리고, 또 손수건을 입속에 쑤셔 넣어 소리를 지르지 못하게 했다. 그리고 나서 끈을 코트 주머니에서 꺼내 손발을 꽁꽁 묶었다. 정말 대단한 솜씨로, 극히 짧은 시간밖에 걸리지 않았다.

감각이 되살아난 유키코가 고통에 신음하는 소리를 내자 남자가 말했다.

"정신이 드는가?"

묘하게 흐리고 탁한 목소리였다.

"너는 이제 어떻게 할 수도 없어."

가면을 씌운 듯한 무표정한 목소리였다.

"손발은 묶여 있어. 풀려고 해도 소용없어."

유키코는 손발을 움직여보려고 발버둥을 쳤다.

"나는 네 학교 학생 세 사람을 죽인 장본인이다."

유키코는 몸을 움직이던 것을 그만두었다.

"나는 죽 여기까지 널 따라왔다. 방을 몰라 고생했지만, 복도를 어슬렁어슬렁 걷고 있는데 호텔 보이가 샴페인을 여기에 갖고 오는 소리가 들렸기 때문에 여기인 줄 알았지."

남자는 아무런 억양이 없는 목소리로 담담하게 말해 나갔다.

"너는 아름다워."

남자는 계속 말을 이었다.

"그 얇은 네글리제를 통해 아름다운 몸이 보인다. 그러나 너는 모르고 있어. 네 자신의 죄가 얼마나 무거운지, 그 아름다움이 얼마나 많은 남자들을 죄의 구렁텅이 속으로 끌어넣는가를……. 아름다운 여자는 태어나면서부터 창녀란 말이야. 죄를 범하게끔 정해져 있는 거야."

그것은 광신자의 말이었다. 그러나 이 광신자는 히스테릭하지도 않았고 호소도 하지 않았다. 그런 것만으로도 기분이 나빴다. 그야말로 광기가 그 말투 속에서 우글거리고 있는 것 같았다.

"왜 내가 너에게 이런 말을 하는지 알겠나? 너는 바보가 아니야. 지금까지 죽인 여자들은 모두 어리석은 애들이었어. 말해도 알아듣지도 못할 거라고 생각해서, 아무 말도 하지 않고 그냥 죽여버렸어. 그렇지만 너는 머리가 좋아. 알겠어? 내가 무슨 말을 하는지? 내가 너를 죽이는 건 분명해. 그렇지만 그건 실은 너를 죄로부터 건져내는 것이야. 피로 깨끗하게 해주는 거지. 이제 너는 남자를 유혹할 수도 없고, 타락시키는 일도 없어. 내가 구제해 주는 거야."
 남자는 침대에 다가와서 옆에 섰다.
 "너는 볼 수 없지만 내 손에는 칼이 있다."
 유키코의 전신에 땀이 흠뻑 배었다. 무슨 행동을 취해야겠다고 생각했으나 공포가 전신을 휘감고 있어 몸을 움직일 수 없었다.
 "나는 솜씨가 좋아. 괴로운 것은 눈 깜짝할 새야. 걱정할 것 없어. 금방 끝난다. 너의 아름다움은 내 마음도 움직였어. 아, 나조차도……이 피부를 갈기갈기 찢어버리는 걸 참을 수 없을 것 같은 기분이야. 그러나 그렇게 하지 않으면 안 돼……."
 남자는 급히 침대로 올라가서 몸으로 유키코를 눌렀다. 침대가 심하게 흔들렸다. 네글리제가 걷어 올려지고 아랫배에 남자의 손이 닿았다. 유키코는 몸을 부르르 떨었다.
 "자, 신에게 기도해, 신에게 기도해!"
 매서운 면도칼의 날이 부드러운 배에 닿았다. 유키코는 반사적으로 몸을 움츠렸다. 피부 표면에 따끔한 아픔이 전해지며, 한 줄기 피가 배를 가로질러 흘렀다.
 "날뛰지 마, 날뛰면 더욱더 괴로워. 그러니까 가만히 있어."
 유키코는 체념한 듯 전신의 힘을 쑥 뺐다.
 그 때, 문을 두드리는 소리가 났다.
 "유키코!"
 가타야마의 목소리였다.
 "늦어서 미안해."
 가타야마는 문 밖에서 유키코를 불렀다.
 "이상하게 됐어. 문 좀 열어 줘. 응 자고 있는 거야?"
 가타야마는 문을 탕탕 강하게 두드렸다.
 남자가 침대에서 내려가자 유키코는 크게 한숨을 내쉬었다.
 "……이상한데?"
 문 밖에서 가타야마가 중얼거렸다.

'기다리다가 잠들어 버린 건가? 어떡하지? 전화라도 해서 깨워야 하나?'
어깨에 있던 홈스가 휙 하는 소리와 함께 바닥으로 뛰어내렸다. 그때 손잡이가 돌아가며 문이 삐걱 열렸다.
"아니, 이제 일어났나?"
가타야마는 한숨을 내쉬듯 다행이라고 생각했다. 문이 안쪽으로 열렸다. 안은 깜깜했다. 홈스가 날카롭게 울었다. 안에서 면도칼이 불쑥 튀어나왔다. 동시에 홈스가 허공을 날았다.
"악!"
홈스의 발톱이 남자의 팔을 할퀴자 칼날이 떨어졌다. 남자는 민첩했다. 남자는 팔을 흔들며 홈스를 휙 돌려 내치고, 정면에 우뚝 서 있는 가타야마의 팔을 붙잡아 방 안으로 끌어당겼다. 무슨 일이 일어났는지 영문도 모르고 멍하니 서 있던 가타야마는 어두운 방 안으로 한 바퀴 돌며 끌려 들어갔다. 남자가 방 안에서 튀어나가며 문을 꽝 닫았다.
"뭐, 뭐야? 도대체 어떻게 된 거야?"
어두운 방 안에서 가타야마는 소리를 질렀다.
"유키코!"
불! 가타야마는 손으로 문 옆에 있는 스위치를 찾아서 불을 켜보고는 깜짝 놀라고 말았다. 유키코가 몸에 걸친 네글리제가 아랫배가 훤히 들여다보이도록 걷어올려져 있었다. 유키코는 입과 손발을 꽁꽁 묶인 채였고 부드러운 흰 배에서는 한 줄기 선을 따라 피가 번져 나오고 있었다.
"유키코!"
가타야마가 급히 유키코를 풀어 주자, 유키코는 그대로 가타야마의 가슴에 안겨 쓰러져 버렸다.

3

"이제 정신이 들어?"

가타야마의 말에 유키코는 희미하게 미소를 지었다. 아직도 얼굴은 새파랗게 질려 있었지만, 충격은 일단 가라앉은 것 같았다.

지금 두 사람이 있는 곳은 호텔의 별실이었다.

"상처는 그냥 찰과상 정도라서 금방 나을 거야. 흔적도 남지 않을 거야."

"알았어요. 그렇지만 유감스럽게도 오늘 밤도 쓸데없이 시간만 보냈네요."

"오늘 밤이라 해도 벌써 3시야."

가타야마는 손목시계를 보고 말했다.

"그래요?"

유키코는 깜짝 놀란 듯 되물었다.

"아직도 30분 전에 있었던 일로밖에 생각되지 않는데……."

1010호실은 지금 감식반 사람들로 넘치고 있었다. 연속 살인사건의 범인이 드디어 커다란 단서를 남기고 사라져버린 것이다. 수사반의 사람들이 활기에 차 있는 것도 무리는 아니었다.

"그런데 정말, 홈스는 생명의 은인이에요. 고맙다는 말을 해야겠어……."

"나도 그때 홈스가 범인에게 달려들지 않았더라면 죽었을지도 몰라."

홈스는 조금 떨어진 소파에서 동그랗게 누워 자고 있었다.

"범인은 잡힐까요?"

"그래. 면도칼을 두고 갔고, 또 홈스가 할퀴었기 때문에 상처도 났을 거야. 피 몇 방울이 복도에 깔린 융단에 떨어졌잖아. 가까운 시일 내에 체포할 수 있다고 생각해도 괜찮아."

"내가 얼굴을 조금이라도 봤다면 얘기는 간단한 건데……."

"목소리는 들어 본 기억이 없어?"

"잘 모르겠어요. 이상한 목소리였어요."

"유키코를 노리고 여기까지 따라온 걸 보면, 한번 정도는 말을 주고 받았을 수도 있을 거야."

"그래요? 잘 생각해 봐야겠네."

"잠시 복도를 어슬렁거렸다고 했으니까 호텔 종업원에게도 그런 사람을 본 적이 없는가 하고 날이 밝으면 조사해 봐야지."

가타야마는 한숨을 내쉬었다.

"자, 이제 그만 자도록 해. 걱정하지 않아도 돼. 호텔비는 경찰에서 부담할 테니."

두 사람은 같이 웃었다.

"아, 그렇지. 사실은……."

지금 이런 얘기를 들려 주어도 괜찮을까 하고 가타야마는 생각했지만, 마음을 정하고 나서 고미네 노인이 담뱃갑 폭탄으로 죽었다는 얘기를 해주었다.

"고미네 씨가!"

"어디에서 주운 모양이야. 벽보를 만들어 붙여 놓았는데도 보지 못한 모양이야."

"그 사람, 눈이 나빴기 때문일 거예요."

유키코는 조금 사이를 두고서 말했다.

"안됐어요."

"정말 그래. 조금 성격이 모가 났지만 나쁜 사람은 아니었어. 그래서 잠깐 학교에 가서 모습을 보고 오려고 하는데……."

"그래요. 저는 괜찮아요."

유키코는 고개를 끄덕였다.

"나중에 또 올 때까지 잠을 자고 있어."

"응, 키스해 줘요."

두 사람은 서로 따뜻한 입술을 포갰다.

"이건, 정말이지 너무했어……."

기숙사 입구에 서서 가타야마는 중얼거렸다. 수위실의 창문은 산산조각이 나 있었고, 유리창 파편이 온 복도에 흩어져 있었다. 유리창뿐만 아니라, 창틀 그 자체도 흐물흐물 구부러진 채 쓰러져 있었다.
"이봐, 홈스, 어깨에서 내리지 마. 유리 파편으로 상처를 입을지도 몰라."

가타야마는 조심조심 발을 내디디며 방을 휘둘러보았다. 폭탄은 상당히 강력한 것 같았다. 회오리바람이라도 지나가버린 것처럼 완전히 엉망진창이었다. 텔레비전의 브라운관도 파편에 맞아 폭발했는지 온 방 안이 작은 유리창 파편투성이어서 어디에도 발을 내디딜 수가 없었다. 가타야마는 얼른 뒤로 물러났다.

기숙사 밖에는 아직 순찰차, 소방차 따위로 웅성거리고 있었다. 보도진도 몰려와서 카메라를 들이대고 있었기 때문에, 빛이 여기저기서 쏟아져 나와 대낮같이 밝았다. 가타야마는 기숙사에 잠복하고 있던 동료 형사를 발견하고 소리를 질렀다.

"큰일났었구먼, 대단해."
"정말이지, 이 대학은 어떻게 된 거지?"

형사가 투덜거렸다.

"성격 이상자가 학생을 살해하고, 모리사키 교수가 살해되고, 학장이 부정을 저지르고, 이번에는 폭탄이 터지고. 다음은 뭐지?"

"전쟁이야, 전쟁."

가타야마는 웃으며 말했다. 이것은 좀 지나친 표현인지도 모른다. 하지만 한 사람이 죽은 것이다. 그러나 정말이지 눈이 아찔할 정도의 사건의 연속, 심각한 정도를 초월해서, 이상하게 되어 버린 것이다.

"또, 그 연속 살인범이 나왔어."
"어디에?"

눈을 휘둥그렇게 뜨고 있는 동료에게 가타야마가 간단하게 사건을 얘기해 주었다.

"그럼, 자네의 그녀가 위험했겠는데?"
"그렇지. 그러나 범인은 우리들이 그 호텔로 가는 걸 미리 알고 있었을 리는 없어. 우리들은 가면서 그 장소를 정했거든."

"그러면……."

"범인은 여기에서부터 우리들 뒤를 따라온 게 틀림없지. 수상한 차나 뭐 본 적이 없어?"

"글쎄, 잘 모르겠는데……. 나는 기숙사 쪽에만 신경을 써서 말이야."

"그건 그래."

"아니, 기다려 봐."

"뭐 생각나는 거라도 있어?"

"그렇게 말하니까 생각이 나는데, 어떤 차가 뒷문 앞을 지나쳤던 것 같아."

"정말? 어떤 차였지?"

가타야마가 성급하게 묻자, 동료 형사는 머리를 긁적거렸다.

"아니야. 그냥 그런 기분이 들었을 뿐이야. 분명히 보지는……."

그때 커다란 소리가 들려서 고개를 돌려보니, 보도진이 한꺼번에 '와' 하고 달려나오고 있었다.

"뭐야?"

어안이벙벙해져 있으려니 순경 한 사람이 달려왔다.

"큰일났어요! 뭐라고 하는지는 모르겠지만, 어떤 교수가 저쪽 건물에서 뛰어내리려고 해요!"

"교수? 아키요시 교수인가?"

"그렇습니다. 그런 이름이었어요."

"큰일이다! 야, 홈스 달려!"

어깨에서 내려 달려나가는 홈스의 뒤를 따라서 가타야마는 교원 숙사로 급히 달려갔다. 아키요시 교수는 자신이 만든 폭탄으로 사람이 죽은 충격에 사로잡혀 있는 게 틀림없었다. 그런 마음은 알겠지만 그렇다고……. 이미 죽은 사람은 너무 많다!

숙소가 보이는 곳까지 와서 가타야마는 우뚝 멈춰 섰다.

늦었다! 보도진과 흰옷을 입은 남자들이 모여서 웅성거리고 있었다. 들것을 가지고 달려가는 사람, 구급차를 부르라고 하며 소리지르는 사람. 아무튼 벌써 뛰어내려 버린 모양이다.
 '아멘' 하고 입속으로 계속 중얼거리며, 가타야마는 혹시나 해서 종종걸음으로 가까이 가 보았다. 크리스천은 아니지만, 왠지 모르게 '아멘' 하고 되뇌어 보고 싶은 기분이 든 것이다.
 "죽었나?"
 "죽었을 거야."
 "잘 모르겠는데."
 "머리가 부서졌다면 죽었을 거야, 반드시."
 사람들은 무책임하게 말을 주고받고 있었다. 가타야마는 흰옷을 걸친 남자를 붙잡았다.
 "죽었나?"
 "아, 아니 살아 있어."
 "정말?"
 "기적이야. 화단의 부드러운 흙 위에 떨어져서 타박상을 입었을 뿐이야. 지금은 충격을 받아서 정신을 잃었어. 금방 괜찮아질 거야."
 가타야마는 '후유' 하고 한숨을 내쉬었다.
 "그래! 운이 좋은 사람이야."
 "정말이야. 보통의 경우라면 머리와 목뼈가 산산조각이 되어 죽어 버렸을 텐데……."
 아키요시가 구급차에 실려졌다. 가타야마는 사이렌을 울리며 멀리 사라져 가는 구급차의 빨간 램프의 빛을 지켜보고 있다가, 홈스가 발밑에 단정하게 앉아 있는 것을 알아차렸다.
 "잘했어, 홈스. 그래도 그 프랑켄슈타인 교수는 미워할 수 없는 사람이기 때문에 죽게 하고 싶지 않았어. 같은 생각이지? 그럼, 기숙사로 돌아갈까."
 조금씩 바람이 불어와 가타야마는 가볍게 몸을 떨었다.
 머리와 목뼈가 부러져 산산조각이 되면 어떻게 될까? 본 것도 아닌데 으슬으슬했다.

"머리와 목……?"

가타야마는 발을 멈추었다. 머리와 목뼈가 부러져 죽은 사람이 한 사람 있다. 모리사키다. 흉기는 뭐라고 했더라? 평평한 둔기, 또는 벽이나 바닥에 부딪쳐서……. 추락이다! 모리사키 교수의 진짜 사인은 추락이 아닐까? 그러면 도대체 왜 시체 검사 결과 보고에는 그렇게 써 있지 않았던 걸까? 그러나 생각해 보면 그것은 당연했다. 시체가 놓여져 있던 상황을 보면, 추락사라고는 도저히 생각할 수 없었던 것이다.

그렇다면 진상은 어떻게 된 것일까? 만일 아베 일당이 범인이라고 하면, 모리사키를 어딘가 높은 곳에서 떨어뜨려 죽이고 나중에 도미다가 식당에 들어간 것이다.

아베 일당이 범인이라고 한다면, 그렇지만…….

가타야마는 다시 걷다가 임시 식당 앞에서 발을 멈추었다. 그리고는 팔짱을 끼고서 건물을 지그시 쳐다보았다. 가타야마는 아베 일당이 범인이라는 생각이 아무래도 들지 않았다. 가장 마음에 걸리는 것은 없어진 식탁과 의자였다. 왜 식탁과 의자를 가지고 간 것일까? 그리고 누가? 아베 일당은 여전히 아무것도 모른다고 하고 있다. 정말 아베 일당이 범인이 아니라면, 다시 밀실은 수수께끼로 돌아가 버리는 것이다.

가타야마는 임시 식당 입구로 다가가서 문을 열어보았다. 빗장이 부서진 채로 그대로 있었다. 안은 어두웠고, 정면에 있는 창에서 기숙사 주위에 있는 수은등 불빛이 엷게 비치고 있는 것은 조금도 변함이 없었다.

모리사키가 정말로 이 밀실 안에서 살해되었다고 하면, 어떠한 방법을 써서 죽인 걸까?—추락. 추락이라면 흉기는 필요 없다. 그러나 천장의 높이는 겨우 2m 50cm 정도다. 2m의 높이에서 떨어진 사람이라면 상처 정도는 입을 것이다. 그러나 머리와 목뼈가 부러지지는 않는다. 천장에는 뚫린 구멍도 없고, 천장이 빠져버린 듯한 흔적도 없다. 게다가 무엇보다도 어디에서 추락한 것일까? 이 임시 식당 위에는 아무것도 없고, 공사 현장이 바로 옆에 있다고 해도 공사중인 건물 꼭대기에서 떨어졌다면, 어떻게 그 정도로 멀리까지 날아가서 떨어질 수 있을까?

수수께끼는 하찮은 편물마냥 이리저리 얽히고 설킬 뿐이었다. 가타야마는 체념해 버리고 문을 닫으며, "자, 가자. 홈스." 하고 말을 건넸다. 홈스는 땅바닥에 버려져 있던 빈 성냥갑을 앞다리로 가지고 놀고 있었다. 뭐하고 있는지 바라보니, 짧게 들어낸 발톱을 가볍게 성냥갑 끝에 걸치고 성냥갑을 똑바로 세우려고 하는 것이었다. 가타야마는 옛날에 본 폴란드인지 어딘가의 영화를 생각해냈다. 저것과 비슷하게 한쪽 손가락으로 성냥통을 세울 수 있는지 없는지 젊은 남녀가 내기를 하는 내용이었다. 상자를 세우지 못한 쪽이 하나씩 옷을 벗어 가는 것이었다. 여자가 계속 지게 됨에 따라 곤란해지자 남자는, "나는 신사요." 하고 말하고서 여자에게 옷을 건넸다. 그런 장면이 있었던 것이다.

"아, 홈스. 노는 것은 아파트에 돌아가서 해라. 여긴 추워."

어렵게 성냥갑을 세운 홈스가 가타야마를 쳐다보았다. 가타야마는 깜짝 놀랐다. 홈스의 눈이 무언가를 호소하고 있는 것처럼 생각되었기 때문이다.

"뭐야? 뭐, 말하고 싶은 거라도 있어?"

가타야마는 다그쳐 묻기라도 하듯 말을 건넸다. 홈스는 가타야마에게서 시선을 다른 곳으로 돌리고서는, 이번에는 똑바로 위쪽으로 눈을 돌렸다. 가타야마도 따라서 눈을 위쪽으로 돌렸다. 어두운 밤하늘. 아무것도 보이지 않았다. 아무것도? 아니……

가타야마의 눈은 갑자기 바쁘게 머리 위와 발 밑을 몇 번씩이나 왕복했다.

"설마…… 그런 일이?"

가타야마는 중얼거리듯 말했다.

"그럴까? 만일 그렇다면……? 아아, 어떻게 된 거지? 야, 홈스 너……?"

그렇지만 벌써 홈스는 일어나서 재빨리 걸어나가고 있었다.

"그렇지. 의자와 식탁……. 그렇게 했을 거야. 알았다!"

가타야마는 깡충 뛰었다. 문자 그대로 30cm 정도는 뛰었다. 그리고 몇 번씩이나 계속 반복해서 마구 뛰었다. 그러고 있는데 아까 그 동료 형사가 옆으로 왔다.

가타야마가 물었다.

"무슨 일이야?"

"아니야. 순경이 와서, 이상한 녀석이 여기에서 펄쩍펄쩍 뛰고 있다고 하잖아. 미친 녀석인가보다 하고 와 본 거야."

가타야마가 아파트로 돌아온 것은 아침 6시경이었다. 그건 그렇고, 하루미 녀석은 돌아왔을까? 돈을 가져간 것이 하루미인지 누군지 물어 봐야 하는데…….

하루미의 모습은 보이지 않았다. 그러나 한번 돌아온 듯한 흔적이 남아 있었고, 편지 한 장이 놓여 있었다.

'오빠, 돈을 가지고 간 것은 정말 미안해. 좀 필요해서 그랬어. 잠깐 나는 친구 집에 가 있을게. 날 그냥 내버려 둬. 부탁해.

하루미'

가타야마는 털썩 주저앉아 머리를 흔들고서 홈스에게 말했다.

"아이쿠, 뭐가 뭔지 하나도 모르겠다. 어떻게든 되겠지!"

일요일 한밤중, 아니 벌써 새벽 1시가 되었기 때문에 월요일이라고 해야겠지만, 북풍에 몸을 움츠리면서, 한 남자가 하고로모 여자 대학의 구내를 종종걸음으로 걷고 있었다. 남자는 공사 현장 옆을 지나 임시 식당 앞에 다가와서, 불안한 듯 주위를 둘러보았다. 회색 코트를 입고 있는 남자―오나카 교수였다. 유키코의 방으로 숨어 들어가려고 했던 고소공포증의 뚱뚱한 남자였다.

오나카는 몇 번씩이나 주위에 신경을 쓰면서, 마치 감전이라도 된 듯 떨리는 손으로 식당 문을 살짝 열었다. 그리고는 안으로 들어가서 어둠에 눈이 익숙해질 때까지 가만히 입구에 서 있었다.

"······아직."

맥이 풀린 듯한 모습으로 무언가 중얼거리며 텅 빈 식당 안으로 천천히 발을 옮겼다.

"지독히 춥구나, 빌어먹을······."

투덜거리고 있을 때 창문 쪽에서 '찰카닥' 하는, 쇠붙이가 서로 부딪치는 소리가 났다. 공사 현장에도 기숙사에도 접해 있지 않은, 직사각형 건물의 짧은 변에 해당되는 창이었다. '뭐야?' 하고 눈살을 찌푸리고 그 창으로 다가갔다. 밖을 내다보았지만, 아무것도 이상한 것은 눈에 들어오지 않았다. 아무런 소리도 나지 않았나?

그때 갑자기 몸이 휘청거리기 시작했다. 바닥이 갑자기 들어 올려지고 있는 것이다. '지진인가?' 하고 생각했지만 그렇지는 않았다. 건물의, 자신이 있는 쪽 끝이 서서히 들어올려지고 있는 것이 아닌가? 따라서 바닥은 점점 기울어져 가고 있었다.

"어어······ 어, 이거 왜 이래?"

창틀에 붙은 채 몸을 지탱하면서 오나카가 소리를 질렀다.

"어떻게 된 거야?"

그러는 사이에도 바닥은 점점 더 기울어 가다가, 갑자기 뚝 멈추었다. 오나카는 창틀에 필사적으로 매달려, 급경사에서 미끄러져서 떨어지지 않도록 안간힘을 쓰고 있었다. 이 경사에서는 도저히 뛰어내리는 것이 불가능했다.

"이봐! 이······ 봐! 누구, 누구 나 좀 도와 줘!"

오나카는 비명을 질렀다.

밖에서는 가타야마와 미타무라가 한쪽이 들어 올려진 식당을 조금 떨어진 곳에서 보고 있었다.

"미타무라 경시님, 아시겠죠? 저 임시 식당은 밑의 지면이 딱딱하기 때문에 고정되어 있지 않아요. 그래서 크레인을 사용해서 들어 올릴 수 있어요."

"그렇구먼……."

"임시 식당의 천장은 2m 50cm 정도의 높이밖에 안 됩니다. 그러나 건물의 긴 변은 약 20m 정도 됩니다. 그 길이를 높이로 바꿀 수 있기 때문에……. 20m라고 하면 추락 사고를 일으킬 수 있습니다."

가타야마는 오나카의 도와 달라는 소리를 무시하고서 계속 말을 이었다.

"이런 것이 아닌가 생각합니다. 그러니까 범인은 모리사키 교수와 그 안에서 만나기로 약속을 정했습니다. 그리고서 누군가가 들으면 곤란하니까 안에 들어가면 반드시 빗장을 걸어 달라고 했을 겁니다. 모리사키 교수는 안으로 들어가서 그렇게 행동한 겁니다. 상대가 당연히 먼저 와서 기다리고 있을 거라고 생각하고 있었던 것이지요. 그 어두운 곳에 들어가면 얼마 동안은 눈이 익숙해지지 않으니까요. 한편 범인은 크레인의 와이어를 건물의 창이 있는 쪽, 그러니까 짧은 변 양끝에 걸쳐놓고 크레인 운전석에서 대기하고 있었을 겁니다. 범인은 교수가 안으로 들어가는 것을 위에서 지켜보다가, 빗장을 걸 때까지 기다립니다. 그런 뒤에 와이어를 쫙 폅니다. 그러니까 당연히 쇠붙이가 서로 부딪치는 소리가 창 쪽에서 들렸겠지요. 그래서 모리사키 교수도 지금의 오나카처럼 창 있는 데 가서 밖을 내다보았을 겁니다. 범인은 창에 교수의 모습이 보이자 크레인을 움직여서, 건물의 끝을 훌쩍 들어올렸던 거지요. 그러나 중간까지 들어올려서 지금처럼 일단 멈추었을 겁니다. 그러면 당연히 발 밑의 바닥이 들어올려져 기울기 때문에 깜짝 놀라 떨어지지 않으려고 창틀에 매달리게 되지요."

"그렇지."

"범인은 그걸 확인하고서, 이번에는 단숨에 크레인을 가동시켜 건물을 세워버리는 겁니다. 완전히 세우지 않아도, 그에 가까울 정도로만 세우면 되는 거죠. 아마 범인은 그런 걸 계산했을 겁니다."

"그럼, 모리사키는 창틀에 매달려서 흔들흔들 매달려 있는 상태가 되겠구먼."

"그렇게 오랫동안 잡고 있을 수는 없었겠죠. 겨우 10초나 20초였을 겁니다. 손이 떨어지면 20m 밑의 반대쪽 벽으로 추락할 뿐입니다."

"그래서 시체가 그 벽가에 있었던 건가?"

"그렇죠. 나중에 건물을 원래대로 내려놓고, 와이어를 빼내서 공사 현장으로 되돌려 갖다 놓으면 되지요. 이렇게 밀실이 이루어졌던 겁니다. 벽은 철판이기 때문에 부딪쳐도 조금 그냥 패일 뿐이어서, 눈에 띌 정도의 흔적은 남지 않습니다."

가타야마는 조금 있다가 계속 말을 이었다.

"식탁과 의자가 없어진 이유도 이제 아시겠죠?"

"그래. 식탁과 의자가 그대로 놓여 있다면, 건물을 세울 때 전부 반대쪽으로 쏠리기 때문에 소리가 요란했겠지."

"그렇겠죠."

"그러나 그런 큰 장치를 하게 되면 무슨 소리가 나서 사람들이 알게 될 수도 있지 않았을까?"

"지금이라면 알 수 있죠. 하지만 크레인 움직이는 소리라든가, 모터 돌아가는 소리 정도는 별로 나지 않습니다. 더군다나 밤 3시, 자고 있는 사람을 깨울 만큼 큰 소리도 아니고."

미타무라는 꿈속을 헤매고 있는 듯 머리를 흔들었다.

"그렇지만 상당히 위험한 구상이 아닐까? 저 건물은 학생 기숙사 창문에서 잘 보인단 말이야. 누가 일어나서 보지 않았을까?"

"그 점은 저도 생각했습니다. 그러나 잘 생각해 보니 그렇게 발견될 위험성은 없는 것 같습니다. 우선 오전 3시라고 하는 범행 시간. 깊은 밤을 새고 있는 사람도 일찍 일어나는 사람도 대체로 자고 있을 시간입니다. 그리고 범행 그 자체는 그렇게 시간이 많이 걸리지가 않아요. 모리사키 교수가 건물에 들어가고 나서 건물을 세울 때까지는 1분만 있으면 충분할 겁니다. 바로 그 순간에 누군가가 밖을 내다 보았을 가능성은 거의 없으리라고 생각합니다. 그리고 또 한 가지, 밤에는 기숙사 가까이에 가로등이 있습니다만, 공사 현장 쪽에는 아무런 불빛이 없어서 깜깜했다는 얘기가 되는 거죠. 예를 들면, 방에 있는 학생이 창문의 커튼을 열어 젖혔다고 해도 창문에는 실내의 모습이 비쳤을 테니 그렇게 떨어진 어둠 속의 모습을 알 수 없었을 겁니다."

"그렇겠구먼……."

"그러니까 범인은……."

"나도 알겠어. 고미네였어."

"예, 크레인을 다루는 데는 내로라 하는 솜씨를 가지고 있었다고 자기가 직접 말했었지요."

미타무라는 혼잣말을 중얼거리듯 낮은 소리로, "천벌을 받았구먼." 하고 말했다.

"아이고! 도와 줘!"

오나카의 비명이 들려 왔다. 가타야마는 오나카가 있는 창문 밑에까지 걸어가서 커다란 소리로 불렀다.

"오나카 선생!"

"누…… 누구요?"

"가타야마 형사입니다. 당신이 유키코의 방 밖에서 꼼짝도 못 하고 있을 때 도와 드렸죠."

"당신이오? 이, 이거 도대체 어떻게 된 거요? 이런 데에 불러낸 것이 당신이었단 말이오?"

"그렇습니다. 당신에게 얘기를 듣고 싶어서요."

"아, 아무튼 좀 도와 줘. 어떻게든 해주시오!"

"무서운가요? 그렇지만 당신에게서 얘기를 들을 때까지 그대로 크레인으로 들어 올려놓겠습니다."

"무…… 무슨 얘기요?"

"모리사키 교수 살해 사건에 대해서입니다."

"나는 아무것도 몰라!"

"시치미를 떼도 소용없어요. 수위인 고미네에게 모리사키 교수를 살해해달라고 부탁하지 않았소?"

"몰라! 그런 일은……."

"알고 있어요, 죄다. 당신은 모리사키 교수의 지위를 노리고 있었고, 또한 유키코를 좋아하고 있었어. 그래서 고미네를 위협했던가, 매수했던가 해서 모리사키 교수를 살해하라고 하지 않았소?"

"거짓말이야! 그건……."

"좋습니다. 고미네가 그 식당 건물에서 식탁과 의자를 가지고 나온 것은 토요일 밤이었어. 즉, 그때부터 벌써 고미네 노인은 살인의 세부 사항까지 계획하고 있었던 것이지. 그 노인이 그런 끔찍한 일을 혼자 할 리는 없어. 누군가 다른 사람이 고미네가 크레인 조작에 능하다는 것을 알고 계획을 세워 주었던 거야. 그렇지만 그렇게 하기 위해서는 그 식당의 식탁과 의자를 갖고 나가지 않으면 안 되지. 그런데 재수 없게도 그 날 밤 내가 거기에서 잠복근무를 하고 있었던 거야. 따라서 나를 거기에서 쫓아내지 않으면 계획을 실행할 수 없게 된 거지. 그래서 당신은 유키코 방으로 숨어들려는 연극을 해서 나를 꼼짝 못하게 했던 거야."

"부탁해! 손이 아파서 더 이상 참을 수 없어! 내려줘! 부탁이오!"

"모리사키 교수를 죽인 것을 인정합니까?"

"아, 아니……."

"좀더 들어올려도 좋습니다!"

가타야마가 크레인 운전석을 한번 쳐다보고서 지시를 내리자 와이어가 소리를 냈다. 그리고는 식당 끝이 더욱더 높이 들어올려졌다.

"그만둬! 말하지! 죄다 말할 테니까 그만해!"

가타야마는 또 한번 지시를 했다. 붕 하고 모터 소리가 들리고 나서, 임시 식당은 조용하게 평상시처럼 지면에 붙어버렸다. 가타야마와 미타무라는 안으로 들어갔다. 오나카는 창 밑에 주저앉아서 숨을 헐떡거렸다.

"자, 오나카 선생, 얘기를 해 보실까?"

"단, 단지…… 부탁을 받았을 뿐이오! 정말이야! 내가 죽인 게 아니란 말이오!"
"부탁?"
"그래요. 크레인이 어떻다는 둥 하는 얘기는 듣지 못했소! 무슨 일 때문인지는 모르지만, 아무튼 형사의 주의를 끌어달라고 부탁받았을 뿐이야. 누가…… 좋아서 그런 끔찍한 사람을 만난 줄 아나, 뭐. 별 수 없었으니까 그런 거지!"
"누구에게 부탁받았소?"
"그룹의 리더에게."
"그룹?"
"매춘 그룹이오."
가타야마와 미타무라는 서로 얼굴을 마주 보았다.
"자세히 말하시오."
가타야마가 말했다.
"알았소. 그 전에 물 한 컵만 주시오."

4

"이봐."
"어머나."
하고로모 여자 대학의 가로수 길을 걸어오던 유키코가 발을 멈추었다. 가타야마가 반대쪽에서 왔던 것이다.
"어쩐 일이에요? 일은? 아직 3시인데……."
"어제 하루는 만나지 못했잖아. 괜찮아? 이젠 걸어다녀도 되나?"
"그냥 조그마한 상처인데요, 뭐. 심한 운동만 하지 않으면 괜찮대요."
"그래. 잘됐군."
"어제는 바빴죠?"
"응, 그래……."

제4장 종말과 시작 255

월요일 오후, 가타야마는 오나카의 심문 때문에 거의 잠을 자지 못했다. 자고 싶다는 생각도 하지 않았지만…….

"호텔에 전화하니까 벌써 나갔다고 해서 깜짝 놀랐어."

"그렇게 함부로 세금을 써 버리면 안 되잖아요, 그렇죠?"

"외출할 거야?"

"병원에 가요. 상처를 소독하기만 하면 돼요."

"같이 갈까?"

"좋아요."

따스하고 맑은 오후였다. 두 사람은 하고로모 여자 대학을 같이 나와 잠시 상쾌한 가을 바람을 맞으면서 걸었다. 이번 사건 동안은 그래도 참 좋은 날씨였다고 가타야마는 생각했다. 신기할 정도로 좋은 날씨였다. 좋지 않은 일만 계속 터지고 있는데도.

앞쪽에 깨끗한 다방이 보였다.

"저기 가서 차라도 마시고 갈까?" 하고 가타야마가 말했다.

"좋아요."

가타야마는 무거운 얼굴을 해보이며 두세 발자국 걸어가다가 우뚝 멈춰 버렸다. 유키코가 뒤돌아보며, "왜 그래요?" 하고 물었다.

가타야마가 조용히 말했다.

"오나카가 모두 다 털어 놨어."

유키코의 표정이 점차로 무거워졌다.

"……그래요?"

"네가 매춘 그룹을 이끌고 있더군. 그리고 그걸 눈치 채고 있던 모리사키 교수를 죽였어. 오나카도 고미네도 물론 너의 명령으로 움직이고 있었어. 그리고 고미네가 죄의식에 고민해 술만 마시고 있는 것을 알고 자수할까 봐 그 담뱃갑을 오나카에게 건네 주고 수위실에 두게 했고."

"내가 담뱃갑을?"

"그래. 아키요시 교수는 몇십 번씩이나 연구실을 찾아보았지만 못 찾았어. 원래 사람은 자기에게 익숙한 것은 어디에 두었는지 잊어버리기 쉬운 법이지. 또 눈앞에 두고도 지나쳐 버리기 쉬워. 그렇지만 너는 발견했어. 그리고 몰래 가지고 나온 거야."

가타야마의 얼굴은 고통으로 일그러졌다.

"왜? 왜 그런 짓을 했지? 돈 때문에?"

유키코는 피곤한 듯 눈을 감고 한숨을 내쉬었다. '후유' 하고 안도의 숨을 내쉬는 것처럼 들렸다.

이윽고 조용히 입을 열었다.

"처음부터 관계하고 있었던 건 아니에요. 가장 친했던 친구가 매춘을 즐겼어요. 처음엔 호기심만으로 시작했는데, 그러는 사이에 점점 횟수가 빈번해지게 되자 나에게 돈 분배 같은 걸 맡기게끔 되었죠. 나는 직접 매춘을 하진 않았어요. 수수료 수입이 상당히 좋은 장사라서, 특별히 심각하게 생각하지 않고 계속했죠. 그러는 동안에 분배나, 그룹 안에 일어나는 내분 같은 것도 내가 처리하게끔 되어서……. 그렇게 해 나가다 내가 그룹의 리더가 되어 버렸던 거예요. 오나카 선생은 소문을 듣고 와서 손님이 되었기 때문에, 거꾸로 그 약점을 이용해 그룹에 끌어들였죠. 학교 내부의 사람이 들어와 있으면 아무래도 편리하잖아요. 게다가 그 선생은 나에게 반해 있었기 때문에 그런 일을 할 수 있었죠. 고소공포증인데도 불구하고 당신이 엉뚱한 곳에다 정신을 쏟게 하려고 창 밖에 서 있으라고 했거든요. 고미네 노인을 매수해서, 깊은 밤에 일하러 나갈 때 눈 감아달라고도 했고."

"네가 모리사키 교수의 애인이 된 것은……."

"그건 달라요!"

유키코는 강한 어조로 말했다.

"나는 단지 그 사람이 좋았기 때문에 애인이 되었을 뿐이에요. 정말이에요. 그렇지만 그 사람은 그렇지 않았죠."

"왜?"

"그 사람은 처음부터 나를 매춘 그룹의 리더라고 의심하고 있었고, 그걸 캐내기 위해서 나를 좋아하는 체했던 거예요. 나는 아무것도 몰랐지만, 그 사람이 미타무라 경시에게 형사를 한 사람 보내 달라고 전화하는 것을 우연히 듣게 되었죠. 그때, 이렇게 말하더군요. '리더가 누구인지 짐작이 돼.' 하고 말예요. 내가 방에 들어갔더니 그는 깜짝 놀란 얼굴로 변명을 했죠. 나는 정말로 그 사람을 사랑했어요. 그런데 그 사람은 그렇지 않았어!"

그때까지 부드러운 얼굴로 얘기하던 유키코의 목소리가 비로소 떨리기 시작했다.

"그래서 죽였나?"

"그룹 문제만 아니었으면…… 죽이지는 않았을 거야. 그룹이 위태로웠기 때문에 어쩔 수 없었어. 그 사람을 죽이고 나니까, 이번에는 고미네 노인이 위험 인물이 되어서……. 나중엔 오나카 선생까지도 죽이려 했을지도 모르지."

"아무리……."

가타야마가 아무런 생각 없이 말을 꺼내자, 유키코는 조금 안정을 되찾으며 미소를 지었다.

"걱정하지 말아요. 나는 살인광이 아니니까……."

"그 협박장은 네가 만들었지?"

"그래요. 아베 학장 일행이 건설 회사로부터 뇌물을 받았다는 것은 오나카 선생에게서 들었어요. 모리사키 교수가 그 사건에도 흥미를 가지고 있었던 걸 알았기 때문에, 살인 용의를 그쪽으로 돌리자고 생각했죠."

"그래서 부정 사건을 일부러 내게 가르쳐 줬군……."

"그래요."

"아베 학장 일행의 계획을 알고 있었나?"

"그게 참 이상해요. 아무것도 몰랐었는데, 나는 단지 의혹을 매춘 그룹에서 벗어나게 하는 걸로 만족하려고 했는데, 그쪽은 그쪽대로 같은 날, 같은 장소에서 죽이려고 했으니……. 그건 이렇게 된 거예요. 며칠 전에, 나와 모리사키 교수와 도미다 이렇게 셋이서 우연히 점심식사를 같이 하게 됐죠. 그때 모리사키 교수가 자기는 미스터리를 상당히 좋아한다고 하면서, 여러 가지 밀실 트릭을 이야기하며 새로운 속임수를 쓰려고 해도 더 이상은 생각해낼 수가 없을 거라고 했어요. 나와 도미다 선생은 반대를 하며, 생각할 수 있는 방법은 여러 가지가 있다고 했죠. 그때 우리 두 사람 모두 밀실 상태에서 죽이려는 생각을 품게 되지 않았을까 하고 추측해요."

"그것이 때마침 중첩되어 혼란을 빚은 거지. 모리사키 교수를 어떻게 해서 그쪽으로 불러냈지?"

"기숙사에서 전화를 했어요. 매춘 그룹 때문에 얘기를 나누었으면 한다고. 그룹에서 빠져 나오려고 하는데, 그것이 탄로나면 목숨이 위험하기 때문에 은밀히 만나는 거라고 했죠. 그 식당에 와서 반드시 빗장을 걸어 달라고 신신당부했죠. 나중 일은 고미네 노인이 했고, 나는 방의 불을 끄고 창문에서 바라보고 있었죠."

"고미네에게는 어떻게 해서 승낙을 받을 수 있었지?"

"고미네 노인은 크레인 일 때문에 모리사키 교수를 미워하고 있었어요. 그래서 가능했죠."

"크레인 일?"

"그 영감님은 오랫동안 다루어 온 크레인을 자기 자식처럼 아끼고 사랑했어요. 그렇지만 모리사키 교수는 그걸 괴물이다 도깨비다 하면서 영감님 보는 앞에서 욕을 퍼부었죠. 자기 자식이 욕먹었다는 생각을 하며 고미네 노인은 몹시 화를 냈죠. 게다가 또 그분 스스로도 매춘에 대한 일을 도와 주고 있었다는 게 탄로나면, 그 나이에 길에 나앉게 되는 걸 직감하고서 금방 승낙했죠."

"크레인을 사용해 밀실을 만든 것은 네가 생각했지?"

"그래요. 여러 가지 밀실에 대한 계략을 생각하고 있었을 때 크레인을 보고 갑자기 생각이 떠올랐죠. 그때는 아직 그를 죽이고 싶은 마음은 없었고, 다만 머릿속으로 이런 방법도 있구나 하고 생각했을 뿐이에요. 때마침 고미네 노인이 있었기 때문에 실행에 옮길 수 있었지만……

결국 죄다 탄로 나고 말았어요."

"홈스야."

"뭐가요?"

"홈스가 성냥갑을 세우며 놀고 있었어. 그걸 보고, 만일 임시 식당을 성냥갑처럼 바로 세운다면 어떻게 될까 생각해 보았지"

유키코는 조용하게 머리를 흔들었다.

"주인의 원수를 갚았군요."

"우연이지."

"그렇다고 하더라도 결국은 원수를 갚은 셈이죠."

가타야마는 어깨를 움츠렸다.

"그런데 왜 당신은 오나카 교수를 의심했지요?"

유키코가 물었다.

"모리사키 교수를 살해하려면 아무래도 식탁과 의자를 미리 옮겨 둘 필요가 있었어. 그래서 오나카가 네 방 밖에서 꼼짝도 않고 서서 그렇게 소란을 떤 것은 우연이 아니라는 생각이 들었지. 나를 그 건물에서 꾀어내기 위한 술수였다고 말야. 그렇지만 아무리 봐도 오나카의 고소공포증은 진짜인 것 같았기 때문에, 정말로 자진해서 그런 행동을 했는지 어땠는지 자신이 없었어. 그래서 조금 난폭한 방법으로 오나카를 추궁해 봤지."

"굉장하군요."

유키코는 머리를 흔들었다.

"당신은 정말 명탐정이야. 어찌된 일인지 항상 내 애인은 굉장한 사람만 되는군요."

가타야마는 가슴을 칼로 도려내는 것 같은 기분이 들었다.

"그 사람을 죽였을 때 나는 상당히 냉정했어요. 나를 속이고 있었던 것에 대한 당연한 보복이라고 생각했죠. 그러나 죽여버린 뒤에는 왠지 모르게 허전한 마음이 들었어요. 내 가슴속에 커다란 무언가가 홀연하게 사라져 버린 것 같이……. 그 사람에게 이기려고 했는데, 어떻게든

이기려고 했지만, 처음부터 나는 지고 있었던 거예요."

유키코는 중얼거리는 듯한 어조로 말했다.

"그런 나를 당신은 사랑해 주었어. 당신이 날 구원해 줄 것 같은 느낌이 들었는데……. 정말 기뻤었는데, 그렇지만 이젠 끝이야."

가타야마는 잠시 머뭇거렸다.

"원래…… 유키코에 대한 추궁은 다방에 가서 하려고 했는데……."

"왜?"

"거기에 다른 형사가 기다리고 있거든……."

유키코는 아무 말 없이 가타야마를 쳐다보았다.

"나는 도저히 그럴 수가 없었어……. 자, 빨리 도망가!"

"그렇게 되면 당신이 곤란해질 텐데."

"나는 별볼일 없는 형사야. 그러니 괜찮아. 자, 빨리 도망가! 뒤는 내가 어떻게 해볼 테니까."

유키코는 희미한 미소를 띠고 있는 가타야마의 얼굴을 지그시 바라보다가 자기도 모르게 미소를 머금었다.

"나는 잡히기 전에 맛있는 커피 한 잔을 마시고 싶어요, 같이……."

그렇게 말하면서 유키코는 다방을 향해, 언제나 그랬듯이 가볍게 발걸음을 옮겼다. 가타야마는 그대로 우뚝 서서 멀뚱멀뚱 그녀를 바라보고 있었다.

"가타야마인가?"

미타무라가 책상에 앉아 얼굴을 들었다.

"예."

"자, 앉게. 뭐야, 고양이도 같이 왔나?"

가타야마가 의자에 앉자 홈스가 무릎 위에 가볍게 몸을 날려 다소곳이 앉았다.

밤이 이슥한 아주 늦은 시간이었다. 도대체 몇 시나 되었는지 가타야마는 궁금했다. 실내에는 두 사람과 홈스만이 있었다. 항상 어수선한 방이고 비좁은 공간이었지만, 이상하게 넓어 보였다. 미타무라가 말했다.

"그녀는 기분좋게 모두 다 털어놓더군."

"그렇습니까?"

"매춘 그룹은 그녀가 중심이 되어서 운영한 것 같지만, 그녀 밑에 영업 부원이 몇몇 있어서 그들이 번화가나 디스코 클럽, 스낵 바 등에서 손님을 찾아내 그녀에게 연락을 해준 것 같아. 그녀가 그걸 그룹의 멤버들에게 적당히 분배한 거야."

"연속 살인의 범인에 대해서는……?"

"뭔가 단서를 얻을 수 있을까 기대했지만 아무것도 없었어. 처음에 살해되었던 구리하라 유미코의 손님은 영업 부원이 직접 교섭을 한 사람이 아닌 것 같아. 영업 부원과 직접 교섭을 한 사람은 할 마음이 없어졌는지 어쨌는지 모르지만, 길을 가는 사람에게 말을 걸어서 넘겨주었던 것 같아. 그래서 영업 부원은 범인에 대해서는 전혀 모른다고 하고 있어."

"두 번째, 세 번째 살인에 대해서는?"

"구리하라 유미코가 살해되고 매춘 그룹의 존재가 알려져 버렸기 때문에 그룹에서는 활동을 죽 하지 않았던 것 같아. 특히 두 번째 피해자인 사사키 가즈미는 그룹에 들어 있는 학생이 아니었어. 다시 말하면, 그룹과 관계없이 호기심이나 돈 때문에 스스로 손님을 끌어들여 매춘을 했던 거지. 대체로 그룹에서 매춘을 알선했을 경우에는 기숙사 방은 절대로 사용하지 못하게 되어 있었던 것 같아. 반드시 밖에서 그걸 하기로 정해 두었다는군. 당연하겠지만 그래서 이 사건에는 단서가 없는 거야."

미타무라는 어쩔 도리가 없다는 듯한 표정을 지어 보였다.

"모리사키 살인사건에 대해서는…… 살인죄를 적용할 수는 없을 것 같아."

가타야마는 윗도리 안주머니에서, 아파트에 돌아가서 적어 온 봉투를 꺼내어 아무 말 없이 미타무라의 책상 위에 놓았다.
"사표입니다."
"가타야마……."
"저는 도저히 이런 일에는 맞지 않는 것 같아요. 범죄자를 상대하기보다는, 서류를 상대하는 것이 더 어울릴 것 같아요."
미타무라는 잠시 아무런 말도 하지 않은 채 가타야마를 바라보고 있다가 이윽고 고개를 끄덕였다.
"알았어. 이건 일단 보류하지."
"잘 부탁합니다."
가타야마는 자리에서 일어났다.
"가타야마…… 빨리 잊어버려."
"예."
미타무라의 말은 따뜻했다. 그제야 가타야마의 얼굴에 부드러운 미소가 떠올랐다.
"미안합니다. 이봐, 홈스, 가자. 홈스, 왜 그래?"
이상하게도 홈스는 가타야마가 앉아 있던 자리로 뛰어 올라가 미타무라의 얼굴을 똑바로 쳐다보았다.
"왜 그러는 거야? 자, 가자."
갑자기 홈스는 휙 날아서 눈에 보이지 않을 정도로 날쌔게 의자에서 뛰어올라, 미타무라의 오른쪽 팔을 물어뜯었다.
미타무라가 "악!" 하고 소리를 지르며 홈스를 떼어버리려고 했지만 홈스는 필사적으로 미타무라의 오른팔을 물고 늘어졌다.
"홈스!"
가타야마가 큰 소리로 부르자 그제서야 홈스는 바닥으로 뛰어내렸다.
"뭐하는 거야! 미타무라 경시님, 괜찮습니까?"
미타무라는 화를 내지 않고 새파랗게 질린 얼굴로 지그시 오른쪽 팔을 눌렀다.
"미타무라 경시님, 피가!"

오른손 위로 한 줄기 피가 흘렀다.
"큰 상처는 아니야. 괜찮아."
"그래도 치료하지 않으면……."
"괜찮아."
가까이 다가가려고 하는 가타야마를 미타무라는 왼손으로 급히 막았다. 가타야마는 깜짝 놀랐다. 미타무라의 윗도리 오른쪽 소매에 피가 번지고 있었지만, 소매는 어디 한군데 찢어진 곳이 없었다. 그러니까 이 피는 방금 다친 상처가 아니라 전에 난 상처에서 나오고 있는 것이었다.
가타야마가 또다시 공격 자세를 취하고 있는 홈스를 내려다보고 나서 미타무라를 보았다. 미타무라는 모든 것을 체념한 눈빛으로 숨을 몰아쉬었다.
"……알았나?"
"미타무라 경시님!"
"그래, 내가 연속 살인사건의 범인이야."

"빨리 누군가가 날 붙잡아 주기를 나는 계속 기다려 왔어."
미타무라는 깊이 한숨을 내쉬었다.
"오래 전부턴가 나는 이상한 두통에 시달려서 가끔씩 의식을 잃어버리게 되었어. 정신을 차리면 엉뚱한 장소에 와 있기도 하고……. 깨어나면 기억나는 건 하나도 없었어. 하지만 의식을 잃고 나서 눈을 뜨면 항상 맑은 기분이었어. 정말이지 다시 태어난 것 같은 기분이었어. 그래서 콧노래를 부르며 욕실로 들어가면, 거기에는 피투성이의 코트와 옷, 그리고 면도칼이 놓여 있는 거야. ……그리고 살인사건의 소식이 들려왔지. 나는…… 소름이 끼쳤어."
미타무라는 담배에 불을 붙였다. 손이 가볍게 떨렸다.
"수사가 진행되어 가벼운 데이터가 모여짐에 따라 무서운 의혹은 확신으로 바뀌었지. 그렇지만 나는 스스로 털어놓고 싶은 생각은 없었어.

그것을 나무란다면 나로선 할 말이 없네. 그러나 비록 실오라기처럼 가느다란 희망일지라도 나는 인정할 수 없었네. 아직 완전하게 범죄 혐의가 드러난 것이 아니라며 스스로를 속이면서, 언젠가 진짜 범인이 잡혀 구제되는 것이 아닐까 하는 생각에 계속 젖어 있었지. 두 번째 살인 사건에 대한 소식을 들었을 때 나는 욕실로 달려갔네. 거기에서 핏자국이나 면도칼이 발견되지 않아서 정말 나는 구제받은 것 같은 기분이었네. 그래서 먼젓번의 코트와 면도칼은 단순한 우연이겠지 하고 안심하면서, 진짜 범인을 잡자고 젊은 형사처럼 의욕이 가득 찼네. 그러나 그 날 밤 정원에 나갔을 때, 정원 구석에 봉긋하게 흙이 솟아올라 있는 것을 보았네. 파 보니, 비닐 안에 피묻은 코트와 면도칼 등이 넣어져 있었지. 그리고 나서는 공포에 휩싸여 지내는 나날이 계속되었네. 자살을 생각했지만, 스스로가 무슨 일을 저질렀는지도 기억하지 못하는데 죽을 수도 없었어. 누군가가 나를 음모에 빠뜨리려고 하는 건지도 모른다. 나를 미친놈으로 몰아 넣으려고 하는지도 모른다고 스스로를 위로하고 있는 중에 세 번째 사건이 터지고 말아. 그리고 하야시까지 죽었고……."

가타야마는 어안이벙벙해진 채 미타무라의 얘기에 귀를 기울였다. 좀더 일찍 눈치챘더라면 좋았을 것이라는 생각이 들었다. 하야시가 특명이라고도 할 수 있는 일에 혼자서만이 기숙사를 감시했다는 것은 상당히 부자연스러운 일이었다. 하야시가 크게 관심을 가지고 지켜보고 있었던 것은, 사실은 미타무라였던 게 틀림없다. 하야시가 어떻게 의혹을 가졌을까, 그건 지금도 알 까닭이 없지만……

"그렇군요……."

가타야마는 혼자서 중얼거리듯 말했다.

"알았습니다. 그때, 하야시 선배님은 죽어가면서 '범인…… 봤다…….' 하고 말했습니다만, 그것을 저는 하야시 선배님이 '범인을 봤다(見た).' 라고 말하는 줄 알았습니다. 그런데 그것이 아니라 '범인은 미타무라(三田村繁) 경시님이다'라고 말하는 거였군요."

(일본어에서 '보았다'는 뜻의 '見た'를 '미타'라고 읽기 때문에, 미타무라(三田村繁)의 '미타'와 음이 똑같다.)

가타야마는 혼잣말처럼, 낮은 소리로 계속 말했다.

"게다가 P호텔에서 요시즈카 유키코를 습격한 범인은 하고로모 여자 대학에서 차를 타고 우리를 미행해 왔습니다. 그렇다면 범인은 하고로모 여자 대학 바로 근처에 의심을 사지 않고 차를 놓아 둘 수 있는 사람이었던 겁니다."

"그렇지."

미타무라는 쓸쓸하게 미소를 지었다.

"역시 아버지를 닮은 아들이 틀림없군. 좋은 형사가 될 수 있어. 사표를 내는 것은 아까워. ……그래, 결국 눈치를 챘던 것은 그 고양이였지만 말이야……. 사실 난 감사하고 싶은 기분이야. 이 오른쪽 팔의 상처 때문에, 내가 범인인 것은 의문의 여지가 없는 것이지."

홈스는 미타무라의 말을 이해할 수 있다는 듯이 엄숙한 표정으로 지그시 앉은 채 움직이지 않았다.

"오늘이나 내일 중으로 모든 것을 매듭짓고 싶어. 비겁하다고 생각할지 모르지만, 내 손으로 결말을 짓고 싶은 생각이야. 괜찮겠지?"

"미타무라 경시님! 경시님은 환자가 아닙니까? 중벌을 받지는 않을 거예요."

"그렇다고 해서 지금부터 평생 병원에 틀어박혀 살아가란 말인가? 그건……."

가타야마는 아무 말도 하지 않고 눈을 내리깔았다.

"미련이 없지는 않아……. 아내도 죽고, 자식도 없지만……."

미타무라는 마치 허락을 구하기라도 하는 듯이 지그시 가타야마를 바라보았다.

"모두 광기 탓이라고 믿어줄 텐가?"

"경시님은 저와 하루미를 친아버지처럼 잘 보살펴 주었습니다."

가타야마는 소리를 높이며 말했다.

"고맙네! 그렇게 말해 주는 것이 무엇보다 기뻐. 나는……."

미타무라가 무언가 말을 하려고 할 때였다. 형사 한 사람이 방으로 뛰어 들어왔다.

"큰일났습니다!"

형사는 숨을 헐떡거리면서, "용의자인 요시즈카 유키코가 취조실에서 도망가 버렸습니다." 하고 말했다.

가타야마는 깜짝 놀라 한숨을 내쉬었다.

"계속 아무 소리 없이 얌전하게 있길래, 그냥 내버려 두었는데……. 금방 뒤쫓아갔습니다만……. 그녀는 취조실 밖으로 뛰어 내렸는데…… 마침 그때 달려온 트럭에……."

미타무라는 가타야마 쪽을 바라보며 물었다.

"죽었는가?"

"예……. 즉사했습니다. 죄송합니다, 정말……."

형사는 당장이라도 벼락을 맞지 않을까 목을 움츠리고 있었지만, 미타무라는 조용히 말했다.

"끝나 버린 일, 할 수 없지."

"예?"

"가도 좋아."

"예, 예."

믿을 수 없다는 듯한 표정을 지으며 형사가 나가 버리자, 미타무라는 가타야마에게 부드러운 시선을 던졌다.

"이제 그만 돌아가. 나는 정리해둘 일이 있어. 전화도 한 통 해야 하고……."

"예."

가타야마가 홈스를 데리고 문을 향해 걸어가자 미타무라가 말했다.

"누이동생 잘 돌봐."

어떻게 아파트로 돌아올 수 있었는진 모르지만, 정신을 차리고 보니 홈스와 같이 방 안에 서 있었다. 저녁식사 준비가 다 되어 있었다. 하루미가 돌아왔나 보다 하고 멍청하게 생각했다. 하지만 하루미의 모습은 보이지 않았다. 밥그릇 밑에 편지 한 장이 놓여져 있었다. 하루미였다.

'오빠, 지금 미타무라 아저씨에게서 전화가 왔어. 모두 다 들었어. 병원에 평생 사는 것보다 죽음을 택한다고 그분은 말씀하셨어. 오빠, 그동안 아무 말도 하지 않았지만 나는 미타무라 아저씨를 사랑하고 있었어. 지난번 회사에서 여행갔었던 교토에서, 자유시간에 밖에 나갔다가, 때마침 출장 왔던 아저씨와 정말 오랜만에 만나게 되었어. 그게 동기가 되었지. 여학생 시절의 나밖에 몰랐던 아저씨는 어른이 된 나를 보고는 깜짝 놀랐지만 상당히 잘 대해 주었어. 그리고 나는 아저씨를 여자로서 사랑하게 되었어. 1년 뒤에 우리들은 가끔씩 오빠의 눈을 피해 만나곤 했어. 나는 결혼까지 생각했지만, 아저씨는 그건 도저히 안 된다고 말씀하셨어. 지금 생각해 보니, 자신의 병 때문에 불안해하고 있었던 것 같아. 나는 임신을 했어. 미안해, 오빠. 그분은 낳아서는 안 된다고 하셨지만…… 아마도 병이 유전될까 봐 두려워했던 것일 거야. 그런 것도 모르고 나는 냉정한 사람이라고 아저씨를 원망했지. 하지만 모든 것을 다 알게 된 지금은, 그 사람만 죽게 할 수는 없어. 난 그 사람에게 갈 거야. 비록 사람을 죽였어도 아저씨를 사랑해! 허락해 줘. 오빠의 돈은 아이를 낙태하는 데 써버렸어. 나쁜 누이동생을 용서해 줘.

하루미'

가타야마는 깜짝 놀랐다. 미타무라 경시였다니! 이제 와서 생각해 보니 짐작이 갈 것 같았다. 하루미의 뒤를 미행할 때 하야시를 발견했던 것은, 하야시가 미타무라의 뒤를 밟고 있었기 때문이었다…….

그러나 하루미는? 정말 죽어 버릴 생각인가? 가타야마는 어찌하면 좋을지 몰라 편지를 쥐고서 우뚝 서 있었다.

현관의 문이 열렸다.

"하루미!"

하루미가 눈물에 젖은 얼굴로 서 있었다.

"하루미, 너……?"

하루미는 방으로 올라와서, "밥이 식었는데, 괜찮지?" 하고 말했다.

"……그, 그래. 괜찮아."

부엌으로 가서 아무 말 없이 반찬을 담고 있는 하루미의 뒷모습을 바라보고 있으려니, 어느 샌가 가타야마의 눈에서 눈물이 주르륵 흘렀다. 가타야마는 허겁지겁 눈물을 닦아냈다. 홈스가 이상하다는 듯이 가타야마를 쳐다보고 있었다. 가타야마는 홈스를 보며 쓸쓸레하게 웃었다.

"정말 너는 묘한 녀석이야. 모리사키 교수는 아니지만, 그 작은 머릿속에서 무얼 생각하고 있는 거지?"

홈스는 그런 가타야마의 질문을 알아들었는지 어땠는지, 여느 때처럼 한쪽 구석으로 걸어가 아무렇게나 누워버렸다.

에필로그

"인생에는 여러 가지 일이 있는 거야."

숙모인 고지마 미츠에가 심각한 생각이라도 하는 듯한 표정으로 고개를 끄덕였다. 이런 모습은 숙모에게는 어울리지 않는다고 가타야마는 생각했다.

이제 겨울이 다가오고 있어서 그런지 유리창 너머로 지나가는 사람들은 거의 대부분 두툼한 코트를 입고 있었다.

그 일련의 사건들이 있고 나서 한 달이 지났다. 미타무라의 자살과, 유서로 남긴 고백은 상당한 센세이션을 일으켰지만, 이젠 그것도 서서히 잊혀져 가고 있었다. 미타무라의 시체를 해부한 의사는, 뇌에 생긴 종양이 압박하여 어떤 심리적인 변조를 불러일으킨 게 아닌가 하고 말했지만, 그것도 추측에 불과한 것이었다. 왜 하필 하고로모 학생만을 살해했는가에 대해서 많은 논란이 있었다. 아마도 처음의 살인은 단순한 우연이었지만, 모리사키 살인사건 때문에 하고로모 여자 대학으로 수사를 나간 미타무라가 젊은 여대생들을 접하게 되어 그것이 첫번째 살인의 기억을 건드려 무의식중에 하고로모 여자 대학생을 노리게 된 게 아닌가 하고 추측되었다.

아무튼 이제 사건은 끝나 버렸다. 하나의 서류, 하나의 기록으로서 책장에 자리잡아 버렸다. 한편, 가타야마의 사표는 미타무라가 자살한 이후 어수선해진 가운데 공중에 붕 떠 버렸다.

"숙모님, 저, 올해는 내내 형사를 그만두고 싶은 생각만 들더군요."

"그래?"

"저는 아버지와는 다르잖아요. 형사라는 직업은 제게는 맞지 않아요. 평범한 샐러리맨이 가장 무난할 것 같아요."

"그래……."

미츠에는 애매하게 고개를 끄덕거렸다.

"하루미는 어때?"

"괜찮아요, 변함 없이."

하루미도 그전의 모습을 되찾았다. 그렇다고 하더라도, 이제는 천진난만한 누이동생이 아닌 것은 당연하지만……. 하루미는 변함 없이 누워 있기만 하는 홈스를 상대로 장난을 치며 웃고 있었다.

"오늘은 무슨 일입니까, 숙모님?"

"그, 그러니까."

"맞선 보라는 얘기죠?"

"그래……. 이제 여러 가지 골치 아픈 일도 지나가 버렸으니, 선 보는 것도 괜찮잖아?"

유키코와 가타야마의 일을 어느 정도 알고 있는 미츠에는 어쩐지 기분나쁜 표정을 짓는 것 같았다. 가타야마는 웃음이 나올 것 같은 기분을 참으며, "좋아요, 숙모님." 하고 말했다.

"어머나, 그래?"

미츠에가 환하게 얼굴을 폈다.

가타야마는 바싹 가까이 다가앉았다.

"제 선전 문구는 어떻게 할까요? 당분간은 이렇게 말하세요. 28세, 장신, 직업 미정, 숙모님 한 분 딸림. 이렇게."

가타야마는 웃으며 한마디 덧붙였다.

"그리고 삼색털 고양이 한 마리!"

<끝>

작품 해설

　아카가와 지로(1945년생)는 1976년에 <유령열차>로 추리소설 신인상을 수상한 뒤, 개성적인 유머 추리소설의 기수로서 추리문단에 혜성처럼 등장했다. 그의 유머 추리소설의 경향은 <삼색털 고양이 홈스의 추리(1978)>를 위시하여 '삼색털 고양이 홈스 시리즈'에 잘 나타나 있다.
　고양이가 탐정 노릇을 한다는 것은 있을 수 없는 일이지만, 아카가와는 고양이와 형사를 '홈스와 와트슨' 콤비처럼 묶어줌으로써 경쾌하고 위트 있게 유머 추리소설을 써냈다.
　<삼색털 고양이>는 하고로모 여자 대학생이 매춘 행위중에 피살된 데서 시작된다. 모리사키 문학부장의 요청에 의하여 가타야마 요시타로 형사는 대학에 수사를 나간다.
　수사 도중 문학부장 모리사키 교수가 피살되자, 가타야마는 '홈스'라는 이름의 삼색털 암코양이를 맡게 된다.
　고양이는 말을 못 하나 울음소리와 몸짓으로 탐정역을 하게 되는데, 처음에는 조수 정도로 가볍게 생각되나 잇따라 사건들이 돌발하면서 결국 고양이가 탐정이 되고 가타야마 형사는 고양이의 조수격이 된다.
　가타야마 형사는 키가 180cm나 되는 독신이며, 게다가 피와 여성에 대한 공포증을 가지고 있다. 가타야마는 여자 대학의 살인사건을 다루다가 시체의 피를 보고 졸도를 하는 등 바보스러운 형사로서의 모습을 보여주며 재미있는 장면을 연출한다.
　아카가와 지로는 '삼색털 고양이 홈스 시리즈' 이외에도 많은 추리소설을 쓰고 있으며, 일본에서 가장 인기가 있고, 가장 잘 팔리는 작가이다.